谨以此书向改革开放40周年献礼

改革开放以来，一大批优秀企业家在市场竞争中迅速成长，一大批具有核心竞争力的企业不断涌现，为积累社会财富、创造就业岗位、促进经济社会发展、增强综合国力作出了重要贡献。营造企业家健康成长环境，弘扬优秀企业家精神，更好发挥企业家作用，对深化供给侧结构性改革、激发市场活力、实现经济社会持续健康发展具有重要意义。

——《中共中央 国务院关于营造企业家健康成长环境
弘扬优秀企业家精神 更好发挥企业家作用的意见》

温显来

当代赣商

江西省民营经济研究会　组撰

李甫华　著

江西人民出版社
Jiangxi People's Publishing House
全国百佳出版社

博能金融中心

总序

以党的十一届三中全会召开为重大标志，中国改革开放的大幕徐徐拉开，一个波澜壮阔的伟大时代奔涌向前。

时代宏音犹在耳际，改革开放的伟大进程已经走过了整整四十个年轮。

四十年来，民营经济从无到有、由弱而强，写就了我国经济社会发展中令人瞩目的辉煌篇章。改革开放的历史，在某种意义上就是一部民营经济发展壮大的历史。

企业是市场的重要主体，企业和市场的发展都有赖于创新实干的企业家精神。这种精神是企业成长的原动力，也是发展社会主义市场经济最为宝贵的稀缺资源和强大竞争力。习近平总书记指出："全面深化改革，就要激发市场蕴藏的活力。市场活力来自于人，特别是来自于企业家，来自于企业家精神。"

改革开放以来，党中央、国务院和社会各界一直高度重视对企业家的培育和鼓励。进入新时代，培育好企业家队伍，弘扬好企业家精神，已经成为坚持和发展中国特色社会主义的重大选择。2017 年，在中央全面深化改革领导小组第三十四次会议上，习近平总书记又指出："企业家是经济活动的重要主体，要深度挖掘优秀企业家精神特质和典型案例，弘扬企业家精神，发挥企业家示范作用，造就优秀企业家队伍。"2017 年 9 月，中共中央、国务院发布《关于营造企业家健康成长环境　弘扬优秀企业家

精神　更好发挥企业家作用的意见》，这是中华人民共和国成立以来中央首次以专门文件明确企业家精神的地位和价值。

伟大时代对企业家地位和企业家精神的充分肯定，不仅促使中国民营经济在发展的过程中涌现出一大批优秀企业家，为企业发展开辟了广阔天地，更赋予了企业家奋力开创事业的强大力量。

伟大的时代也使江西民营经济如沐春风。在历届江西省委、省政府的领导下，江西民营经济迅猛发展，如今已占据全省经济的"半壁江山"。民营经济现已成为江西市场经济中最有活力、最具潜力、最富创造力的主体，成为推动江西省加速崛起的主力军、改革开放的主动力、增收富民的主渠道。伴随着江西民营经济的发展，在江西这片红土地上，一批创业先行者以敢为人先的勇气汇入了时代洪流。他们顺应时代发展，勇于拼搏进取，艰苦创业，锐意奋进，在伟大时代的进程中成就了人生事业的精彩。同时，在企业不断发展的进程中，他们积极履行社会责任，把企业的发展和社会责任的履行自觉统一起来，展现出企业家良好的时代精神风貌。

抚今追昔，我们在被当代赣商精神感染的时候，不由想起了以敢为人先、艰苦创业、义利兼顾等商业精神与商道品格著称的江右商帮，并深切地感受到赣商精神的传承和发扬光大。江右商帮曾纵横中华商界九百年，明清时期达到鼎盛，以人数之众、操业之广和讲究贾德著称于世，与晋商、徽商等并列为中国古代十大商帮。

历史深处有未来。

任何一个国家的崛起，都是政治、经济、文化、科技等领域的整体崛起。对社会发展和人类文明进步作出杰出贡献的代表者，历史总是以铭记的方式表达着敬意，其卓越贡献与思想精神的不断衍续，也成为永远闪耀于历史长空的精神启迪之星。

然而纵观历史，人们不难发现这样一个事实：青史留名的历史卓越贡献者多为思想家、文学家与科学家；而对社会物质文明进步作出了巨大贡献的企业家，在浩瀚的历史著述中却寥寥无几。

商道长河谁著史。

正是基于这一视野高度，江西省工商联（总商会）在雷元江主席领导下，于2014年研究重塑赣商大品牌、引领赣商新崛起的工作部署，把发掘、传承、弘扬江右商帮精神和树立新时代赣商文化自信紧密结合。具体而言，就是把历史上誉满华夏的江右商帮和改革开放进程中稳健崛起的新时代赣商群体整体纳入历史与现实的宏大视野，把传承与弘扬赣商精神作为立意高远方向，把激励赣商群体在改革开放新阶段更加奋发有为作为新起点，着力开创赣商在改革开放新阶段、新时代的大发展格局。

在此过程中，雷元江同志又进一步提出，激励赣商群体在改革开放新阶段更加奋发有为，不但要体现于财富创造上，而且要体现于精神风貌上。他强调在打造同心谷·赣商之家（商联中心）物质载体大厦的同时，还要打造一座赣商精神载体大厦，把改革开放以来赣商与时代脉搏同跃动、共奋进的壮怀激烈创业历程与精神风采真实完整再现出来，汇聚成一部宏大的赣商创业奋进史。由此，形成了组织撰写《当代赣商》大型报告文学丛书的整体创作构想。

在雷元江主席的直接领导和悉心指导下，这部体制宏大的报告文学系列丛书作品，选取一批在改革开放进程中敢为人先、勇于探索、成就大业且具有深厚家国情怀的优秀企业家作为赣商杰出代表，每位企业家自成一卷，以报告文学的形式再现他们的创业历程，展现他们的商业智慧、商道品格和人生情怀。其全部的归旨，就在于忠实呈现改革开放四十多年来的宏大赣商人物志与奋进史。

从2014年至2017年，《当代赣商》大型报告文学系列丛书的组织撰写工作展开样本创作。在形成蓝本的基础上，于2018年正式全面展开。

《当代赣商》大型报告文学系列丛书的组撰工作，既为改革开放进程中崛起的赣商群体著录了宏大创业史，同时也与江西省工商联（总商会）

部署实施的《赣商志》《赣商会馆志》《江右人家》《历史的铭记》等编撰创作，共同构建起一部完整而宏大的赣商发展传承史，矗立起一座赣商文化精神大厦。

为改革开放进程中的赣商群体著录宏大创业史，本就是一项具有开创性的工作。更为重要的是，在新时代大力弘扬优秀企业家精神的主旋律中，构建赣商文化精神大厦这一深远立意，又赋予了《当代赣商》大型报告文学丛书深刻的历史与现实意义。

赣商尤其是以江西知名民营企业家为代表的优秀赣商，他们以与江右商帮一脉相承的艰苦创业、义利兼顾精神，在开拓奋进、勇于担当中积淀了宝贵经验和深厚感召力，厚德实干、义利天下是当代赣商最明显的特征。因此，本丛书的出版，必将汇聚成激励和引导广大江西非公经济人士健康成长的强大正能量。

在改革开放的新时期，江西省工商联（总商会）在引领赣商奋发有为、再创新辉煌的整体谋划部署中，通过赣商精神大厦的打造，也必将为全体赣商在新的奋进征程中注入强大动力。

《当代赣商》大型报告文学丛书在江西省工商联（总商会）的领导部署下，由江西省民营经济研究会承担组织撰写和出版工作。其间，得到了各级领导的大力支持和热情指导，作者们付出了大量心血，在此一并表达诚挚感谢！

江西省民营经济研究会

2018 年 5 月 28 日

目录

概述

一

赣东北与江西铅山县交汇的上饶县境内一带，是典型的南方山区腹地。

这里横亘于广袤天穹下的纵横绵延群山，尽显一派壮阔苍莽的景象。群山深处，有一个曾偏远闭塞的小村落——上饶县黄沙岭乡源溪村温家村民小组。

这个散落着十来户村民的小村落，为苍莽群山和广袤丘陵重重阻隔，只有两条山路在起伏绵延的山峦间蜿蜒伸向远方，通连着山村与山外的世界。这两条山路，一条连通着"黄沙古道"通向上饶县城，而另外一条则翻山越岭，一直通往相邻的铅山县。

时光深处的那些岁月，珍藏着恒久而珍贵的流年记忆。

三十多年前，源溪村里的一位俊朗少年，就是起点于这个小山村、翻山越岭走向通往铅山县境内的那条崎岖山道，走出了自己的家乡。

他之所以坚定地要走出大山深处的家乡，是决意要改变自己和家人的贫困境况，亦是源于对自己未来全新人生之路的无比向往。

这位俊朗少年，正是温显来。那是 1979 年初秋时节，他刚过十七岁。

少年温显来是奔着铅山县国营林场而去的。其时，这座林场在在造林，有挖土方的苦力活可做。得知此机会，温显来兴奋不已。他立即召集源溪村几位年轻的小伙子，一夜之间组织起了一支施工队，次日即赶往铅山县国营林场。

接下林场的第一个土方工程后，温显来在心底暗下决心，一定要带领同村伙伴们好好干，摆脱贫穷的生活。

年少时家境的贫穷，让温显来刻骨铭心。

十岁那年，母亲突生重病。

对于一个贫苦的农家来说，家庭成员的一场大病，带来的是雪上加霜的困境。温显来兄弟姊妹共八人，他排行老三。母亲重病的那一年，温显来几个弟弟妹妹中，年龄最小的只有一岁多。

家里原本勉强能糊口度日的境况，一天天难以为继了，直至出现吃了上顿愁下顿的状况。

在距离源溪村十多里路之外的四十八乡，有一个小煤矿，矿里职工日常生活所需的大部分蔬菜、禽蛋等要从外面购买。渐渐的，有些村民就将自家舍不得吃的一点农副产品偷偷拿到矿上去卖，换点油盐钱。

"可以将自家菜园里的菜拿到那里去卖。"穷则思变，这是贫穷教会人类的生存法则。

"我和你哥哥姐姐都要按时上工（生产小队的集体劳动），你明天要一大早就起床，我把一担菜挑到煤矿上去，然后赶回生产队上工，你在那里卖。"父亲对温显来说。

次日清晨，滴水成冰，异常寒冷，温显来懵懵懂懂地跟着父亲出门了。那天，只用了不到一个上午的时间，温显来就把那担满满的蔬菜全部卖完了。

整个寒假里，温显来大部分日子都在煤矿卖蔬菜。到寒假行将结束时，温显来卖完一担蔬菜的时间，已比第一天大为缩短。

此后，除了在生产队拼命挣工分之外，父亲不辞辛劳地种菜，温显来勤勤恳恳地卖菜，家里的经济状况逐渐有了些好转，全家人熬过了最艰难的日子。后来，温显来母亲的病也慢慢好起来了。

寒冬渐去，温暖春阳下的群山，开始生机萌动、色彩斑斓起来。

十岁那年的寂静冬晨，肩负重荷在山路上吃力前行的父亲的身影，在困窘中如山一般坚强的父亲……这些珍贵的影像，全都珍藏在了温显来的情感深处。

"这是改善家里生活的一个办法！"当少年温显来发现这一点时，他开始慢慢琢磨——如何在寒暑假里通过卖菜，尽可能多地为家里赚些钱。

在第一个寒假独立卖菜的过程中，温显来就打听到了煤矿集市上蔬菜的一个重要来源渠道——距离这个煤矿约七八十里之外的铅山县的一个小镇，那里大量种植蔬菜，这些在煤矿集市里卖菜的人，大部分就是从那个小镇上贩来蔬菜出售。

于是，在之后的几个寒暑假里，温显来开始独自去邻县铅山的那个小镇贩运蔬菜，再到家乡黄沙岭的煤矿来卖。一个假期里的辛劳，除了能负担自己的学费之外，竟还能换来家里好几个月的油盐钱。

穷人的孩子早当家。其实，在少年温显来的内心里，何曾没有过靠读书走出大山的梦想。

然而，正是因为深深懂得了家境的贫苦与父母的艰辛，温显来越来越觉得，自己心底的那个梦想苦涩而沉重。高中刚念完第一个学期，他便主动向父母提出辍学，回家务农。

辍学归家后的温显来，一边在生产队努力地干农活，为家里多挣工分，一边在农闲时想方设法做些小本生意以补贴家用。此时，他明显地察觉到，自己农闲时做小本生意所赚到的，远比在生产队里挣工分所得的要多得多！

走出山村，到外面去赚钱——温显来情不自禁地把目光投向莽远的大山之外。同时，他开始思考，自己将来的人生之路该如何走。

…………

承包铅山县国营林场土石方工程，这是一份苦力活。承包第一个工程时，温显来带领着只有几个人的施工队，顶烈日、迎风雨，埋头苦干，最终的成果让林场十分满意，上上下下无不交口称赞。施工队尤其是温显来带头吃得苦、舍得下力气和做事实实在在的名声，在林场一带很快传开来。

后来，温显来带领的这个施工队，更因讲诚信而声名渐传渐远，得到越来越多工程合作方的高度认可。

在短短几年里，施工队的业务范围由铅山县扩大到整个上饶地区，渐而发展到浙江、福建等外省，业务工程也由最初的挖石运土这类简单活计拓展到完整的工程承包施工。此时，施工队的规模已扩大至百余人。

随着眼界的开阔，温显来越来越意识到，自己缺少的不再是机会，他开始想做既能让自己经济富裕起来，又能彰显人生品位的事情。

其时，这样的机会正悄然而来！

二十世纪八十年代中期，改革开放让全国乡镇企业蓬勃而起，上饶县黄沙岭乡利用当地独特的资源，先后创办起了红薯粉加工厂、镇办小煤矿等乡镇企业。在乡党委、政府领导的诚挚相邀下，二十岁出头的温显来，担任起了家乡乡镇企业副经理，主管销售业务。

果不其然，温显来以不俗的销售能力，赢得了乡镇领导的肯定。尤其是后来他在煤炭销售中的突出业绩，使其受到上饶县煤炭公司的关注。1988 年，作为上饶全县乡镇企业的优秀厂长经理，温显来被上饶县煤炭公司以特殊人才之名引进，担任公司销售部门的业务负责人。

在上饶县煤炭公司初展商业才华的温显来，迅速被提拔为公司副经理，之后又荣获"江西全省煤炭系统先进个人"荣誉称号。上饶县政府为鼓励"突出贡献人才"，破例为他办理了户口"农转非"。

二

1992 年，温显来恰逢而立之年。

这一年，在改革开放波澜壮阔的进程中，是具有分水岭意义的一个重要年份。邓小平同志发表"南方谈话"，在中国大地引发了"下海"热潮，一大批"体制内"的机关干部职工，纷纷选择了经商创业的全新之路。

这热潮涌动的"下海"经商创业氛围，也深深感染了温显来。

而真正让温显来下定决心的，是这一年全国煤炭供应体制全面实施改革，煤炭供应和价格实行市场化的一系列重大变化。

1992年底，温显来义无反顾地从上饶县煤炭公司辞职，"下海"创办公司，从事煤炭销售业务。

公司成立之初，温显来就以前瞻性的眼光，突破了公司产权机制上的禁区，实行股份制架构和运营机制——这注定是华能实业在江西和中国民营经济发展史上写下的令人瞩目的一笔！因为彼时《公司法》尚未颁布，江西华能实业成为当时国内最早倡导与实践股份制的民营企业之一。

"要想在市场上站住脚，就必须算盘加'论语'。"温显来所指的"论语"，意为商道上的诚实守信。在他多年经商的真切感悟中，诚信是把生意做大做强的精髓要义所在。

为此，温显来把诚信深刻体现于华能实业的一切商业活动之中。不知不觉中，诚信商道文化的内涵与外延，已置于华能实业的品牌核心地位。

温显来尤为注重的诚信之举不仅赢得了客户的信任，更收获了华能实业令人信赖的企业口碑，老客户视其为不可多得的长期合作伙伴，新客户慕名而来纷纷与其建立合作关系。

诚信商道，义利兼顾。

初入市场的江西华能实业很快便声名鹊起，其业务范围快速由赣东北而至江西全省，又及江浙、福建等周边地区。业务快速拓进的同时，华能实业的品牌知名度与美誉度也在不断提升。

成立仅仅一年多时间，华能实业就创下了营业收入过亿、净利润达一千多万元、纳税过百万元的骄人销售业绩。1995年，华能实业入选全国民营企业500强。其发展势头之迅猛，令人惊叹！

二十世纪九十年代中期开始，全国改革开放纵深推进，从沿海到内地，各类应运而生的新兴行业如雨后春笋，呈现出一派勃勃生机，为中国民营经济发展带来了广阔的市场和前景。

依靠煤炭销售打下的坚实基础，温显来与华能实业同伴们，内心渐渐激荡起要去尝试投资新兴行业，把公司做大做强的渴望与激情。

1995年至1996年，江西华能实业立足江西上饶，并走向深圳，相继成立华能建筑安装有限公司、华能大酒店和深圳奥尔特电子有限公司，并组建成立华能实业集团。

华能集团开启的多元化发展之路，亦是未来发展大方向的转型开端，即过去以煤炭贸易为发展重点，转向以实体产业为核心。

然而此时，全国经济出现过热的情况，国家开始采取一系列宏观调控措施，加之华能事业扩张速度过快，企业一度因现金流紧张而陷入经营困境。

山重水复疑无路，柳暗花明又一村。华能的众多客户纷纷主动伸出援手、倾力相助，上游客户先发来上千万的货物，下游客户先预付上千万的资金，困境中的华能得到了一次次及时而又惊喜的真情相助！

1998年，是华能集团快速崛起的历程中，至关重要的一个转折点！

这一年，温显来以宏大的气魄与胆识，成功收购总资产为5000万元、年产水泥能力22万吨的浙江常山水泥厂，当年创下利润100余万元。同年，又顺利收购总投资1.07亿元的江西上饶市管道煤气工程公司。

华能集团此举，开创了全国民营企业经营社会公用事业之先河，被誉为江西民营经济耀目崛起过程中，生动演绎"蛇吞象"现象的经典案例！

在集团稳健扩张的基础上，温显来高瞻远瞩，将目光瞄准了房地产产业。

1999年，华能集团在江西上饶市投资开发"世纪花园"房地产项目，首次引入创新的"银行按揭"销售模式，打造了当地第一个现代化城市住宅理念的大型社区。美丽的"世纪花园"，被写入当地中小学教科书中，上饶撤地设市会议也在这里举办。其眼光之前瞻、模式之先进、环境之优美，引起了整个江西房地产行业的瞩目。

由此，华能集团正式进军房地产行业。此后，华能房地产不失时机地向江西省会城市南昌进军。

温显来显然是有备而来——在中部崛起的大潮中，为了拓展城市规模，加速城市化进程，江西省会城市南昌将大力建设一江之隔的红谷滩区，加快推进"一江两岸"城市新格局的形成。

为此，华能地产随即移师南昌红谷滩新区，果敢开发总建筑面积14.5万平方米的"理想家园·泉水湾"住宅小区。华能地产也由此确立了立足省会、渐次向江西各设区市强势挺进的发展方向。

在多元化经营的产业领域里，长袖善舞的温显来，以新千年伊始为全新起点，书写了创业历程中一个又一个精彩篇章。

2002年,江西启动实施新一轮国有企业改革。华能集团收购信江集团，控股鑫新股份，成为江西省第一家收购、重组国有上市公司的民营企业。这一跨越，让华能集团又向汽车和线材两大制造业领域拓展。

历经第一个十年有胆有识的探索发展，华能集团的业务范围由煤炭贸易，逐步扩展到城市能源、工业制造、房地产等实业领域，初步确立了未来多元化产业发展的清晰战略方向。

"博采众长，尽我所能。"2003年，江西华能集团有限公司更名为江西博能集团有限公司,成为上饶市首家全国性无行政区划的私营企业集团。

温显来及其志同道合的伙伴，从此以更为纵横广博的眼界和稳健开拓的风格，顺势而为，锐意奋进。

2005年，博能产业园线材新厂区投产；

2010年，博能客车与中科院签订新能源汽车项目合作协议，确立共同进军新能源客车市场排他性战略合作伙伴。在完成一系列重大技术改造、新产品重新定位后，博能汽车产业强劲而起，高档客车批量出口中东市场；

2011年，博能小额贷款有限公司成立，集团正式进军金融产业领域；

2012年，开创"抱团发展"商业模式，牵头集合全省42家优秀民营企业的力量，创新采用"资本众筹"加"影响力众筹"的"两个众筹"模式，募集74.8亿元基金，共同建设"同心谷·赣商之家"项目，形成服务全球赣商的"一个基地·五个中心"，成为民营企业同心抱团发展的典范和旗帜。

在这具有里程碑意义的十年里，博能集团开始呈现出清晰的产业板块发展格局。

择高处立，向宽处行。2012年，博能集团总部由江西上饶迁至省会南昌，由此以更为壮阔的视野和宏大目标，再次迈出了铿锵前行的发展步伐。

——做强做大工业板块。提高新能源客车、校车在江西市场占有率的基础上，积极开拓省外、海外市场；创立国际知名、国内一流的动力电池品牌，打造安驰科技成为行业的标杆、产业的龙头和国内新能源汽车动力电池领域的重要供应商；博能线材瞄准航空、高铁、新能源汽车、医疗器材等市场。

——全面布局金融产业。看准互联网金融产业强劲的崛起之势，果敢进军互联网金融产业。顺应全国和江西地方金融创新大潮，博能集团与江西另一家知名民企共同倡导一批实力赣商，发起筹建江西首家民营银行——裕民银行。与此同时，布局和推进集银行、金控集团、网络小贷公司、股权众筹基金与互联网金融为一体的实体经济一站式综合金融服务平台体系的建立。

——打造地产综合体新标杆。牵头组织江西40多家优秀民企，依照"市场运作、自愿参与、风险可控、集体决策"的原则，筹集74.8亿共同建设商联中心"同心谷·赣商之家"项目，打造地标性城市综合体与赣商抱团发展的大平台。此外，上海兰韵（中国）文化中心、博能金融中心、安义价值健康养生小镇等一座座平台型地产正拔地而起，成为一个又一个新的标杆。

每一轮产业兴衰交替的时代大潮中，总是挑战与机遇并存。

历经了产业新旧动能接续转换的五年，至2017年，博能集团工业、地产、金融三大产业板块轻重得当、虚实有度、多元融合的生生不息"太极式"发展格局已然形成，其整体强劲崛起正显现出大气磅礴之势。

三

稳健纵横的事业追梦岁月，赋予了温显来渐行渐宽的人生格局。

格局是一种气度，是一种情怀，是心灵里山高水阔，是精神深处天地澄明。但凡有大眼界、大涵养、大智慧的企业家，必然会投身社会公益事业，以成就自己的人生大格局。

温显来坦言，自己是改革开放的受益者，知恩当图报。

而且，在温显来的价值观里，民营企业家热心社会公益慈善事业，不仅仅出于完善自我道德人格的诉求，更是因为这本身就是一种责任与担当！

博能集团不但要成为一家卓越的企业，更要成为一家对国家、对社会、对人民有意义的企业。

从创业初成之时始，温显来就积极以实际行动回馈社会。

从1992年到2017年的二十五年中，温显来以个人和企业名义，先后捐资逾亿元用于各类社会慈善公益事业。

尤其是自2012年以来，温显来开始把自己作为企业家的社会责任使命担当，与博能的产业实业报国深度融合。

在社会公益事业领域，博能集团成立"博能爱心促进会"，大力推动公益慈善事务的常规化与制度化运行。与此同时，积极探索集团各大产业在布局过程中对地方社会经济发展的龙头推动引领作用，有力策应当地脱贫攻坚战略，倾情倾力打造各项民生工程。

多年来，温显来获得了党和政府及社会各界授予的众多荣誉，同时担任全国政协委员、全国工商联执委、江西省人大常委、江西省工商联副主席等社会职务。

企业发展有大格局，人生追求有大情怀，社会责任有大担当，作为优秀赣商代表之一的温显来，越来越展现出鲜明的企业家精神——砥砺奋进、诚信执着、义利兼顾。

这种精神品格，既与社会崇尚的儒商特质高度一致，又与历史上"江右商帮"商济天下的家国情怀一脉相承。

也正因为如此，在新时期江西传承复兴"江右商帮"精神，再创赣商天下大业的进程中，2012年，温显来众望所归，被推举为卓越赣商群体代表中的引领者之一，领衔40多位卓越赣商代表，共同打造新时期的赣商会馆——"同心谷·赣商之家"（商联中心）。

引领新时期赣商抱团发展、走向世界的使命，历史性地落在了以温显来为代表的40多位杰出赣商身上。

传承弘扬江右商帮精神，实现赣商伟大复兴崛起，铸就赣商雄立天下伟业。

作为引领者中的一员，温显来深知，使命荣光但任重道远，当以商济天下的家国情怀砥砺前行！

第一章
大山里的艰难年少岁月

人，生来就是自己命运的主人。

正是心中这样的信念，赋予了那些事业成功者从年少时起，就在人生前行道路上以强大的原动力，显现出对自己逆境中命运的不甘屈从。

在某种机遇或契机之下，他们会执着而努力地借助于那些机遇和契机，去改变自己前行的方向。并且，心怀执着前行的毅力和诚实不自欺的信念，一步步趋近改变人生命运的境地。

他们在一路行进而来的路程中，注定会充满着艰辛和风雨。

家境的贫困与生活的艰辛，留给了温显来对年少时光深切的记忆。

更为重要的是，对贫困家境和生活艰辛的真切体验，让温显来从年少时起，内心深处就悄然萌发了渴望改变命运的强烈力量。

这位大山里的贫寒农家子弟，在用稚嫩的肩头帮父母分担家庭重负的过程中，不但磨砺出了坚毅的个性品格，而且立志要奋力走出闭塞贫穷大山，实现改变自己命运的强烈愿望。

第一节　冷暖童年深留痕

心底一角始终驻留着童年记忆，因为那里有深切的岁月怀想。

——题记

地处赣东北上饶县山区腹地，与江西铅山县东北部交汇的上饶县境内一带，是典型的南方山区。

这里丘陵群山起伏绵延，山川地形蔚为壮观。立于群山的任何一个山峰之巅，极目而望，横亘于广袤天穹之下的那纵横群山丘陵，尽显出一派壮阔苍莽的山区景象。

在群山深处，有一个曾偏远闭塞、寂寥无闻的小山村——上饶县黄沙岭乡源溪村温家村民小组。

这个散落着十多户村民的小山村，为苍莽群山和广袤丘陵重重阻隔，只有两条山路在起伏绵延的山峦间蜿蜒曲折地伸向远方，通连着山村与山外的世界。这两条曲折山道，一条蜿蜒在纵横绵延的山峦与丘陵之间的路面平坦水泥公路，连通着"黄沙古道"通向上饶县城的方向；另外一条，则翻山越岭，一直通往相邻的铅山县境内，是一条曲折崎岖的羊肠山路小道。

通往铅山县境内的那条山路，许多年来依然如此，崎岖险阻，同时又因人迹罕至而显得寂静。

而那条通往上饶县方向的路面平坦的水泥公路，是 2005 年前后才陆续修扩而成的。在此之前，是一条依山而进简易的沙子路，路面状况也很不好。

源溪村距离上饶县约三四十公里路程。

可以想象，岁月深处的源溪村，该是怎样一个偏远闭塞的山村。

但这似乎又让人遥想到，绵延起伏的重围山峦，阻隔了山外的喧嚣与繁杂，淳朴的村民与恬静的村庄，以及纯净的天空，青翠欲滴的群山，组接成一幅世外桃源般的景致。

是否还记得南宋大词人辛弃疾那首著名的词——《西江月·夜行黄沙道中》：

明月别枝惊鹊，清风半夜鸣蝉。稻花香里说丰年，听取蛙声一片。
七八个星天外，两三点雨山前。旧时茅店社林边，路转溪桥忽见。

这首词中所写的，正是黄沙岭乡一带山景村落的风物景致。

源溪村，就是有着这般静谧淳朴景致的一个小山村。

然而，以现实生存的视角，瞭望二十世纪六十年代的黄沙岭乡源溪村，在这个偏远闭塞的大山深处的村庄里，大多数村民们的生活都艰辛不易。

大山，那时是这里村民们心底的沉重。

那时的源溪村，大多数村民们年复一年所求的，只是希望通过他们艰辛而沉重的劳作，能换来一家人过得上吃饱饭的生活。仅此而已。

但即便这样简单得不能再简单的愿望，有时候也是让这里一些农家为之愁肠百结的，生活的贫困一年到头始终如影随形。

1962 年 7 月，温显来出生于源溪村里的一户清贫农家。

温显来的父母，都是淳朴厚道的老实农民。父亲为人善良，聪明能干，他的菜种得极好，辣椒、地瓜、大蒜就是比别家的个大、品相好。母亲处事讲究原则、看问题很精准。夫妻两人性格互补，勤劳、忠厚且为人和善，颇受同村人的尊重。

温显来共有八个兄弟姐妹，他排行第三，是家中的第二个男丁。

在二十世纪六七十年代的中国农村，对于一个有着八个子女的普通农家而言，家庭生活的拮据和困难程度是可想而知的。

从童年记事时起，年少的温显来早已备尝生活的艰辛。

那些食不饱、穿不暖的日子，在一个清贫农家孩子的内心悄然留痕。

寂寞的大山深处，世代农耕，种田砍柴，牛犁田，狗看家，这就是童年温显来眼中的一切景象，而放牛、打猪草这些都是他童年里再平常不过的活计。

或许，在一个孩童的眼里，没有什么是比逢年过节能穿上新衣服更为期待和难忘的事情了。

在十岁之前，即使是逢年过节，穿上一件新衣服或是一双新鞋子，一直是温显来童年岁月里实实在在的奢盼。因为家境困窘，实在没有余钱添置新衣、新鞋，都是哥哥姐姐穿不了的就往下传给弟弟妹妹接着穿。

此时的中国农村，一个农民家庭的年收入，是按其家庭成员在生产队一年当中累计的劳动工分总量来计算的。一般是到了年底时，生产队把每个劳动力一年所挣的工分累计起来，按照标准，折算成粮食和现钱。劳动力多的家庭，自然在年底累计的工分就多、分得的钱粮也就多，而劳动力少、家中人口又多的家庭，往往是扣除平时向生产队提前借支的口粮或现钱，到年底就所得无几甚至是要"超支"（倒欠生产队的钱粮）了。

在温显来的姐姐和哥哥辍学成为生产小队里的社员之前，全靠父母两人在生产队挣工分来养活一大家子。

那个年月里，在中国绝大多数地方的农村，一个强壮劳动力一天所挣的工分，折算成现金只不过是几角钱甚至几分钱。而像源溪村那样，自然条件相对更差的大山深处的农村，同样的劳动力工分折算成的现金收入则更少。往往是一年辛劳下来，一家人能吃得饱饭、年底家中不超支，就已属十分不易了。逢年过节扯上布料来给每一个孩子做新衣服，更是遥不可及的奢望。

"每在过年时，看到村里同伴们穿上崭新的衣服欢天喜地过新年，我们兄弟姊妹们心里充满了羡慕，但我们却从不在父母面前流露出这样的神情，更不会向父母哭闹着要新衣服穿。"

在温显来的记忆里，大山深处的隆冬腊月总是特别寒冷而漫长，他和衣衫破旧单薄的兄弟姊妹们，拥挤在那栋面积不大且还是和另一户村民共住的板壁土屋里，心里却有一种无法言说的暖意。

或许，在温显来和兄弟姊妹的心里，那板壁老屋，早已是他们内心深处的精神家园。他们想要保留着的，是那份对往昔岁月的珍贵记忆。

时至如今，温显来和兄弟姊妹对家中那栋老旧的土屋，依然不舍得拆了重建新房。而且,屋里的一切东西,也还是和当年一样原封不动地保留着。

2015 年初夏一个晴朗明媚日子，在源溪村，温显来最小的妹妹轻轻推开自家已被岁月侵蚀得斑驳的老屋大门，领着我们进入那栋简陋的土屋。

在有些昏暗的老屋内，环视那几间小小的板壁房间，除了几件极为简陋的生活用品，笔者目光里的情形，近乎可以用家徒四壁来形容。

温显来和他的兄弟姊妹们，就在这里长大。

重回老屋，眼前的一切分明让温显来最小的妹妹触景伤怀，那些往昔岁月里的辛酸，仿佛又一次从久远的记忆里清晰浮现，让她一时不知从何说起。

是的，那些渐行渐远的辛酸往事纷至沓来，怎会不让人内心五味杂陈，甚至刻骨铭心呢？

譬如，小时候他第一次进城留在心底的感伤。

进一趟城，对于二十世纪六七十年代的农村人尤其是孩童来说，那可是一件令人无比欣喜向往的事情。

张目四望，周围皆山，绵延不绝，黛青一色。山外世界是什么？不得而知。"大山里长大的孩子，不是井底之蛙，但百分百是盆中之人。"大山隔绝了他们跟外面世界的联系，保住了自然生长的纯朴天性，但也隔断了天真好奇的想象。

大山的外面是什么样子？县城里的街上又是怎样的热闹繁华？外面的世界天地有多大呵……关于这些，幼年温显来的心里充满了种种想象。

一天，父亲次日要进上饶县城去买洋铁皮，决定带上年幼的儿子。

"明天爸爸带我到县城去！"那个晚上，年幼的温显来兴奋得久久不能入睡。自己能真正地走出大山，看看外面的世界，这是他做梦都不敢想的。

那是深冬时节。凌晨鸡鸣两遍时分，温显来就和父亲准备出门了。他们要徒步三四十里曲折的山路和平原小道，方能到达上饶县城。

"快来，天这样冷，要走那么远的路啊，把奶奶的这件罩褙穿上。"临出门之前，奶奶怜惜孙子温显来身上的衣服单薄，把自己唯一一件大襟粗布旧棉袄脱下，执意让孙子温显来穿上。

慈祥的奶奶，对自己的每一个孙辈都视若心头肉，在温显来年少时光的许多温暖记忆里，总有奶奶的身影。

月明星稀，温显来一路兴奋地跟随父亲前行。

天刚蒙蒙亮，温显来和父亲就到达了上饶县城。

清晨中的上饶县城，尽管喧嚣的城市还未醒来，但眼前的街景已让温显来充满着新奇：街道两旁一幢幢矗立的楼房、百货商店，不时从街道上驶过的一辆小轿车，柏油马路……

"这就是县城呵！"对于一个大山深处的农家孩子而言，城市里的一切是如此洋气和新奇。他清晰地记得，汽车呼啸而过，车尾冒出的黑烟都带着浓烈香味，是那么好闻。

那是他第一次看到汽车，第一次见识洋楼，第一次见到城市里清晨的大马路边居然还点着一排整齐的雪亮的电灯……

　　跟在父亲的身后，好奇而出神地打量着眼前的这一切，等缓过神来，温显来发现街上已是人来人往，热闹无比了。

　　忽然间，一阵阵诱人的香味扑鼻而来。

　　顺着那沁人心脾的香气望去，眼前国营早餐店蒸笼里的白面馒头和包子、色泽金黄的油条，还有一碗碗珠圆玉润的汤圆……这是年幼的温显来从未见过的珍馐美食。

　　食物对一个大山里苦寒农家的孩子的吸引力是巨大的，更何况冒着严寒走了数十里的路程，他早已是饥肠辘辘了。

　　年幼的温显来不自觉地停下了脚步，目光久久停留在这些只听说而却从未尝过的东西上面。一股强烈的饥饿感，瞬间触动了他的味觉，喉咙里有一阵阵的渴望在涌动着。

　　"孩子，你饿了吧！"父亲的询问，把温显来的注意力重新唤了回来。

　　"嗯……"温显来点头应答。

　　走进早餐店里，温显来的父亲似乎在心底里有种怯懦，本是指着馒头和包子的手继而转向了油条，但最后还是移向了水煮汤圆。

　　"给我们……来一碗汤圆吧，中号碗的就行……"

　　父亲本是想买馒头和包子或是油条给儿子温显来吃的，但囊中羞涩的他，最终还是没舍得。

　　如今，想起当年的这件事，温显来万分感怀——在那一刻，父亲的内心深处该是怎样的苦涩难言啊！

　　一份中号蓝边碗的水煮汤圆，随后分了两个小碗来盛装，父子两个人一人一小碗。

　　"我不怎么饿，你多吃一些。"相比平日吃饭的情形，那天早上父亲吃那碗汤圆时，吃得特别慢，一边吃，一边用汤勺把自己碗里的汤圆不时地往儿子温显来的碗里舀。

　　"后来到了稍懂事的年纪了，我回想起这一切，才明白父亲是故意慢慢吃，其实他是舍不得吃，那碗汤圆也是为我才买的，而又要不让我察觉到，将他碗里的汤圆舀给我吃啊……"

　　那半碗汤圆，在温显来后来的记忆里，是那样的美味，那是他平生第一次吃到那样回味无穷的美食。

　　然而，在温显来的情感深处，那碗汤圆又是无比苦涩的。因为随后发生的事情，深深触痛了温显来年幼的心灵。

　　"哎哟，原来是一个男孩子呀，怎么穿了件女人的大襟旧裙子……"正在饮食店悠闲吃早饭的一个人，定眼一看眼前的温显来，就好像突然间发现了什么稀奇景象一般，于是带着调侃的口吻高声说道。

　　"看看，这脸上都冻得通红的，穿上这身大襟旧裙，这样子倒还真像个老太太呢……"

　　调侃声刚落，旁边又起了应和的声音。

　　见到有人这样无端地调侃自己的孩子，温显来的父亲极力辩解，可却无济于事——显然，没有人理会这个一眼看过去就是典型农民打扮的人，只顾继续打趣调侃年幼的温显来。

　　"就是嘛，这乡下人的打扮，真是让人看着有些稀奇古怪的哩……"

　　"哈哈哈……"

　　面对这样的场景，年幼的温显来怯生生地打量着。在他童稚的眸子里，与自己家乡那偏远贫穷的小山村相比，他好像有一种格格不入的感觉。

　　早餐店里那几位食客显然带着嘲笑的讥讽语气，陡然引来很多人好奇的打量目光。

　　仿佛感到每一道眼光都是一道寒光，让年幼的温显来避之不及。

　　那一刻，他真切感受到了直戳他内心的嘲弄，那是一种莫名的强烈羞辱感。年幼的温显来在那一刻感觉自尊心受到了深深的伤害。

同时，他生出一种朦胧的意识：自己来自于很远很远的大山深处，和这城市以及这城市里的人之间隔得那么遥远。

温显来或许没意识到，在那一刻，他年幼的内心里，悄然埋下了一颗种子——一颗将来去改变贫穷现实的力量种子。

幸运的是，生活的贫寒，似乎并没有影响到温显来童年时光里的快乐。

大山，是山里孩子们的天堂。

群山阻隔了山外的精彩，可在四季轮换的大山深处，却自有山里孩子们自己的一片快乐世界。

每当春季，漫山遍野就开始变得色彩斑斓，充满诱惑地吸引着山里的孩子们。

这个季节里的日子，在温显来的记忆里，是满怀喜悦的，因为，沐浴在春阳里的时光是那样的温暖。而且，这也意味着在寒冬中瑟缩的日子过去了，在山边和田地里，温显来和村里的小伙伴们嬉笑追逐，那是山里孩子们最开心的时光……

一年中最值得期盼的，当属秋天的时节了。

秋季山里的各种野果，自然是让他们在一年中都念念不忘的。

…………

尽管年少生活清苦而辛酸，但温显来记忆里的童年时光并未因此失去色彩，他的性格并未因为贫穷而变得扭曲，而是始终对上苍心怀感恩，对世人心怀友善。

记得某一年冬天，临近年关，破天荒地家中尚有些许余粮，温显来的父亲心中有一丝安慰："今年总算能过个好年了！"然而转过头看到因为缺乏营养而面黄肌瘦的儿女们，他愧疚得很："正是长身体的时候，都没让他们吃到过什么好东西。"经过一番内心挣扎，父亲把儿子温显来叫来："到米缸里装点米，你去集市上换条鱼来，我们过年吃！"

年幼的温显来心中一乐："有鱼吃了！"他迅速地装好一袋米，立马兴冲冲地出发了。也许是太开心太兴奋，走在路上的脚步都轻快地飘了起来。经过泥泞处，突然脚下一滑，摔了一跤，人和米一块儿倒在了泥坑里。

"完了完了，鱼没得吃了，连米也弄脏了！"温显来十分自责，仿佛全家人过个好年的心愿都被他毁了一般。他垂头丧气地回了家，心中惴惴不安，满心以为迎接自己的会是父亲的责骂。

可是等候了许久，他只听到父亲的轻声一叹："唉，老天怎么这么不眷顾我们呢……"

如今这件事情珍藏在温显来的心底，既苦涩又温馨。对他来说，父亲是如同大山一般的存在，面对贫穷困苦时的坚韧，面对孩子无心之失的宽容，无不在今后岁月中深深影响着他，造就了他不畏艰苦、宽厚善良的品格。

有哲人这样说："痛苦这把犁刀一方面割破了你的心，一方面也掘出了生命的新水源。"

那些艰难世事，在沉淀的岁月时光里，也由苦涩酝酿成了醇香。在许多年后温显来有了一种豁然开朗的解读——对自己而言，年少时曾经历的每一处身体与心灵的创伤，其实都是一种珍贵的人生感悟。

也正是在对现实艰难的感悟过程中，促使着年少的温显来渐渐在朦胧中思考一些与年龄不相称的现实与将来的问题。譬如，自己怎样尽力帮父母分担一些家里的重负；怎样不仅能让自己、也让家人衣食无忧；将来自己长大了，怎样才能不一辈子待在这贫穷寂寞的大山里……

在偏远寂静的大山深处，在时光流年的往复中，不知不觉温显来到了上小学的年纪。

温显来的父母虽然没有念过几天书，然而，在他们根深蒂固的观念里，却对自己子女将来能"吃上文化饭"充满着虔诚的希冀。

尤其是温显来的父亲，虽然只念过半年书，但是凭着头脑聪明和喜欢写写算算，后来成了源溪村村民们眼里有文化、明事理的人。加之他为人处事稳重，诚实守信的品格让大家信得过，多年兼任源溪村村里的会计。

更让村民们敬重的是，许多年里，温显来的父亲经手的村里的账目，竟然分毫不差，从来没有出现过经济差错。

或许是那样深切体会到，有文化和做与文化有关的事情是获得别人认可的重要途径，因而，无论生活多么艰难，温显来的父母始终都坚持要送子女们去学校读书。

他们希望自己的每一个孩子都多读些书，有朝一日能因有文化而走向大山之外。他们还那般固执地认为，即便自己的孩子将来就是在山里种田当农民，那也会因识字有文化而比一般人要强些。

在上小学时，温显来就开始朦胧懂得了父母亲的这片良苦用心，也懂得了父母为了让自己和姐姐哥哥上学读书的艰辛和不易。

"一个人的心中常常滞留了一个童话——它最初不知是从哪儿进入的，不知是来自梦幻或其他，反正只要印上心头就再也排遣不掉，它就一直在那儿诱惑我们。"

这份懂事，促使着年少的温显来特别勤奋认真地学习，在他幼小的心灵深处，已经开始慢慢生出好好读书的念头，还有长大后走出这大山的憧憬。

与此同时，在上小学后，温显来的懂事，也处处体现在他主动为父母分担家庭重负的那些默默的实际行动里。

第二节　群山深处白露苍茫

大山深处的流年时光，寂寞而简单地年复一年。

1972 年，与全国各地数以万计的乡村一样，不计其数的中国农民家庭仍在窘迫艰难的生活困境里平常度日，早日摆脱食不饱穿不暖的生存处境，成了那时人们心底里最大的企盼。

这一年，留给了温显来至今都难以忘却的记忆。

这一年，温显来十岁，正念小学四年级。

这一年秋天，温显来的母亲一次突如其来的身体不适，随后变得越来越严重，竟卧床不起了。

对于一个清贫的农家来说，家庭成员的一场大病，给这个家庭所带来的，往往是雪上加霜的窘困。更何况，在当时的农村家庭里，绝大多数女主人都是挣工分的主要劳力。

正如有着同样记忆的企业家王明夫在回忆年少时光写到的："一对不识字的农民夫妇，在闭塞的山间盆地里，要养活自己和一群孩子，不至于饿死病夭，那种劳作之艰苦卓绝、生活之穷困艰难，我后来任何时候想起，都有一种瞬间就要泪流满面的冲动。"

一个连吃饭都是勉强维持的农家，哪里还拿得出钱去山外的医院治病。于是，只得请山里的"赤脚医生"开些土方子，在山里挖草药煎服。

一连数月，温显来母亲的病情依然不见什么好转。

自从母亲卧病在床，一家人的生活越发地艰难起来。

起初，原本还能勉强糊口度日，后来变成吃了上顿愁下顿。那些日子里，父亲不时为家里揭不开锅而痛苦难言的神情，连同自己饥肠辘辘的滋味，经年累月，依然铭记在温显来的心底。

…………

转眼就到了冬季，也慢慢接近年关。

那一天傍晚，温显来放学回来，那是学期的最后一天，第二天就要开始放寒假了。

如今，温显来仍那样清楚地记得，在他快要走到家的那条山路转弯处，他看到村里别人家的屋顶上正升起袅袅炊烟，而唯独自家的屋顶上没有半点动静。那一刻，他心里就知晓家中的情形了——家里已没有米下锅了。

随后一踏进家门，温显来看见了那让他终生难忘的一幕：寒冷空气里的家显得异常冷清，从生产队劳作放工回来的父亲默默坐在那里，一言不发，愁容满面。

家里的灶膛里冷冰冰的。

是的，家里的米缸里已见底了！

那一个晚上，一家人在静默中饿着肚子。

…………

如果说贫穷的生活窘境，只是衣不新、穿不暖，那在一个孩子的记忆里是可以用刻骨铭心来形容的。而饥饿的滋味，才是永生难忘。

"现在家里已经断顿了，这眼看又要到年关了，得想个法子啊……"父亲在沉重的叹息中自言自语道。

温显来的父亲极力想找到出路，来解这燃眉之急。

在当时，农村同样也要"割资本主义尾巴"。在全国各地，农民一律不准个人搞农副业，就连农民自留地里种点经济作物，一旦被生产大队和公社干部发现，就会立即被责令铲除，更为苛严的还有农民家里养鸡的数量也要受到限制。农民都只能中规中矩地每天在生产队里出工劳作挣工分，除此之外几乎是没有什么其他路子可想的。

但温显来的父亲几经辗转，却最终还是寻到了一个路子。

在距源溪村十多里路之外的四十八乡，有一个小煤矿，矿里职工日常生活所需的大部分蔬菜、禽蛋等要靠从外面购买，渐渐的，有些村民就将平日里自家舍不得吃的几个鸡蛋或是自留地里的一点瓜果，不声不响暗地里拿到矿上去卖，换点油盐钱。

好在那个煤矿"山高皇帝远"，这个自发的小集市一直没有人管。

"可以将自家菜园里的菜，挑到那里去卖。"穷则思变，这是贫穷教会人类的生存法则。

温显来十分清楚地记得，那一天晚上，父亲把他叫到了跟前。

父亲的神情有些伤感，他对温显来说，眼看快要过年了，可家里一点年货也没有，不要说做新衣服，就连吃饭也成了问题。

父亲告诉温显来："你明天要一大早就起床，我把一担蔬菜挑到煤矿上去，然后赶回生产队上工，你在那里把菜卖掉。"

自己可以替父母分担些事情了！

对十岁的温显来而言，在听闻父亲交代自己的这件事后，内心感到格外的高兴。他觉得，在父亲的眼里，自己已经长大了。

次日清晨，滴水成冰，异常寒冷，温显来跟着父亲出门了。

父亲肩头的扁担两端被压得又弯又沉，无声而有力地迈步，温显来深一脚、浅一脚，默默跟随在父亲的身后。走过长长的寂静山路，天才彻底放亮。温显来随父亲来到了煤矿上的那个自发集市——那其实就是一小块露天的空地。

当父亲把那一担沉重的、还挂着露水的蔬菜从肩头卸下，温显来看到，父亲的脸冻得通红而两颊却淌着汗珠——在苍茫白露遍染群山的那个严寒清晨里，年少的温显来分明感受到了父亲内心里有大山般的坚强。

"一定要把这担菜都卖掉！"温显来暗暗下定决心。因为他知道，只有卖了这担菜自己家里过年才有饭吃才能有钱买年货。

果然，只用了不到一个上午的时间，温显来就把那担满满的蔬菜全部卖出去了。

"现在还有印象的，他特别实诚，一点黄菜叶子都要全部剥干净了再卖给人家。"如今，那个煤矿依然还在，当年在煤矿工作过的当地人，如今仍然记得那时少年温显来在矿上卖菜时的情景。

或许，这正是温显来当时能很快把菜卖掉的一个重要原因。

接下来，整个寒假里，温显来大部分时间都在煤矿卖蔬菜。到寒假行将结束时，温显来卖完一担蔬菜的时间，已比第一天大为缩短。

"你的这个儿子挺机灵，人很忠厚，而且从来不计较，手脚又特别勤快，很得人喜欢，矿上很多人都成了他的老顾客哟……"听着同在矿上集市卖过农副产品的当地人对儿子如此评价，温显来父亲既欣慰又心疼。

作为父亲，他知道，是家里的贫困，让自己的孩子过早体验到了生活的艰辛。

此后，父亲除在生产队拼命挣工分之外，还十分辛劳地种菜，通过这样的途径，使得家里的经济状况逐渐有了一些好转，全家人也终于艰难地熬过了吃了上顿愁下顿的日子。

后来，温显来母亲的病也慢慢好起来了。

寒冬渐去，温暖春阳下的群山，又开始变得色彩斑斓起来。

关于自己十岁那年的寂静冬晨，关于肩负重荷在山路上吃力前行的父亲的身影，关于在家境困窘中如山一般坚强的父亲……这些都珍藏在了温显来的情感深处。温显来说，在他后来的创业过程中，也曾遭遇莫大的困境，能够坚持下去完全得益于当年父亲带给他的力量。

"到煤矿上卖菜，这是可以让家里生活尽可能好起来的一条途径！"当有一天年少的温显来突然意识到这一点时，他的内心一阵惊喜。

于是，少年温显来开始慢慢琢磨，如何在寒暑假里通过卖菜，尽可能多地为家里赚点钱。

要想多赚钱，那就得有更多的蔬菜。

而那个年代里，每户农民只能从生产小队分得归属自己的几分土地，只能种菜自家吃或是种点其他农作物（即农民的"自留地"），此外，是不允许有其他任何土地的。

"自留地"里种的蔬菜，数量毕竟很有限。可又从哪里弄到更多的菜到煤矿上去卖呢？

关于这些，少年温显来不但早就想到了，而且，在他心里也早就有了解决办法。

原来，在第一个寒假独立卖菜的过程中，温显来就掌握到了矿上集市蔬菜的一个重要来源渠道——在距离这个煤矿约七八十里之外的铅山县，有一个地方大量种植蔬菜，这些在煤矿集市里卖菜的人，大部分就是从邻县铅山贩来蔬菜，到这里的矿上集市上出售。

于是，温显来想到了去铅山县贩运蔬菜，然后到家乡煤矿来卖。

当温显来提出这个想法后，父母尽管有诸多不舍与怜惜，然而还是点头应允了。

在得到父母亲的支持后，后来的几个寒暑假里，温显来就开始独自去隔壁铅山县的一个小镇上贩来蔬菜到家乡黄沙岭的煤矿来卖。

往来于源溪村和铅山县小镇之间，一个来回有八十多里路程，全靠步行。贩得蔬菜回程，也是完全靠着肩挑步行，十来岁年纪的温显来，以人们难以想象的毅力，完成了一趟又一趟蔬菜的艰难贩运。

而那段时光里每一次肩头的巨大负重，都深深刻印在了温显来的记忆深处。

其间一次，更是让温显来刻骨铭心。

那一天，温显来在铅山县贩菜时，由于回程出发的时间晚了，等他到达上饶县时，已是晚上近九点钟了。

从上饶县走回源溪村，再快也要两三个小时，加上人已经十分疲惫。于是，温显来决定晚上不回家了，到从前往返铅山和家乡贩菜时住过的那家旅社里去过夜，等第二天天亮再回家。

"今晚不回去了，在旅社住一晚上。"温显来虽然很久没来这家旅社了，但还是很自然地显出一种亲切感来。

"现在的价钱，要八毛钱一晚了。"旅社服务员告诉温显来。

"怎么涨价了，还一下子涨了这么多钱！"温显来一听，吃惊地问道。而原先，这个旅社住一晚的价格是五毛钱。

"反正现在就是这样的价钱了，住不住，你自己定。"服务员回答道。

"要是可以少一点的话，我是会住下的。"温显来试探地问道。

"我们国营旅社，是不讲价的！"服务员最后回答得很是干脆。

温显来不再询问，他犹豫了。

足足贵了三毛钱。这八毛钱对于温显来而言，是很大的一笔开支。要知道，挣上一块钱那需要他挑多少担蔬菜。

花八毛钱住一晚上，对于他来说，简直是一种无法接受的奢侈。

可是，如果不住，现在天色已经完全黑了下来，这里距家里还有近三十里路程。而且，后半程还是十多里的山路，沿路很长的一段连一户人家也没有……

纠结了许久，最终还是舍不得，他决定连夜走回家。

温显来挑着一担沉重的蔬菜上路了。

当身后路边村庄的几点灯火依稀远去，山幕在无边无际的夜色里一片沉寂。偶然有一阵山风掠过，寒意袭人，加之山风呼啸，让人心里不禁打了一个寒颤。对于一个十多岁的孩子来说，即使是再怎么有胆量，心里也难挡那种无法言说的害怕。

越往大山深处走，温显来的心里越是紧张起来，但他一路壮着胆子。

这时，突然仿佛感觉到周围浓厚的漆黑已将自己整个包裹起来，温显来的心里陡然一紧，停下脚步回头望，可身后却什么也没有发现。

夜黑山深，一路上，隔着很远才会有几个不大的村庄，大部分山路之间没有一户人家。少年温显来想到这些，心里开始生出隐隐的害怕来。

但现在只能是硬着头皮往前走了。

"沙、沙、沙……"不知什么时候，温显来突然听到身后传来这样一阵阵怪异的声响，令人心生恐惧。

温显来心里猛地一紧。他立即本能地停下了行进的脚步。

停下脚步，转身回头一看，那响声顿时却没有了，而且什么东西也没有——事实上是什么也看不清楚。

可是，等他再继续往前走，身后又响起了那"沙、沙、沙……"的响声来。

接下来又是这样。停下脚步，什么异样也没有，可一走动，身后那怪异的响声就尾随而来。

…………

莫名的紧张感，随即在温显来心里生起。

"这到底是什么怪异的响声……"

温显来的大脑飞快旋转，种种猜测，不断从脑海中冒出来。

"难道是……"

突然，温显来想到了这响声的一个来由——他曾听村里很多人说过，原先这山路两边有强盗出没，这些强盗藏身于山路两边深深的茅草之中，专门偷抢夜行山路者的钱物，看到山路上来了人，先偷偷跟踪，然后突然蹿出来进行抢劫。

"可能是遇到了强盗了，这强盗就藏在身后路边的茅草里，正尾随着自己……"想到这里，温显来直感到自己背脊一阵阵发凉！

一刹那，他脑海里瞬间生出一个念头：绝不能让强盗把自己这担蔬菜给抢了去！

是啊，在温显来眼里，自己肩头的这担蔬菜比什么都重要。

温显来不敢回头，加紧脚步往前走。而他越走得快，身后那"沙、沙、沙……"的响声，也就越跟得紧。

那一刻，一种本能的恐惧感瞬间涌起，让温显来的心都快提到嗓子眼了！

任凭风声在耳边呼啸，也不管呼吸急促得让胸口有窒息一般的感觉，少年温显来一个劲地在心里催促自己：快跑，快跑，千万不要停，加快速度，再加快速度……

"汪、汪、汪汪……"当一阵狗吠声从前方不远处而起，温显来意识到——前面就是源溪村了！就快要到家了！

他紧张异常的心里顿时轻松了下来，开始慢慢停下疾行的脚步。

抬头间，温显来竟发现，自己已立于家门口了！

"爸爸妈妈，快开门，是我回来了……"心里尽管仍在扑通直跳，但一种无法言说的安全感，让温显来内心的恐惧顿时烟消云散。

"是显来！孩子，你怎么这么晚回来呀？我们还以为你会在县里旅社里住了，要明天早上才回来呢……"

大门打开，看到孩子的那一刻，父母心痛不已。他们不敢想象，在这夜黑风高的深夜，自己的稚子温显来独自一人翻山越岭数十里，是如何走过那长长的山路回到家里来的。

见到父母的那一刻，一种无言的莫大委屈，陡然涌上温显来的心间。

那一瞬间，他再也抑制不住，眼泪夺眶而出。转而想到省下来的八毛钱，所有的委屈顿时全部消散而去。

…………

一个假期里的辛劳，除了负担自己学费之外，竟还能管够家里好几个月买油买盐的开支用度，这让少年温显来内心深处充满了欣喜与自豪！

从起初卖自家自留地里种的菜，到后来去贩菜来卖，自己不知不觉在年少时就有了经商的经历。

温显来说，这是一个偶然的过程，但却是家境困窘而赋予或是促使自己得到的一次历练。

"少时，利用寒暑假贩菜卖的那段时光和经历，是我对于经商的最初体验，更是我对于人生艰难时光的深刻感悟。那样的真切体验与感悟，让我开始似乎朦朦胧胧懂得，面对困境，只要想办法去改变、敢于去改变，就一定会有意想不到的欣喜呈现在你面前。"

后来，在温显来忆述少年时光的所有细节里，都让人真切地感受到：一个人的生命潜能中，蕴藏着的张力是那样坚韧与强大，曾被苦难和困厄压制着的力量，在悄然转化为这种人生张力的过程中，赋予了一位生活的强者不竭的前行力量。

那种努力，许多人看在眼里，至今印象深刻。

不知从何时起，在要求自己不断进取的过程中，温显来越来越珍视并怀想远在记忆里的童年与少年时光。

仿佛每一次想起，都是一次久别的温情重逢。温显来越来越感念，一个人无论走得多远，都始终忘不掉自己出发的起点。

是的，温显来怎能忘怀年少时的艰辛岁月——在用稚嫩的肩头帮父母分担家庭重负的过程中，不但磨砺出了坚毅的个性和品格，而且立志要奋力走出闭塞贫穷的大山，去改变自己现实命运的强烈愿望。

在温显来心底，那是对自己人生的丰厚馈赠！

在对童年与少年岁月的长久瞭望里，一股深深的感动，也时常会在温显来的内心深处缓缓流淌而过。他说，在自己后来走出大山深处的时光里，也逐渐深刻地感悟到，原来存放着自己生命所熟悉的那所有细节里，都满盛着激励自己此后一路进取，去搏击人生风雨的精神基因。

或许，正是这些潜藏于心底的精神基因，孕育了温显来对于改变人生命运的强烈渴求，而对改变命运的强烈愿望，又恰恰是赋予他走出山村勇气的力量之源。

因而，遥望当年斑驳时光里大山深处的艰辛岁月，在温显来内心深处，又怎能不充满无限感怀……

第二章
渐向重山之外

与许许多多农家子弟一样，年少时的温显来，也曾有过靠读书谋取功名，跳出农门，走出大山的热切向往。

然而，这样的热切渴盼，在少年温显来心灵深处是矛盾而痛苦的。

家境窘困的现实，让他最想做的，就是怎样尽己之力去帮助父母改变清贫艰难的家境。至少，他想要为父母减轻一些重负。

正是因为如此，格外懂事的他，越来越不忍心看到父母用沉重艰辛的劳作换来自己双脚不沾泥的求学时光。在刚念完高中一年级的第一个学期后，温显来不顾父母反对，自己主动坚定地选择了辍学。

辍学回家之后的路，只能是一条，那就是务农。

然而，这样的人生路正是少年温显来心底强烈渴望有一天能摆脱的。他更不甘心，自己将来一辈子就这样在大山深处过着日出而作、日落而息的生活。但体谅父母的劳苦和家境的贫困，他只能把靠读书改变命运的渴盼深藏于心底。

　　辍学回家务农后的温显来，一边在生产队卖力地干农活为家里多挣工分，一边在农闲时想方设法做些小本"副业"补贴家用。

　　在这一过程中，温显来渐渐打开了眼界，他隐约而敏锐地意识到大山之外的种种机遇。同时，温显来更深刻地感受到，自己农闲时做小本"副业"所赚的，比一年中大部分时间在农田里所挣的工分收入要强得多，因而他逐渐明白，要想改变自己家境的贫穷生活境况，就必须要走出大山。

　　走出山村，到外面去谋生立业——温显来总是情不自禁地把目光投向莽远的大山之外。同时，他的心底也开始在思考自己将来的人生之路。

　　终于，他获得了一个可以走出大山去谋生立业的机遇——与家乡一山之隔的铅山县一个国营林场有土方工程可做。

　　路是靠自己闯出来的。

　　心底的深刻渴望与个性里的血气方刚在胸中交织激荡。十七岁的温显来作出了他人生中第一个重大决定——为改变家庭贫困的命运蹚出一条路，同时也为自己闯出一条路，他在家乡源溪村拉上一帮人、组织起一个施工队，走向了江西铅山县的一个林场承包土方工程。

　　就这样，温显来迈出了走向家乡重山之外的第一步。

　　温显来怎么也不会想到，他为改变贫穷家境而迈向重山之外的这一步，正是他人生命运的重大分水岭。

第一节　坚定而苦涩的辍学

曾几何时，乡村之外的世界，是每一个农村人心中挥之不去，又遥不可及的色彩斑斓的"童话世界"。

这个农村人心中的"童话世界"，在现实中就是城市。

高楼、洋房、宽阔的马路和大街上行驶的小轿车，更有楼上楼下电灯电话的城里人的生活，还有城市人干净光鲜的衣着……

走出农村，走进城市，对于一个农村人来说，那就意味着实现了自己人生命运的彻底改变，也就走进了人生体面而理想的生存之境。

在过去悠长的岁月里，这就是许许多多农村人为之奋斗的最高目标。或者说，这又是很多农村人深藏心中难以企及的奢望。

是啊，在曾经那么长的时间里，壁垒森严的中国城乡"二元结构"仿如坚固的高墙，让农村人试图挣脱乡村而走进城市的路径变得那样狭窄与艰难。而那些极少数从农村走进城市的人们，几乎无一例外都历经了他们人生中最为震撼人心的拼搏和奋斗。

这样的状况，在改革开放之前都始终未曾有多少变化。

在那样的年月里，对绝大多数农村的青少年而言，走出乡村、走进城市的现实通途，似乎就只有读书考出去这一条路了。尽管这条路径无比艰难，而且时而断续，但却始终是农村孩子内心深处的期盼和希望。

事实上，也别无其他的途径和希望！

在少年温显来的内心里，何尝不希望通过读书走出大山。这也是父母对他人生未来的殷切盼望。

为此，温显来一度读书求学异常勤奋刻苦，学习成绩也十分优异。

父母早已在心底欣喜于儿子温显来的聪慧和悟性。还是在上小学三年级的时候，父亲每次在为生产小队算账的过程中，温显来就在一旁聚精会神地看着。而到小学四年级的时候，他居然能帮助父亲算账了，而且经他算的每一笔账目都清楚无误。

父母心里期盼，儿子温显来将来长大了能靠读书这条路，走出大山，跳出"农门"。

然而，或许是过早地懂得了家庭的贫苦与父母的艰难，随着年龄的渐长，少年温显来越来越觉得，自己心底的那个梦想苦涩而沉重。

因为，现实中的窘困家境尤其是父母的辛劳，让他内心深处对于读书这件充满人生希望的事情，越来越感到不安。

"想到父母整日在田地里挥汗如雨劳作，一家人的日子苦到了不能再苦的境地，就会立即想到自己十指不沾泥，靠父母供养着，整日里轻松地坐在教室里。"少年温显来时常觉得，这是一种极为奢侈的行为，也时常会莫名地感到自己背上仿佛有针芒刺过一般局促难安。

为此，他对于自己曾经有过的靠读书走出大山的想法，越来越觉得渺茫和不切实际。

…………

待温显来升入高中一年级时，他后面的几个弟妹相继出生，家中的生活负担也随之越来越沉重了。

在高一年级念第一个学期的过程中，从来都是好学上进的温显来渐渐开始变了。他变得对学习这件事不再像从前那样的专心致志，始终有心事萦绕在他心底。

从他平日里的神情中明显看得出来，外表俊朗阳光的少年，眉宇间分明紧锁着一种与实际年龄极不相称的忧伤。

　　是的，温显来逐渐开始不自觉地去思考另外一些问题了。而这些问题，本不该是他这样年纪的少年需要去思考的。

　　"自己已经长大了，应该去帮助父母挑起家中生活的重担，而不是成天这样轻快的、一身干干净净地坐在教室里。"少年温显来并没有意识到，过早成熟的心智，已让他开始对家境的窘迫和自己人生未来的思考变得严肃深沉起来。坐在学校的教室里，他会时常情不自禁地想到在田间地头劳作的父母无比艰辛，会想到家中的贫穷和生活的艰难，还会为自己已快长大成年却仍要父母供养上学而感到内心自责……

　　这些超越实际年龄的复杂情绪，整日纠结于少年温显来的内心深处，这样的念头产生后，他再也无法专心念书了。

　　于是，他心里逐渐萌生出了要辍学回家务农的想法，他不忍心因为自己所谓的"靠读书将来走出大山，出人头地"这样的梦想，而让父母和全家人为此增添生活的艰难。

　　相反，他极力地想去为父母和家庭减轻一份负担。

　　少年温显来也许未曾意识到，在他内心深处潜藏的这种所思所想，那正是一种担当呵！

　　终于有一天，少年温显来鼓起勇气向父母说出自己的内心打算——辍学回家来帮助家里挣工分。

　　一听到儿子温显来说不再继续读书了，父母亲感到十分惊愕。

　　他们仿佛感到了自己又一个希望的破灭。因为，他们曾同样寄予了希望的大女儿和大儿子也相继辍学了。后来，他们把家里孩子将来能靠读书走出这贫穷的大山的希望，寄托在了聪明懂事的温显来身上。

　　"孩子，你不读书，那将来就得像我们一样，要在这大山里一辈子种田啊！"父母极力劝说温显来道，"我们大人多吃点苦没什么，就是巴望着你们这些孩子将来读了书有出息呢……"

"爸爸、妈妈，我就是不想读书了！"温显来语气坚决地向父母作答。

"那好吧，孩子，你要是想好了不读，那就回来，将来也总会找得到出路的……"父母还想规劝却欲言又止，随后很是感伤地安慰温显来。

他们很清楚，自己的儿子温显来是一个有主见的孩子。

其实，父母亲的内心里何尝不知，这是懂事的儿子念及家中的艰难，坚定地要辍学回家来务农挣工分。

是的，随着温显来后面的五个弟妹相继出生，在八个孩子陆续长大的过程里，这个山村贫寒农家经年累月所面对着的，始终是无法摆脱的贫穷，而且年复一年，家里的日子开始变得越来越艰难。

温显来心里十分清楚，告别学校之后，自己就只能是回家务农，那也就意味着自己将从此回家当农民，而且，很有可能要在这大山深处的小山村里当一辈子农民。

辍学回家务农，这对少年温显来而言，该是多么惆怅与无奈的一种选择啊！

然而，他心里又深知，自己必须主动地去面对这样的现实。

在时光的悄然前行之中，温显来完成了他人生中第一次身份的转变——从一名风华正茂的高中生到一位可能会一辈子在田间劳作的农民。

这一年，温显来十五岁。

从此，温显来成了家乡黄沙岭人民公社源溪生产队里的一名普通农民。

这也就意味着，少年温显来要从此开始日出而作、日落而息的农村社员劳作生活，要做好一辈子就这样终年劳作的打算。

"从今往后，要将心里的失落和无奈收起，你必须坚强面对自己的人生选择！"温显来默默告诉自己。

这样的重复父辈们生活轨迹的人生之路，曾是少年温显来心底无数次想要极力去避免的。而现在，他要让自己习惯这一切，接受这一切，还要完全地融入这一切。

日子在大山深处的日出日落间悄然流走，白天农活劳作带来的身体极度疲惫，大山深处寂静夜晚中的沉沉入睡……

这样艰辛而单调的日复一日，消磨着少年温显来心底曾对未来的种种憧憬，更磨砺出他手上的厚厚老茧，还有日晒风吹、挥汗如雨……让他看上去越来越像一位农民。

虽然辍学回家务农，但温显来对学习的渴望，对知识的渴望却没有泯灭，在辛苦的劳作之余，温显来就想方设法到大队找些报纸来看，了解时事政策的变化。农闲时，但凡身上有一点钱，他就抽时间到县上的新华书店买书回来看，他还喜欢一边看书，一边做笔记，他认为重要的、有价值的、有启发的，就记下来。在那段难忘的青葱岁月里，他靠读书记笔记来打发百无聊赖的劳作之余的生活，光笔记就记了几十本，他还尝试写了一篇十几万字的自传体中篇小说，在小说里记述了成长的经历、生活的艰辛、人生的百味和对走出重山之外的强烈渴望……

一个农忙时节下来，在村民们眼里，温显来已是生产小队里的一位骨干劳动力，他样样农活干得有把有式，且舍得出力气。

在人民公社年代，生产队社员每天所得的工分是分等级的，壮劳力或骨干劳动力的工分是最高一档。在正式成为社员不久以后，温显来每天的工分级别，已是和生产队里的壮劳动力一样了。

然而，在一些村民们的眼里，温显来是一位与众不同，或者说在内心深处是不甘于安分守己依靠在土地上劳作以求得生存的年轻农民。

甚至还有村里人这样认真地说："依我看，显来这小伙子，是迟早有一天会不吃这'捏泥巴'的饭的，他是会走出这大山的！"

这些村民们对温显来这样的看法和想法，在其时，没有缘由也说不清道不白。

但那时，源溪村有一个人的心里，对此却是坚定而明朗的。这个人，就是其时的源溪村生产队队长。

"那时在生产小队种田，我们一起做事的交流过程中，我就知道，显来是心里有想法、有志向的一个小伙子。"如今源溪村的这位长者，对当年温显来的这一点印象至今仍十分深刻。

是的，温显来有自己的想法。

在他内心深处，从来就没有放弃要通过各种努力来改变自己清贫家境的念头。在和生产队里所有社员一样在田间山头挣工分之外，他还在想着通过其他路径去挣一些额外的钱，以帮助父母来改善家中的境况。

最初，温显来还是想到了可以在自家的自留地里种菜到煤矿上去卖些钱。这对他来说，是再也熟悉不过的路径了。

于是，源溪村的村民们总是能看到，很多时候，温显来会起得特别早，他挑着满满一担蔬菜赶往当地的那座煤矿，在那里卖完这一担蔬菜后又赶回家，准时参加生产小队里的集体劳动。

…………

纵然时光岁月再久远，那些大山深处的深刻记忆，在温显来脑海里也从未曾褪色。

而在笔者眼里，透过这时光片断组接起来的一幕幕，仿佛分明能看到，少年温显来正奋力挣脱着大山深处那贫瘠土地的羁绊，由群山阡陌走来，向着山外迈动沉重而艰辛的脚步。

因为，尽管日复一日地在土地上艰苦单调劳作，但他心底深处那改变人生命运的强烈信念却从未曾被消磨。

第二节 农闲时节跑"副业"

在二十世纪七十年代末，一个人农村人试图要挣脱土地而走向外界谋得生存，注定是羁绊重重的。

在改革开放之前，全国严格的禁商控市政策，实则禁锢了城乡一切体制下的商品与劳动力的自由流通。也就说，经商做买卖和雇佣与被雇佣的劳动力，都被视为是"资本主义"的东西，轻则要遭到批斗打击，重则是要被定为诸如"投机倒把"、"剥削"等这些罪名。

在城市，几乎没有个体劳动的自由支配，也没有个体私营的商贸流通。工人若是在业余之外干收取报酬的活计，一旦被发现会被扣上"挖社会主义墙角"的帽子。没有工作的待业城市人员，如在街边摆个小摊或贩卖点东西，那是有被定为"投机倒把"罪名之虞的。

而在全国各地的广大农村，农民与土地被牢牢地束缚在了一起。

同时，由于个人自由劳动成果的交换与城市一样被严格禁锢的自由流通市场所切断，因而农民除了在生产队的集体劳作中挣取工分，其他几乎没有任何获得劳动所得的途径。

在这样的农村治理体制之下，绝大多数的农民在日复一日的"日出而作，日落而息"的四季往复中，早已没有了其他念想。他们的生活，只能是中规中矩地相伴着那方土地，即使是在漫长而悠闲的农闲时节。

1977 年的冬季一到，接下去，便是长达几个月的农闲时节了。

这个时候，农村生产队里的集体劳动，一般就是修水库、疏沟渠或是往田地里运有机肥等之类的活了，所需的劳动力并不太多。很多时候，一个生产队的社员们在参加这类集体劳动的过程中，大家就是一天里多半的时间是在一起"磨洋工"度过的。

但极少数有头脑的农民，却从这农闲时节里看到了机会。

这个机会，就是到土地之外去挣钱——"搞副业"。

所谓"副业"也就是农业之外的活计。比如，去林场、煤矿干伐木锯板和挖煤运煤等苦力活，相当于现在的打临时工。还比如，有胆子大的人，谨小慎微地游走于城市与乡村之间做些小本买卖。

事实上，在那特殊年代里，无论是在城市还是在农村，自由支配的个体劳动和市场流通的需求都是客观存在的，只不过是被严实地压制住罢了。

因此，在一些农村的生产队，农闲时节会暗中默许少数村民外出去"搞副业"挣钱。但同时，外出去"搞副业"的社员，要向生产队交一笔钱。这样的结果，可谓是社员个人和生产队双方互惠互利的事情。

二十世纪七十年代，在源溪村一带，每至冬季农闲时，就有少数几个头脑活络的农民会走出大山，去外面做些贩卖爆竹、食糖等东西的小生意。

这让温显来一直很是动心！

加之，贩菜卖的那段短暂经历，让温显来知道了"搞副业"所挣的收入，除去交给生产队里的之外，肯定会比在生产队里挣工分所得要多。

于是，在农闲时节即至时，温显来难以按捺心里要去"搞副业"的跃跃欲试冲动，他决定要去试一试，看看有什么合适自己的生意可做。

温显来此举，对于源溪村生产小队队长而言一点也不感到意外。他心里其实早就知晓："总有一天，显来这小伙子是要来找我，说他想要去'搞副业'的！"

是啊，一个有点想法的农村人，几乎就只有这条路可走。

随后，在生产小队长的支持下，温显来和生产小队顺利达成外出"搞副业"的默契。

可问题是，家里没有什么本钱，要做生意，那也只能是选择本钱小、周转快的小本生意来做。

有什么小本生意可做呢？

一番琢磨之下，温显来发现了适合自己做的小本生意。

在农村各地，每到冬季农闲时节就会有不少人家娶亲嫁女，鞭炮是不能少的。尤其是逢年过节时，不论家中的生活境况如何，农民们那样虔诚地传承着一代又一代的传统风俗，放几挂鞭炮，是家家户户不可或缺的。

"家家户户都需要，那贩鞭炮到各个村庄去卖，应是能赚到钱的生意。"于是，温显来想到了去外面贩些爆竹回到山里卖。而且从父亲那里，温显来也得知这个"副业"的所赚还可以，因为小时候，父亲就曾带着自己去过上饶广丰县的洋口镇贩过鞭炮卖。

上饶广丰县（现为广丰区）的洋口镇，是生产鞭炮历史悠久、规模集中的一个地方。于是，温显来决定到那里去购买鞭炮。

次日清晨，温显来带上家里仅有的十来块钱，走了几十里路，一路辗转来到广丰县一个叫洋口公社的地方，顺利地在当地一家烟花爆竹厂批发到了爆竹。

由于本钱少，他只能批发到两个半箩筐的爆竹。

出乎意料的是，在一路游走乡村的叫卖中，只用了大半天的时间，他批发来的那一担半箩筐的爆竹就全部卖完了。

更让温显来欣喜的是，这一趟贩爆竹所赚的钱，远超过了曾经多次贩菜所赚的钱。

"终于找到了一个好路子！"温显来心有惊喜，他决定抓紧过年前的一段时间，多跑几趟这贩卖鞭炮的"副业"。

源溪村距洋口镇六七十里路程。每天凌晨时分，温显来就从家里出发步行去广丰县洋口公社的鞭炮厂，批发上满满一担爆竹，然后行走于沿途的各个村庄叫卖。

这样的奔波，极度劳累辛苦。

但一段时间下来，温显来很是欣喜地发现，自己贩卖鞭炮所赚得的钱，竟然接近差不多半年时间在生产队劳作的工分钱了。

"自己农闲时做小本生意所赚的，原来比一年中大部分时间在农田里所挣的工分收入要强得多！"这让温显来内心感触很深。

更为重要的，对于温显来而言，农闲时做小生意的最大收获，其实远不止那"比一年中大部分时间在农田里所挣的工分收入要强得多"的收入，而是在他的意识里，越来越多地萌生出对于从事农田劳作之外活计的思考。

是的，他想通过在土地劳作之外的途径来挣钱。

"要想让自己和家人的日子过得好起来，要彻底改变贫穷的生活境况，自己就必须要走出这大山去，离开这依靠土地谋生的生存方式！"温显来越来越深刻地意识到了这一点。

很自然地，温显来的目光开始投向更多适合自己做而又更有赚头的小生意。

在那个物质生活极度匮乏的年代，几乎一切生活必需品都是要凭票供应的。尤其是白糖、烟酒等，相对于城市，这些紧缺生活物质在农村地区就更是显得短缺了。

由此，若能从城市贩得白糖等这些食品到农村来卖，那一定是既不愁销路又能赚更多钱的好路子。

温显来想到了这一点。

其实，温显来也知道，自己生产队里有一个村民就贩过白糖卖，而且，这位村民和自己还是平日里交情甚好的朋友。于是，温显来就去找那位村民了解关于贩卖白糖的情况。

"我实话告诉你吧，我去浙江义乌贩卖过白糖的，那里有一些人在搞计划外的白糖批发，贩到我们上饶一带农村卖，一次所赚很是划得来呵。"这位村民出于对温显来的信任，将他轻易不向人透露的"秘密"告诉了温显来。

但那位村民同时也警告温显来，由于贩买贩卖白糖这类紧俏生活物质，属于典型的"投机倒把"行为，是要被各地工商部门严厉打击的，甚至搞不好还会有坐牢的危险。

然而，当温显来听到这个消息后，一种强烈地想去尝试的念头，很快占据在他脑海里，让他心里欲罢不能。

"白糖在我们这边好卖又赚钱，为什么不去？既然义乌那边有计划外的白糖批发，又允许我们批发，那就会允许我们贩卖。"温显来极力主张两个人合伙做这生意。

结果，同村的那位朋友被温显来说动了。

两个人一合计，决定去义乌贩白糖到江西上饶一带来卖。

于是，想办法凑齐了盘缠，第二天一大早就徒步六十多里到上饶火车站，坐上去金华的火车。

当时"以阶级斗争为纲"的思想还根深蒂固，火车到达金华车站的时候正好晚上十点钟，在下火车的时候都没有来得及吃上点东西，就忽然听到金华的高音喇叭播放反对投机倒把的通告，突如其来的通告让俩人惊慌失措，感觉好像自己做了什么违法的事情，于是，两人决定从金华沿铁路线走到义乌。虽然一夜行走了一百余里极度疲劳，但一到达义乌市场疲劳就烟消云散了。

浙江义乌，享有盛名的世界级小商品集散中心。今天的人们很难想象，曾经的义乌，是何等贫穷落后的一个农业小县城。

直到七十年代中期之前，义乌不少农民为求吃饱饭的基本生活，在农闲季节纷纷挑起货郎担，不畏艰辛，游走于赣、皖、鄂等省市的一些地方，用鸡毛换糖的方式在土地之外去挣取生活。

但是，自七十年代中期开始，就在这个当地很多农民曾经挑着货郎担走向外界、靠着"鸡毛换糖"求得温饱生活的地方，令人难以置信的是，这里已开始悄然萌发带着浓厚原始色彩的小商品自由市场——由农民为主体自发形成的极端简易的贸易市场。

这样的商品市场出现，在其时的中国绝对可被视为是"胆大包天"的做法。而鲜为人知的是，这样的市场之所以能在义乌诞生和迅速生长，正是当时的义乌政府部门"睁一只眼闭一只眼"的结果。

当温显来来到义乌，所见所闻第一次让他内心感到前所未有的震撼，那样的不可思议。与家乡上饶县城乡普遍的情况相比，尽管在这些简易的贸易市场交易过程中，人们还心存着怕被工商管理部门人员来查处的担忧，但这些市场里的紧张气氛明显要比家乡轻松许多，似乎还分明让人能察觉到，人们担忧的口吻语气里却早已有了习惯于这种自由交易的默契。而那些做生意的人，绝大部分就是当地地地道道的农民。

可在上饶县城乡，当时的情况却是，贩卖者处处要担心遇到工商局投机倒把办公室的工作人员。就算做些哪怕再小的生意，一旦被工商局投机倒把办公室的工作人员遇到，轻则是被呵斥，重则就是所有的东西都被没收，还有人因此获了"投机倒把罪"锒铛入狱。

义乌的白糖批发价格便宜，而且质量又特别好，温显来和同村的朋友一次性批发了一袋白糖和一袋红糖，总共 260 多斤。

事实上，义乌的市场管控状况是内松外紧。

尽管义乌和金华一带城里的市场气息相对上饶宽松不少，但在汽车站和火车站这些地方，却依然设有工商局投机倒把办公室，工作人员要严防和重点打击"投机倒把"行为。所以，大白天要想明目张胆地把两大麻袋糖运上火车，那被查处的风险是极大的。

随后，温显来和朋友为稳妥起见，辗转把糖从义乌运到了浙江金华，准备从金华坐火车返回江西上饶。

在金华火车站附近，温显来和同伴苦苦捱过了难熬的白天，终于等来了子夜时分。

幸运的是，他们顺利地把两大麻袋糖搬上了一趟火车。

火车缓缓启动离站的那一刻，一种无比轻松的喜悦顿时涌上温显来的心头。他心里如释重负——火车奔向的前方，越过浙江省境内之后就是江西省的上饶火车站了！

这一整天里，从义乌一路辗转到金华，两大麻袋整整 260 多斤的糖，上车、下车，最后又搬上列车，体力消耗巨大。由于担心两袋糖放在一起目标大，两人各负责照看一袋糖，分开车厢乘坐。

再加上担心被查没而时时内心惴惴不安，让他们早已精疲力竭。

因而，在火车开出金华火车站不久之后，心里如释重负的温显来和那位同村村民，很快就蹲在嘈杂闷塞的车厢里沉沉地睡了过去。

不知过了多久，同伴使劲地摇醒温显来，一脸沮丧地说，自己负责照看的那袋白糖不见了！

温显来没有责怪那位村民。两人分头找了好几节车厢，可那袋白糖就好像从车厢里蒸发了一样，消失得无影无踪。

"一定是火车开出金华站，在某个小站停靠时，有人趁着我们熟睡不醒，把那一麻袋白糖给偷走了。"温显来他们终于明白了原因。

跨省贩运白糖这样的紧俏物质，本身就担心被查，现在白糖丢了，尽管心里焦急无比，也不敢去向火车上的乘警报案，温显来他们只能选择默不作声地"吃哑巴亏"。再说，即使报了案，那车也不知走过了多少站了，是很难把被偷了的白糖找回来的。

事已至此，心里难过也再无他法。

好在只是偷走了一袋白糖，等回去后把剩下的这一袋红糖卖出去，那好歹也能把大部分的损失弥补回来，不至于这一趟把本钱全亏进去。

温显来和同村那位村民这样相互安慰。

然而，让温显来他们没有想到的是，当列车终于到达上饶火车站，他们为千辛万苦贩回了一大麻袋红糖而松了一口气时，却不料火车站出口处站着几个警察，把他们给堵住了。

警察把他们俩领到办公室，盘问袋里是什么东西。温显来见状，随机应变说是自己哥哥结婚，父亲叫他到浙江买点红糖办喜事用的。可不管他怎么说，警察都不相信，把他俩从头到脚搜身后，说这是投机倒把行为，这一袋糖必须没收。无奈，两个人只好空着手离开了上饶火车站。

买糖已经花光了带去的200多元钱，家离上饶也有三十多公里。于是，又累又饿的温显来就领着那位同村村民想到距离上饶十多里远的皂头公社一个远房亲戚家去投宿。结果，到了那里，半夜三更没有敲开亲戚家的门，后来幸好遇上一个好心的老人家，拿了点稻草铺在房檐下让他们睡了一个晚上。

第二天回到家，温显来向父亲讲起这件事，父母没有一点责怪和怨言，而是安慰温显来说："做生意都是有赚有赔，不要再去为此事难过了。"

父母的安慰让温显来很是感动。他记得从十岁开始，就利用星期天出去做小买卖，父亲鼓励他放手去做，大胆去闯。生意做得好或坏，做得赔或赚，父亲则从来不过问、不责备。

"父亲个性里的沉稳坚强，母亲为人处事的善良，赋予了我和兄弟姊妹们终身受益的品格禀赋。"在温显来心底，来自于父母个性品格潜移默化的教益，那样深刻而深远地影响了自己人生成长与创业之路。

在父亲的鼓励和影响下，温显来从小就在商海里得到了磨炼，形成了吃苦耐劳、诚实守信的品格，其中对人生、对事业、对商道的所思所悟，为日后事业的发展奠定了基础。

虽然这趟贩糖赔了本，但这一次贩卖糖的经历，却让温显来从此在心里，萌发出一种此前从未曾有过的坚定。

之前，亦农亦商，温显来内心最本真的想法，是在农闲时做点小生意补充家里的日常用度开支，他从未想过自己的生存要完全脱离这大山里的土地，实际上也不敢去想象——因为他没有想象过，居然还有义乌这样的地方，农民可以那样"胆大包天"地做生意，而那些"戴红袖章"的人对此竟然也是睁一只眼闭一只眼。

而现在，在往返上饶与浙江之间，温显来仿佛一下子"见了大世面"。

他看到了那些离开田地劳作而专门在市场里做生意的农民，他更隐约看到了在源溪村大山之外，有着一片广阔的空间天地，其间可以实现自己心底一直渴望的"不靠种田能生存得更好些"的强烈愿望。

慢慢地，家乡源溪村大山深处的那方空间，仿佛已承载不了温显来对于人生命运的强烈渴望了，他心中深切渴望的是走向另一片靠努力拼争可以赢得更好一些生活的天地。

而且他知道，要走向这片天地那就一定要走出家乡的大山。

"只要比种田强，吃再大的苦，受再大的累，我也愿意。"那时的温显来，心中的想法和要求仅此而已！

然而，就是这仅此而已的想法，赋予了温显来心中巨大的奋争力量。

第三节　组织施工队走出大山

一个人心中萌生出的某个念头，若是日渐清晰坚定，那也就在不知不觉中成了一种锲而不舍的奋进目标。

在心底萌生出渴望走出家乡大山的过程中，温显来仿佛越来越真切地感到，在大山之外仿佛有一种力量在召唤着自己，那力量让自己内心深处充满着越来越强烈地走出重山的向往。

为此，温显来没有被动地去等待，而是主动寻找走出大山去谋生的机遇。

温显来家有一位远房亲戚，早年通过读书考取了学校，后来毕业分配在铅山县国营林场工作。在温显来心目中，这位亲戚是一位有出息的人。为此，他想通过这位远房亲戚的帮助介绍，自己可以在大山之外谋到事情来做。

于是，温显来托父亲向这位远房亲戚说说。

得知温显来的这个想法后，那位远房亲戚很是上心，他想尽力帮助温显来能实现走出大山到外面谋出路的愿望。

终于，有一个机会来了！

1980年初，铅山县国营林场要进行基础设施建设和大面积植树造林，有土石方施工工程要对外承包。在那位远房亲戚的介绍下，林场表示，可先将一点土方工程承包给温显来进行施工，如果做得好，后面还可以继续再做一些。

得此机会，温显来兴奋不已。他立即动员村里几位年轻小伙子，一夜之间，他们组织起了一支施工队，次日即前往铅山县国营林场承包土方施工工程。

由此，十七岁的温显来作别家乡，从大山深处走向了重山之外。

在被同村伙伴推举为施工队队长、接下林场第一个土方施工工程后，温显来在心底默立下一种坚毅的决心，他告诉自己，一定要带领伙伴们从这里好好起步，去一点点实现他们在作别家乡时的心中期许！

那心中的期许由来已久，是大山里的贫穷农家子弟，对于摆脱贫穷的深切渴望。

一个由山里农民临时组成的土石方施工队，没有施工经验，更没有施工设备，开始的一切，难度可想而知。

用现在的话来说，这实际上就是一支干苦力活的民工工程队。

施工开始的最初，由于没有本钱购买施工设备，几乎所有的施工过程，都是肩挑手推，所有的活全靠大家的苦力来完成。

温显来带领大家向自己的体力极限挑战，每一个人在施工工地上挥汗如雨般地抢进度，赶工期。他们的目标简单而明确，那就是不怕吃苦，多做到工程，尽可能多地挣到钱。

此外，要想顺利挣到钱而且以后还继续有工程做，除了肯下力气能吃苦，还必须要不折不扣地把工程质量做好。

温显来懂得，是否能赚到钱，首先取决于别人是否认可你。

为此，在和大家一起进行繁重的施工劳动过程中，温显来还要抽时间去向别的施工队请教技术，一天劳累已疲惫不堪，但到了晚上，他还要研究施工中的许多问题。

最终，温显来他们的第一个土石方工程施工完成后，不但工期提前，而且工程验收质量得到了林场的高度认可！

随后，铅山县国营林场又陆续将一部分土石方施工工程，交给了温显来的施工队。

从第一个土石方工程开始，温显来就规定，工程的利润自己只得其中的 60%，剩下的 40% 拿出来，给全工程队的每一个人平分。

这也就是说，施工队的工人在挣得工钱之外，还可以额外得到一部分工程利润的分红。这一做法，在当时其他一些工程施工队是不敢想象的。

也正是因为如此，温显来从自己家乡带出来的这支施工队，每一个人的心都往一块想，力都往一处使。这样的一支工程施工队，干起活来不但吃苦耐劳，效率极高，而且每一个人在施工过程中都十分认真负责，工程质量自然能够得到保障。

很快，在铅山县国营林场一带，就有很多人冲着温显来的施工队而来。半年多的时间，温显来的施工队增加到了 100 多号人。当时，在铅山县一带，上百号人工程的施工队，其实已是当地最大的一家工程队了。

工程队人数多，事情做得又好又快，而且工程施工的价格也总是令人满意。因而，在铅山县，主动找上门来要把施工工程承包给温显来做的，渐渐多了起来。

不知不觉中，温显来的施工队开始在铅山县打开了局面。

这么快就打开局面，还与温显来渐传渐广的名气有关，那就是他为人处事的诚信。

或许，还因为温显来与生俱来般的朴实和诚信，使得他无论是在和别人打交道还是在工程业务交往之中，总是不自觉地恪守诚信的为人处事准则。

那一年春节前，施工队在福建承包的一个工程施工完成。

按照合同约定，工程承包方在进行验收结算后，很爽快地把建筑施工款一次性全部付给了施工队。

随后，温显来把工钱分发给工人，大家各自高高兴兴回家过春节去了。

可是没有料到的是，腊月二十九当天，当温显来前脚刚踏进家门，工程承包方的一位负责人后脚就跟到了他家里。

原来，当工程承包方与温显来的施工队结算完工程施工款后不久，便很快发现，由于他们的疏忽而多付了几千元工钱给温显来的施工队。

这因一时疏忽而多支付出去的几千元工钱，足以让工程承包方的这位负责人丢饭碗或受个处分。

听对方这样一说，温显来立即把账目重新核算了一遍，结果发现工程承包方确实是多支付了一部分工钱给自己的施工队。

按理说，工程施工的往来账目全部结清，即使事后发现其中有疏漏与错误，责任也应由工程承包方承担。更何况，工程承包方手里并没有证据可以证明，他们多付了工钱给温显来的施工队。

可温显来没有按照如此"常规"的思维想问题，在他的理解里，既然对方多付了施工款，那理所当然要退还给人家。

由于付给工人们的工钱，是按照结算的工钱总额来核算的，要向工程承包方退回多支付的工钱，就得把每个工人多分得的工钱退回来。在带着从福建赶来的那位工程承包方负责人挨家挨户退回了一部分钱后，还有一大半没有退回来。

考虑到马上就要过年了，为了让工程承包方的那位负责人尽快赶回福建去过年，于是温显来决定，剩下那部分没能退回来的工钱，由自己个人来承担退回给对方。

"真没想到，你是这样讲诚信的一个年轻人！"

当温显来按照对方所报的数目，把多付了的工程施工款悉数交还时，工程承包方的这位负责人惊喜又诧异，同时又感动不已。

工程承包方的这位负责人，由此对温显来顿生好感，当即向他许诺道："以后，只要我们单位哪里有工程施工业务，我一定会向单位推荐，首先就是与你们这个施工队合作。"

果不其然，从那以后，温显来的施工队就成了那家工程承包单位长期而稳定的施工合作单位。而且，温显来与这家工程承包方的几位负责人，后来都成为友情深厚的好朋友。

通过他们向别的工程承包介绍推荐，温显来的施工队很快打开了局面。以至于后来常常出现这样令人羡慕、钦佩的景象，一些工程施工队往往为能揽到施工工程而费尽气力，可温显来的施工队却是常年不愁没有业务。

温显来赚到的人生第一小桶"金"，尽管付出了异常的艰辛，然而在当年很多人尤其是同行们看来，却是那样的顺风顺水，幸运得令人羡慕不已！

好名声一传十、十传百，业务合作单位开始多了起来，甚至还有主动找上门来的。

温显来平生第一次感到，原来自己认为做人做事是理所当然要讲的诚信，竟然有如此意想不到的收获与感动！

很多年之后，温显来如此感慨地说："一个人如果愿意在更早的时候付出诚信，他的收获就会更大。假如你在十五岁就付出诚信，你的诚信收获期可能就有五十年、六十年甚至更多。如果在五十岁才付出诚信，那收获期就很短了。"

二十世纪八十年代初，改革开放带来了经济社会蓬勃欣荣的发展新气象，各地的工程建设项目也随之越来越多。

温显来带领的工程队，业务范围渐渐由铅山县走向了整个上饶地区，渐而还把工程业务做到了浙江、福建等外省一些地方，施工队的工程业务，也由最初的挖石运土简单活计拓展到综合工程施工。

对于温显来而言，自己当初全然没有意识到，在从一名建筑工地工人到建筑施工队队长的这几年间，他吃苦耐劳，尤其是诚信为人的品格，在为他赚得了日后创业资金的同时，也为他赢得了未来创业历程中最为重要的品牌盛誉——企业家的人格魅力。

于企业，温显来亦同样如此。

从后来他辞职"下海"，开始真正意义上的创办企业至今，无论是当年的江西华能实业还是今日的博能集团，诚信始终是企业文化发展的核心要素之一。这包括，诚信待人、诚信做事、诚信担责等众多方面。

而这一切，又无不可以追溯到温显来组建的这个施工队这里。

例如，改革开放个体私营经济萌发时，从国家到地方对个体私营经济的税收政策一时尚未系统地建立与完善。其时，个体私营经济纳税的状况是，或是相关部门上门找个体经营者收税，或是个体经营者主动到相关部门去纳税，后者情况可谓少之又少。

但在当时上饶地区的个体经营者中，温显来却是一个例外。

"为什么说当时他是个例外呢？因为他是主动找上门来交税的，而且是每做一个工程，不管大小，他都是带着和别人签订的施工业务合同，按工程合同价格足额交税的，工程做到上饶哪个地方，就找到当地那个管收税的部门交税。后来，我们当时管个体经营收税的人，都晓得有个叫温显来的'小包工头'，工程做得好，还主动交税……这样的个体经营者在上饶那时可以说仅他温显来一人！"

在江西上饶市寻访温显来创业起步的过程中，一位当年管个体私营经济税收的老干部向笔者说起的这件事，令人内心感慨良多。

而笔者后来与温显来谈及此事，他坦言："父母从小教导自己，做人做事要以勤奋为根，更要以诚实为本，那时做工程施工自己挣到了钱，又知道这是必须要交税的，于是就理所当然地要去把税交上交足。"

原来，诚信之言，如此朴素，诚信之源头，如此悠长呵……

…………

也正因如此，在此后二十多年的创业历程中，当人们试图努力去探究温显来为何能率领他的企业团队一路披荆斩棘、屡创事业辉煌时的秘诀时，这样的总结让人怦然心动——是诚信，奠定了温显来个人事业和博能集团神奇崛起的坚固基石！

孔子说："君子喻于义，小人喻于利。"孟子见梁惠王，梁惠王问他："不远千里而来，亦将有以利吾国乎？"孟子对曰："王何必曰利？亦有仁义而已矣。"

多年之后，温显来在回忆创业之路时这样说道，创业之初，他自己并没有对义与利两者间的辩证关系有过刻意的思考，企业在自身弱小的时期，首先要考虑的是在激烈市场竞争中的生存与发展壮大问题。

然而，尽管如此，在为企业生存而艰难起步的日子里，自己却从未曾有过失信于合作伙伴的事情。

那时温显来年轻气盛，内心中充满了走出大山的志向抱负，可从迈出走向重山之外的第一步起，他心中牢牢恪守着如大山一般淳朴稳重的为人处事之道。

在之后创办企业的过程里，人们惊叹于温显来长袖善舞、事业发展稳健而快速。而深入了解他事业成功的许多人则发现，始终恪守诚信的商道品格，是让温显来赢得巨大成功的一个重要因素。

从大山深处走来，那份源自农家子弟个性里最厚实淳朴的底色，由此也在岁月悄然前行之中让温显来的人生事业一点点增添着亮色。

而曾深藏于心底的那摆脱困窘之境的强烈愿望，这样真切地呈现于眼前的现实里，让青年温显来胸中的意气风发与日俱增。他相信，自己不但能改变个人与家里的境况，也更期待有朝一日自己能在大山外的世界有一番作为！

如果说刚走出大山，初在铅山县国营林场带领大家挥汗如雨地搞土石方施工那段时间，温显来心中唯一的念头就是为自己和家人挣得好衣食的生活，那现在，他所见所想的未来正一天天发生改变。

因为，随着眼界逐渐开阔起来，他越来越意识到，自己面前正呈现着越来越多的机会。

眼里有了机会，眼前就有了路，心中也就有了大胆去闯的一番未来！

第四节　莫名的苦恼与困惑

生命的潜能一旦被激发，即便是曾经最渺小的个体，都有可能创造出令人惊叹的人生超越。

不知不觉中，在几年艰苦卓绝的苦干时光里，温显来自己和他的施工队已在上饶县一带颇有名气。或许，温显来还不曾知晓，他拉起的这支由农民和社会上无稳定职业者所组建的施工队，正是改革开放孕育萌发前夕中国城乡最早的民营施工队之一。

正是这些在改革开放初期应运而生的民营施工队，在此后经年，成长壮大出了一批实力非凡的卓越民营建筑企业。

迈出这一步并大胆朝着这个方向前行，其实也意味着，温显来已悄然走进了与中国改革开放同步的人生事业之路。

对于温显来而言，人生第一次收获成功的内心激越，彻底告别贫困窘境的无限感怀，也时常让他充满着人生的意气风发。他未曾想到，自己不但在山外的世界寻到了出路，而且还彻底走出了曾经一直渴望改变的生活困境。

回想往昔，这怎不令他心生无限感怀！

现在自己是真真切切地有钱了，而且拥有了曾经想都不敢去想的那么多的钱，对于历经了那样长久贫苦、对贫穷心有无限苦涩隐忍的温显来而言，此时的确有一种命运彻底被改变后的无比欣喜。

温显来首先想到的，就是要让父母和家中的兄弟姊妹过上衣食饱暖的生活，告别极度贫苦艰辛的日子。

一天，他又想到了已出嫁的大姐——大姐的生日快到了。

自从童年开始记事时起，大姐就以柔弱的肩膀，帮助父母分担全家生活的重负，见父母亲为这个家整日奔忙，心里就格外沉重。

大姐小时候也是聪明好学的人，然而，苦难贫穷让懂事的姐姐只读了不到三年书就辍学了。此后，大姐在家一边跟着父母整天劳作，一边用心地照看弟弟妹妹。在大姐依次带着弟妹的过程里，温显来那样真切地感受着大姐如母亲那般的温暖。

此外，就是大姐传递给自己的做人的志气。

家里很穷，全家人能吃饱饭就是最大的满足了，何谈有零食。

温显来难以忘记，童年里，自己在一次与同村一位伙伴玩耍的时候，那个小伙伴从口袋里拿出了一个通红的大苹果吃起来。从来就没有吃过苹果的温显来，就那样呆呆地站立在一旁，眼巴巴地望着小伙伴那么津津有味地吃着通红的大苹果，神情里充满着无限的向往。这一幕，恰巧被大姐看到了。于是，大姐跑过来拽起弟弟温显来就往家里拖，期间还重重打了他一巴掌。大姐十分生气地说道："眼巴巴地看着人家吃东西，怎么这么没有志气……"打骂过后，温显来又看到，大姐躲到一边独自偷偷哭泣起来。那一刻，在温显来童稚的内心深处，似乎已懂得了大姐希望自己年少立志的良苦用心。

…………

出嫁之后的大姐，心里总是时常记挂着父母和她的兄弟姊妹，姐夫是个心地十分善良的人，对于姐姐的心思懂得那么深、看得那么透。姐夫姐姐的生活过得其实也很是不易，但他们总是想法设法接济娘家。

…………

再一次想起大姐，温显来那样真切地感受到，内心深处有一股暖流缓缓流淌而过，眼里不知何时已是湿润润的。

温显来觉得，在大姐的这个生日，自己一定要实实在在地回报姐姐。而且，让他尤感慰藉的是，自己现在已经有了回报大姐还有姐夫的经济能力，这是自己内心里由来已久的愿望。

于是，温显来想起了大姐曾未声言起过半句的那个渴望——对能拥有一块手表的无限渴望。

那是好几年前，有一次逢赶集之日，母亲让温显来随大姐一起去乡里的集市，把家里平日里舍不得吃、积攒着用来换油盐钱的鸡蛋拿去卖。

"鸡蛋，鸡蛋嘞……个大又新鲜的鸡蛋哟……"

来到集市之后，温显来和大姐寻好一处位置。温显来起头一句，大姐紧接着吆喝第二句，两人开始默契地吆喝起来，并各自以热切的目光张望着面前熙熙攘攘的人群。

"鸡蛋，卖鸡蛋嘞……"

一阵吆喝过后，温显来突然意识到，本应接着自己的吆喝声往下吆喝的大姐，却突然停顿了下来。

温显来扭头望向大姐，那一瞬间，他忽然明晓了大姐在下意识里突然停下了叫卖声的原因：原来，大姐的目光，是被对面摊位前正挑选东西的一位与自己年龄相近的女孩给紧紧吸引了。

定睛一看温显来发现，对面那位吸引了大姐目光的女孩，左手腕上一样物件在阳光的照射中正灼灼闪光。那是一块漂亮精致的女式手表。

吸引大姐的正是这块女式手表。拥有一块这样漂亮精致的女式手表，是让多少农村女孩心动的事啊！

但转而，大姐的目光很快就从那块手表上游移开来。

也就是在那一刻，温显来把那刻骨铭心的一幕深深记在了心里。

在此后，对拥有一块手表的渴望，大姐从未言声过半句，她知道，自己的家境根本没有实现这种愿望的条件。

"现在，我要给大姐一个生日的大惊喜！"温显来心里很是激动地做出了一个决定——为姐姐买一块上好的女士手表，还有正流行的"双喇叭"录音机！

为何说是温显来内心激动的一个决定？

这是因为，对于一个曾度日异常艰难的农家来说，哪里有过生日这一说，更别提什么生日礼物！

…………

做好这决定后的一天，温显来特意前往上饶市，他是专门到市里的百货大楼来为大姐买生日礼品的。

可温显来怎么也没有想到，自己会因此而惹上麻烦。

在上饶市百货大楼，温显来一口气为大姐分别买了一台莺歌牌（当时最好、最贵的牌子）"双喇叭"录音机，一块精致的上海牌（当时最贵且是身份象征的牌子）女式手表。还有当时已十分流行，但很多人只闻其名却难以亲耳享听到其声的港台歌手金曲，以及王洁实与谢莉斯合唱的《外婆的澎湖湾》等磁带。

这样出手阔绰的买家，在当年的上饶市百货大楼着实不多见。因而，惹人注意也就是自然而然的事了。

…………

"哎呀，刚才那个年轻人是干什么的？看他穿着显得和一般人一样，可一出手，一把把的'大团结'，他怎么这么有钱……"

待温显来买好这些东西刚离开，上饶百货大楼里的一些售货员，立即凑在一起相互热议开来了。

平日里，在上饶市百货大楼购买录音机或手表这些昂贵商品的顾客本就不是太多，而且，那些购买这些贵重商品的顾客，在购买过程中几乎又都是面对价格显现出难下决心的神情来。而这一次，售货员们觉得，他们遇到的这个顾客的情况却相当反常——衣着普通却出手大方，而且对这么贵重价格的东西没有丝毫犹豫难决的神情。

最后，售货员们的议论、猜测传到了上饶百货大楼经理那里，经理也觉得有些"不对劲"。于是，就向公安部门报告了此事。

再说温显来为大姐买好了生日礼物，就在市里找了一家宾馆休息，准备第二天去大姐家。

…………

"开门，开门，快开门……"

半夜时分，已经在宾馆房间沉沉睡去的温显来，突然被一阵急促大力的敲门声和嘈杂的喊叫声惊醒。

"发生什么事了，这深更半夜的怎么都不让人睡呢……"沉睡中的温显来在朦朦胧胧的意识中嗔怪道。

"开门……开门，快开门。我们是公安局的，履行治安临时检查！"房间外的砸门声和催促声更响更加急促了。

"是警察？！"

睡意朦胧的温显来从迷糊中惊醒，他一骨碌从床上坐了起来，翻身下床赶紧把房门打开来。

迎面相对的，是两位穿着公安制服、威严冷峻的民警。

房门一打开，两位公安民警就疾步进入到房间里。他们一言不发，锐利的眼睛迅速地把房间里扫视了一遍。

很快，他们的目光几乎不约而同地落在了房间里的那张桌子上。

桌子上放着的是那台双喇叭录音机和那块女士手表。

"这录音机是双喇叭，还是莺歌名牌的！"

"这女士手表，上海牌的！"

随后，两位公安民警转而又上下打量着温显来。

公安民警打量自己的那种目光和神情，让温显来浑身上下不自在，心里有着说不出的难以接受的滋味。

"你是哪里人？叫什么名字，来上饶市干什么，这一切你都要如实回答……"

在上下打量温显来良久过后，两位公安民警一人一句，随即对温显来发出一连串颇有些审问意味的质问。

"我是上饶县黄沙岭公社溪源村人。"温显来平静地回答道。

"上饶县黄沙岭公社溪源村的……那你把户口本拿出来给我们看看。"一脸严肃的民警又以命令的口吻对温显来说道。

"户口本，这个我没带在身边。"温显来如实向两位公安民警作答。

"没带户口本……那怎么能证明你就是上饶县黄岭公社溪源村的？！"一位民警反问温显来。

"怎么证明，这……"

公安民警的这句反问，让温显来一时语塞。

"双喇叭录音机、高档手表，都是最高档牌子的，一下子花这么多钱买高档录音机和手表，这包里还有这么多现金……你解释清楚一下，你是干什么的？这么多钱又是从哪里来的？"民警一边检查温显来白天买好带到旅社的物品，一边显出越来越浓重的疑虑。

到这时，温显来终于明白过来，一定是自己在百货大楼买录音机和手表引起了别人注意，并且毫无根据地随意揣度向派出所报告了，民警这才找到旅社来了！

心底坦然有何惧。温显来照实向民警解释。

但很显然，这些解释并无法消除民警的疑虑。最终，公安部门通过向源溪村村委会了解情况，才证明了温显来所说的一切都是实情，如此才消除了公安部门之前的疑虑。

毫无预料之下发生的这件事，让温显来感到莫名的难以理解——为何自己会因购买了贵重的东西就被商场和公安人员视为不正常？难道只有自己贫穷才是正常的么？！

而接下来，同样莫名难以理解的事情又接踵而至。

温显来怎么也没有想到，就连自己穿衣戴帽这样的事情也引起了社会上的"非议"。

1980 年前后，上海高档新潮服装一时成为一些首先富裕起来的人们改善衣着，让自己面貌焕然一新的必备品。尤其是上海高档男装里流行的一款呢子风衣，款式十分新潮，做工考究，一时在全国各地几度脱销。

"自己现在也算是在外面走四方的人，穿着上体面，人家也会尊重一些。"温显来这样想，更为重要的是，自己有这个经济条件。

于是，温显来托人在上海买到了一件这款呢子风衣。

风衣，起源于第一次世界大战时西部战场的军用大衣，被称为"战壕服"。在战争期间它一直是英国军队的高级军服，战争结束后风衣被当作是时尚单品，其款式、面料有自己独特的气质，往往在惊鸿一瞥中就给人留下深刻印象。

更何况，温显来穿上的是高档面料的呢子风衣！

这款呢子风衣，设计是里外两面都可做外罩面的。温显来在以一面作为外罩面穿后，过些天就换过一面做外罩面。

这样的情况，对于不了解这款呢子风衣设计的人来说，很容易会误以为温显来穿的是两件不同的衣服。

对此，上饶黄沙岭当地有干部这样说："我们这些干部，一个月才几十块钱工资，可他温显来一个年纪轻轻的农民，就这么有钱，要不是搞投机倒把，他哪有这么多钱？！"

当地干部发了话，迅速成为一种导向——像温显来这样的青年，不安分守己在家里干农活，一年到头在外包工程、搞施工，属于搞投机倒把的一类青年，是被视作"坏典型"的年轻人。

显然，温显来在埋头苦干的过程中，全然没有意识到，随着自己工程队的快速发展壮大，在当时这样的大环境中，他将不可避免地会被卷入这样的纷争之中。再回过头来看当年整个社会的形势，这不足为奇。

70年代末与1980年初之交的中国，改革开放春雷乍响，中国城乡大地涌动着欣欣向荣的变革气息。

但事实上，在当时的社会现实深处，同时也涌动着蓬勃兴起的各种社会思潮与传统观念意识的交汇、博弈和交锋。

处于思想的冲撞之中，改革开放逐渐带来了惊世骇俗的新潮生活方式，如喇叭裤、流行音乐和渐渐让人应接不暇的商品物质及丰富色彩。与此同时，人们长久固守、根深蒂固的许多"道德"、"财富"等观念也悄然在变。

但在全国个体私营经济领域，每一步前行，却仍需要巨大的勇气去一次次突破有形和无形的各种障碍。

"摸着石头过河"，可谓是对中国改革初期情形最形象的描述。

众所周知，新中国成立之后，随着国家对资本主义工商业社会主义改造的逐渐完成，中国的私营经济几近绝迹。虽然在沿海地区有一些民间交易仍在继续，但那些已经失去合法地位的民间商业，在计划经济体制夹缝中的生存艰难至极。

"文化大革命"结束之后，过"左"的思想观念并没有随即消散，而且，在许多认识方面尤其是在对待"个体私营"、"个人财富"等这些敏感问题上，依然极大束缚着人们的思维，这样的惯性思维一直延续至改革开放初期。

因而，改革开放初期，个体工商户们每向前走一步，其前景都是难以预料的。

"一边是无数发现商机的人们，不想再过面朝黄土背朝天的日子，纷纷加入现代商业的洪流当中去，而另一边又是因对个体私营经济发展壮大认识上的局限所产生的重重阻力。中国的改革，一开始就是这样一种新旧力量并行的"渐进式改革"。因此，在这样的时代背景之下，改革每过一个关口，必然遭遇激流，掀起波澜。

1981年，全国城乡个体工商业户已发展到183万户、从业人员达228万人。然而，在个体私营经济迅猛壮大的过程里，社会上关于"姓资姓社"的争论也此起彼伏。人们对于财富的观念，似乎依旧停留在"越穷越光荣"的理解里。

在当时的全国城乡个体工商户当中，虽然绝大多数个体户都是名副其实的个人单干，但仍有一些个体户的经营规模急剧壮大。在全国最有名的，就是以炒瓜子起家的安徽芜湖人年广久。1980年前后，他瓜子工厂的雇工已经达到了100多人。

对照《资本论》中的理论说法，当雇工人数超过八个人，那雇主也就成了剥削者。于是，一时间，社会上对一些个体工商户雇用工人搞剥削行为的议论之声甚嚣尘上。年广久则为此险些再次入狱。

而1982年发生在浙江温州的"八大王事件"，正是从一个侧面反映了当时人们思想观念及国家政策在艰难转变过程中的跌宕起伏。

所谓"八大王"，是指改革开放初期温州市乐清县柳市镇的八位民营大户，他们凭着灵活的头脑和"敢为天下先"的精神率先开始了个人创业，在带动地方经济快速发展的同时，自己也很快成为富有的人。可是好景不长，1982年乐清县有关部门便指控"八大王"是在搞投机倒把，理由是：赚钱那么多就是典型的资本主义。"八大王"除个别人负案外逃之外，其他人先后被关押判刑。"八大王"受到打击之后，柳市镇的经济一落千丈，整个温州地区的个体私营经济发展也受到了严重的冲击。

那时，做生意不但是一件吃苦的事情，而且还是一件风险极大的事情。

当时，在全国很多地方都有一个"打击经济犯罪办公室"，小摊贩们叫他们"打办"。几乎每天都会有"打办"的人过来清理摆小摊的，抓住就罚款，没收所有货物。

那时的个体经济，从事的行业基本都是服务业，一旦试图进入生产、流通领域，就很容易被抓住辫子。在那个年代，一个把温州带鱼运到新疆销售的商贩甚至也被冠以投机倒把的罪名。

于是，那些在市场经济蓬勃发展中看准机会，依靠胆识迅速富裕起来的"暴发户"，引起了社会上的广泛争议。

他们虽然挣到了钱，但社会上很多人对于他们的眼光，却是异样或者说是十分不屑的，而在不少人的内心里，更认为他们拥有财富是不光彩的。

温显来越来越觉得，自己周边的气氛压抑而紧张，空气像突然间密度加大，陡然地向自己施加了重量。

他是个感知十分敏锐的人。

他又分明能感觉得到，在家乡，一些不屑甚至是责难的目光已在紧盯着自己。

在那些目光中，温显来仿佛能感受到，其中直白地表露着别人对自己这样的评价：一个农民竟然常年这样游离于土地和劳动之外，这等于就是不务正业的行为。在土地劳作之外的"搞副业"活计中挣钱，而且挣那么多钱，是不光彩的投机倒把行为，也是典型的思想觉悟有问题的人……

温显来的直觉没有错，确实早有"看不惯"的目光盯在了他的身上。

只是，他没有料到的是，那对他"看不惯"的目光，还是带有政治色彩的。

而且，这评判的目光来自当地政府的个别干部。

因为温显来每做一个施工业务都是主动交税，在上饶个体经营者当中，无论是主动自觉交税还是所交税款的总额，温显来都是早已名声在外的。为此，那位"看不惯"温显来的个别干部，也说不出温显来"思想觉悟有什么问题"或是"投机倒把"在何处,结果硬生生地自己演绎了臆想揣度——温显来他连交税都交了那么多钱,那想想他多有钱,他这么多钱,如果不是投机倒把那哪来这么多钱? !

这是何等荒唐的逻辑!自觉主动交税且税款交得不少,反倒有了"问题"!

…………

这些,已让温显来欲辩无言,胸中充满了郁结。

温显来心中开始不免也产生了疑虑困惑,自己走这样不安分的路是否真的是错了?是不是回到农村去安心务农才是走正道?有没有必要在意这些的目光……

温显来开始愁肠百结,他无法劝慰自己去解开心里的那个结——一个人靠辛苦劳动去追求更好的生活,去试图努力改变自己和家人的生活境况,这样做难道错了吗?难道自己和家人只能是过着困窘的生活?难道自己只能是一辈子待在大山里,在那里贫瘠的土地上年复一年、日复一日地艰难刨地生活? !

这些问题纠结在内心,温显来百思不得其解。

…………

陷入孤独、苦闷与困惑之中的温显来,在夜深人静时分总是辗转难眠,心绪难以平静。

在历经一段时间的静默深思过程中,内心沉静下来的温显来,越来越坚定地认为,自己所走的路没有错,自己努力的方向更没有错。因为,自己所努力的,是国家改革开放政策允许的。

"每一个人都渴望自己人生的成功,而实现梦想不可能是一帆风顺的。一个人朝着自己人生努力的方向和目标前行,只要方向和目标是正确的,哪怕遇到再大的风雨,也要坚定信心。"

"过去曾一直想走出大山,在外面寻找机遇,可那时几乎没有什么机会。现在，国家决定实行改革开放了，外面的机会正越来越多，那自己就要果敢地去抓住机会，做出一番事情来。我坚信，自己通过辛苦努力去改变贫穷处境的路没有错，不被人理解，甚至被误解，都只是暂时的。因为，现在的时代开始在发生变化，时代正向不甘于现实命运的人们呈现出机遇，我当奋力前行！"

…………

终于，在一个彻夜不眠的夜晚，温显来奋笔疾书，在长达十多页的信纸上用笔倾吐心声，书写了自己对于今后人生路的坚定选择。

他这样告诉自己，只要选择的路是对的，自己就要义无反顾地大胆向前走！

第三章
从乡企经理到国企干部

二十世纪八十年代初，崭新时代赋予的机遇，为那些目光敏锐、不甘现实和敢闯敢干的人们，呈现出广阔的舞台。

这方舞台就是乡镇企业。

组织施工队在外几年的艰苦打拼，让温显来摆脱贫穷的强烈愿望，一点点变成现实。

更为重要的是，随着眼界开阔起来，温显来越来越意识到，自己面前缺少的不再是机会。"要做更大一些的事情"这样的念头，也开始在他的脑海中清晰起来。

从二十世纪八十年代中期开始，时代的乐章漫卷开来，全国乡镇企业的活跃是一段先行的独特旋律。全国各地乡镇企业期盼经营、管理方面人才的呼声遍起，尤其是迫切希望招揽到有市场头脑、有经营方略的这类能人。

江西上饶的乡镇企业蓬勃发展，而温显来的家乡黄沙岭乡就是乡镇企业发展较早的乡镇。

这一次，家乡向在外闯荡数年、已颇具头脑和思想的温显来伸出了"橄榄枝"——作为经营能人，他受聘担任黄沙岭乡镇企业的业务副经理，此后几年又被提拔为业务经理。

乡镇企业，再次为温显来提供了改变人生命运的舞台。

第一节　远近闻名的乡企经理

回望改革开放进程，全国民营经济蓬勃萌发的开端，乡镇企业的异军突起，起到了无可替代的强大催生作用。

与乡镇企业发展同步，一批敏于时代机遇，有头脑有胆识的农民，也被悄然推向了中国民营经济发展的最初舞台。当 1980 年代末和 1990 年代初，中国第一批民营企业家以锐意矫健的姿态崛起，人们惊讶地发现，他们中的很多人正是从乡镇企业这方天地走出来的商界精英。

这些曾在商品经济夹缝中艰难生存的人们，在二十世纪八十年代，在当地已逐渐成了有经济头脑、懂市场营销的能人。他们已拥有最初的市场经济思想，但又苦于找不到比小商小贩更好的出路，而当时充满乡土气息，又带有浓厚商品经济色彩的乡镇企业，恰好为这批彷徨的农村能人提供了一个绝佳的舞台。

在这方舞台上，他们真正得以有了商界历练的机会，心中开始萌发事业抱负，他们不仅获得了经营管理的宝贵经验，还经历了市场经济最初的洗礼。此后，他们在改革开放时代潮流中，得以果敢抓住机遇，走向创业之路，成就人生事业，走向了更广阔的新天地。

从某种意义上说，改革开放初期，中国的乡镇企业历史性地选择了那批最早不安于土地的人，而这些人也成就了中国的乡镇企业。

这是一个注定要载入中国民营经济发展史的现象。

"农村改革中，我们完全没有预料到的最大收获，就是乡镇企业的异军突起。"正如经济学家在阐述中国改革开放伟大进程时所写，二十世纪八十年代初期，随着家庭联产承包责任制的全面推行和政府对于农民创富的管制放松，全国各地乡镇企业奇迹般应运而生，这是改革开放经济发展中的一个惊喜而意外的重要收获。

温显来更没有想到，他随后的人生事业历程，也将随着乡镇企业的磅礴崛起而改变。

对于中国乡镇企业而言，1983年是极不平凡的一年。

这一年，非国有的乡镇企业工业产值突破2万亿元，占据了中国工业的半壁江山，乡企职工数已过亿，中国乡镇企业潮涌而起的发展大幕徐徐拉开。接下来的1984年，"中央一号文件"提出在兴办社队企业的同时，大力鼓励农民个人兴办或联合兴办各类企业，这为乡镇企业创造了一个前所未有的宽松环境。随后的几年，中国广袤大地上的乡镇企业发展，迎来了第一个"黄金时代"。

在改革开放发展之初，江西省委、省政府就提出了"画好山水画，写好田园诗"的经济发展战略，以农村建设为重点，促进农业从自给半自给经济向商品化、规模化转变，从传统农业向现代农业转变，大力发展农副产品加工业。因此，江西乡镇企业的发展在全国而言可谓较早地迈出了步伐。

江西上饶县也不例外，全县各个乡镇结合自身的资源特点，纷纷办起了各具特色的乡镇企业。

在温显来家乡的黄沙岭乡，红薯一直是当地的特色经济作物之一，当地人一直有加工制作红薯粉的传统，同时红薯还是制糖、提炼味精的原料。黄沙岭的红薯粉在上饶县和周边都有着很高的知名度。

改革开放分田到户后，黄沙岭乡农民开始大量种植红薯，一般农户家的红薯出产都在千斤左右，种植多的人家一年产量可达三四千斤。

为了发挥当地农副产业优势，黄沙岭乡在1982年前后就办起了乡镇企业——红薯粉加工厂。

乡镇企业迫切要打开市场，对于管理和经营方面的人才求贤若渴。

当时，管理人员尚可由乡镇干部兼任，而市场营销人才就更为稀缺了。

改革开放初期，懂企业管理经营的人才，只有国有和集体企业才有。但国有企业和集体企业的"正式工"，谁会愿意来乡镇企业呢？——二十世纪八十年代，"铁饭碗"的观念依然根深蒂固！

正是在这样的背景下，乡镇企业把目光投向了那些前几年就开始在外闯荡经商的农村能人。

相对来说，这些人略懂经营，有一定的做买卖的经验，所以一时间，像温显来这样在外闯荡经商、一度被视为"暴发户"的人，很快成了"香饽饽"，被视为优秀人才招揽进乡镇企业。

事实上，从党的十一届三中全会到八十年代初，短短几年，社会观念悄然发生了不少变化。

变化最大的，就是人们对于财富的观念：对于先富裕起来的"万元户"，已是人们眼里了不起的人物了，代表着勤劳、有能力，是十分光荣的。而"暴发户"这一称呼，也多少夹杂了一些人们或羡慕或嫉妒的微妙情绪。

个人追求财富的热切和各地发展经济的热潮，正在不知不觉改变着人们的传统观念，也随之扭转了社会风气——有经济头脑、有创造财富能力的人，越来越受到社会的尊重！

这变化，温显来渐渐感受到了，他曾经的意气又重回胸臆，自信也再度洋溢在脸上。

于是，心底想干一番大事的念头日渐生发。

此时，全国各地人民公社改为乡镇，黄沙岭乡成立之后，迎来了一位新的乡党委书记。

新上任的乡党委书记很有魄力，他极为重视乡镇企业发展，认为要搞好乡镇企业，首要前提是引进一批懂业务、有闯劲的人才。

考虑到黄沙岭乡镇企业打开市场进展缓慢，乡政府希望面向社会招聘一批乡镇企业的经理人才。同时提议，最好是把从黄沙岭乡走出去在外经商做生意的能人请回来，因为他们不但有丰富的商业经验，而且熟悉、热爱家乡，让他们参与乡镇企业经营，乡镇企业一定能发展壮大。

随即，不少人提出了乡镇企业经理的人选建议。早已在家乡黄沙岭一带颇有名气的温显来，自然在人选之列。

在深入了解后，黄沙岭乡党委书记的目光，最终落到了温显来等人的身上，他由衷地希望这些能人的加入，带动黄沙岭乡乡镇企业快速发展。

求贤若渴的书记，立即派人去访请这些能人们。

这一天，温显来被请到了乡党委书记的办公室。

根据对温显来的多方面了解，书记想请温显来负责乡镇企业的经营业务。其实，这位乡党委书记早就非常看好他。

"显来，你几年前就走出家乡，组织施工队在外承包工程白手起家，不但自己闯出了一条致富路，还带领了源溪村的乡亲们发家致富，你是个敢闯敢干的年轻人！"书记的一番肯定的话，立马打动了温显来，很久以来他被阴霾堵得严严实实的心，仿佛一下子豁然开朗。

"这次请你来，是想请你担任乡镇企业的业务副经理，把我们的产品打开销路，把黄沙岭乡的乡镇企业办得红红火火……"书记向温显来发出了诚挚的邀请。

"我非常愿意，也一定会和大家一起努力把厂里的销售搞好！"温显来闻听书记此言，几乎没有丝毫迟疑，立刻点头应允。

因为在温显来心里，这代表自己得到了莫大的认可。

"那就这样定了，你回去准备一下，越早上任越好！"书记高兴地向温显来伸出右手，示意一言为定。

握着书记主动伸过来的手，温显来心头一热。

自从被原来的公社领导不点名地批评为是年轻人中的"坏典型"后，自尊心极强的温显来每天都能感受到别人异样的目光，这目光灼痛了他敏感的内心。

但今天，自己不但得到了乡党委书记的肯定，而且还被委以重任。

内心阴霾散去，眼前重现澄明。温显来决心要为家乡的乡镇企业倾尽自己的满腔热情。

与此同时，温显来也深知，未来将有许多的困难和挑战等着自己。

在乡里的重视下，黄沙岭乡镇企业的业务销售部成立了，温显来担任销售部的副经理，全面负责销售业务方面的工作。

上任之后，温显来在认真了解情况后认为，要打开产品销售的局面，首先就必须搞清楚产品的重点市场在哪，然后有针对性地开拓市场。

在此之前，黄沙岭乡镇企业的产品销售范围集中在上饶本地，销售方式上要么请人代销，要么等客户主动上门，销售量非常有限。

"要在销售上有大的起色，那我们就要主动走出去推销我们的产品！"温显来认为，首先从扩大产品销售市场的范围入手，来逐渐打开新的销售局面。

温显来的这一提议，很快得到了厂里的一致认可。

于是，厂里把销售人员分成两个组，一个小组负责本省市场的销售，大部分销售人员组成另一个小组，由温显来带领负责外省市场。在销售思路上，同时兼顾红薯粉的工业市场和食品市场，这样也进一步打开了黄沙岭乡红薯粉的深加工。

名义上是销售部副经理，但彼时外省市场一片空白，温显来心里明白：自己要带着这几个业务员从推销红薯粉干起。

某次偶然和业务员聊天时，温显来获知，曾有一位福建客商反映，黄沙岭乡的红薯粉丝等特产很受他们当地人的喜爱。

于是，温显来决定把福建作为打开外省市场的突破点。

来到福建，温显来带着几位业务人员，扛着厂里的样品一个县、一个乡地跑，挨家挨户上门推销，然而收获甚微。

最后，终于在福建南平一带打开了销路。

第一次把生意做到福建，那情景温显来至今都难以忘怀。

福建南平几位客户的订货量十分可观，但由于是中秋节日前的临时订货，客户要求必须节前交货。而此时，距离中秋只有几天时间了。

"好不容易接到了这么大的订单，无论如何我们都要按时交货！"温显来立即打电话通知厂里备货，即刻启程赶回上饶。

待厂里备好货，第二天一大早温显来便随运货的卡车返回福建南平。

可傍晚时分，刚进入福建境内不久，卡车却突然出了故障。

司机一检查，发现是卡车的一个重要零部件坏了，必须更换。于是，温显来留下来照看车辆货物，司机去距离一百多公里的市里买零件。

发生故障的地方，正好位于赣闽两省交界处的山区，前不着村、后不着店。温显来一个人守到深夜，却仍不见司机回来。

疲惫饥饿至极，夜深寒意袭人。加之，大山深处的暗夜里撩起人心里的种种恐惧……当年搞推销跑市场的这些艰辛，温显来至今清晰地留在记忆深处。

幸运的是，凌晨时分，漆黑的远方山路突然照来两道明亮的光束——一辆大货车途经此地。

得知温显来的处境后，那位大货车司机从自己的干粮里匀了一袋饼干给温显来充饥，还留了一床毛毯给他御寒。

那位热心肠的司机，温显来至今念念不忘。

车终于修好重新上路了，最终温显来不仅顺利交货，还提前了一天，几位客户惊讶之余皆称赞：温显来办事又快又好。

从南平打开销售局面后，上饶县黄沙岭乡红薯粉加工厂的业务范围，在温显来的努力拓展下，逐渐向福建其他地区发展，产品销售额也稳步提高。

在一般人眼里，做业务、跑推销是一件苦差事，整天到处奔波、风吹日晒雨淋不说，有时还要遭受别人的白眼，吃苦受累受气在所难免。

但温显来却有独特的感受：这在外跑业务的活计不但锻炼人的能力，而且还能广交朋友，遍得各方信息，不知不觉中开阔了自己的眼界。

打开福建市场之后，温显来的足迹渐至浙江、安徽、湖北及湖南等地，渐渐地，黄沙岭乡的红薯粉在全国有了一定的知名度。

在向客户推销的过程中，正如曾经带着施工队承揽工程，温显来处处把诚信放在第一位。在外推销业务，只要他人有难，他都会毫不犹豫地伸出援手。

一次，在福州市推销业务时，温显来和几位从浙江来的同行住在同一家旅社，睡在同一张大通铺。几天下来，彼此已十分熟悉。

不料，那几位浙江同行在外出推销时遭遇窃贼，财物被偷得一干二净，身无分文的他们顿时陷入了寸步难行的境况。

见到同行如此窘境，温显来不仅请客吃饭，帮他们垫付住宿费，还将自己剩下的现金倾囊相赠，仅留下自己返程所必需的路费。

赠人玫瑰，手有余香。发自心底的善良和不求回报的付出，让温显来收获了不少真心朋友，也为他带来了更多的业务拓展机会。

温显来在外跑市场一年多，逐渐有不少外省客户主动找上门来，他们大部分是冲着温显来的名声来的。

红薯粉加工厂销售业绩一时剧增，着实让黄沙岭乡政府和企业领导们惊喜万分。

外省市场销路逐渐打开了，黄沙岭乡加工厂又因地制宜不断扩大生产范围，在温显来的带领下，一个又一个产品成功打入省外市场。

红薯粉加工厂的成功，促使黄沙岭乡又相继开办了几家乡镇企业，销售经营都同样红火。

乡镇企业的发展，成为黄沙岭乡经济发展的一大亮点，而且使黄沙岭乡成为上饶县乡镇企业中的典型，在上饶市乃至江西省都赫赫有名。

温显来出色的经营管理才能也随着黄沙岭乡镇企业的崛起而声名鹊起，他还被提拔为业务总经理，全面负责全乡乡镇企业的产品销售。

几年跑市场做推销的经历，让温显来积累了丰富的经验，学习到了外省乡镇企业先进的经营管理理念。

为激发业务员的积极性和责任心，温显来改革原来的业务员管理制度，按照"多劳多得"的原则，业务员如果超额完成了规定的目标任务，年底就可以拿到丰厚的奖金。

这一做法极大地调动了业务员的积极性，跑市场、跑客户越发勤快，整体销售能力大幅提升。甚至他还大胆地推陈出新，搞销售"承包制"，在其时整个上饶地区的乡镇企业中可谓独树一帜，令人耳目一新。

此外，温显来根据实际，制定了一整套适销对路、体制灵活的产品销售方法，形成了黄沙岭乡镇企业独特的市场销售体系。

销售局面翻天覆地的变化，使得黄沙岭乡镇企业呈现出产销两旺的火红形势，短短几年时间里全乡乡镇企业产值不断增长，引起了上饶县乃至整个上饶地区的关注。

黄沙岭乡党委、政府负责人多次在公开场合评价："我们乡镇企业发展取得的成绩，温显来功不可没！"

在乡镇企业领域，温显来开始脱颖而出，名扬四方。

八十年代中后期，全国各省市的乡镇企业发展已呈现如火如荼之势。江西省也抓住改革开放的有利时机，进一步鼓励各地大力发展乡镇企业。

在此背景之下，上饶黄沙岭乡镇企业得到了江西省乡镇企业局的肯定，尤其是以销售为龙头带动产销两旺的方法，更是成为典型在全省推广。

主管全乡乡镇企业销售业务的温显来，也因此先后被评为上饶和江西省"优秀乡镇企业经理"。

第二节　当年欣喜跃"农门"

任何一家企业都深知，一名优秀的业务经理，对于企业的发展特别是在市场的开拓上起着重要的作用。

八十年代中后期，面对异军突起的乡镇企业所带来的市场销售和管理机制的变化，许多国营企业越来越感受到了前所未有的压力。

其时，国营企业在经营管理和用人机制上的探索，正逐步付诸实践。破格选用经营管理方面优秀人才，是国营企业改革迈出的第一步。

在用人机制的改革探索过程中，一些国营企业开始注意到：许多乡镇企业发展之所以势头迅猛，关键在于他们有一批敢闯敢干的优秀经营管理人才。

于是，国有企业开始尝试聘用社会上的管理和销售人才，试图给企业带来更多活力，他们把目标放在乡镇企业中。

二十世纪八十年代，国有企业在人们的心目中就是"铁饭碗"，尤其是对于农村人来说，这种优势和吸引力是乡镇企业不能比的。

优秀的厂长、经理，开始成了国有企业和乡镇企业争相吸引的人才。

面对这样的现实情况，怎样才能留住乡镇企业的优秀人才，成了摆在乡镇企业面前的一个难题。

最初全国大多乡镇企业对管理人员的激励机制，一般都是奖金激励。而80年代中期后，很多地方在采用奖金激励措施的同时，还为特别优秀的厂长、经理办理"农转非"。

二十世纪八九十年代，随着市场经济的初步建立，"农转非"开始流行。那时候，由于城镇户口代表着"铁饭碗"，所以，一个农村户口的人能办理"农转非"，那可是一件了不得的大事。

从新中国成立以来，走出农村，成为城里人，吃上"商品粮"，告别艰苦的劳作和清贫的生活，还有农村的土路、泥巴……曾是那个时代中国农民的朴素愿望。"宁要城市一张床，不要乡村一座房"，"农转非"一时成为"跃龙门"的代名词。在农村，如果有个城里亲戚，别人的眼光都会不一样。农村人如果能进城工作，在乡亲们看来简直是件光宗耀祖的事情。

然而，"农"与"非"之间，曾有着不可逾越的鸿沟。今天很多人无法想象，那时为一个宝贵的指标，一些人走后门、托关系，不惜一切代价。

渴望跳出农村，向往城市的工作和生活。一直以来，温显来从不遮掩自己内心的想法。

即使是成为远近闻名的乡企经理后，他对城市户口仍然心存向往。

"心若没有栖息的地方，自己人在城里也都是在流浪。"此时，温显来已在上饶县购置了房产，拥有一般县城人望尘莫及的财富，但他渴望变成城里人。

温显来在黄沙岭乡镇企业发展过程中的突出业绩，引起了上饶县煤炭公司的注意。

早在1989年之前，上饶县煤炭公司的领导就想引进温显来，负责煤炭经营业务，但遭到了黄沙岭乡政府的反对。

可是，上饶县煤炭公司的领导却一直没有放弃努力。

1988年前后，为鼓励全省各地乡镇企业发展，留住乡镇企业优秀人才，江西省出台了乡镇企业人才激励政策，其中最富吸引力的一条就是：对于乡镇企业发展有突出贡献的优秀人才，各地可以为其办理"农转非"。

这一年，温显来作为上饶地区乡镇企业有突出贡献的优秀经理，得到了省里的表彰。之后，上饶县煤炭公司的领导们开始琢磨，按照政策给温显来办理"农转非"，让其调入煤炭公司。

为此，上饶县煤炭公司专门开会讨论此事。

"现在，省里对乡镇企业的优秀厂长经理有很多优惠政策，其中，有一点，就是对特别优秀的厂长、经理这样的能人，可以通过特别的政策，来解决他们个人和家属的城市户口和正式工作……"会上，煤炭公司主要负责人开门见山，主题明确，就是要解决温显来及其家属的城市户口，成为煤炭公司的正式职工。

"这个意见很好，这样县里既兑现了奖励，又真正解决了我们公司想引进优秀人才的问题！"

"而且完全行得通，可以通过煤炭公司给县、市县镇企业局打报告。"

"如果解决户口和编制以后，把人留住了，还要真正发挥他的能力，要放到重要的岗位上去。"

…………

煤炭公司主要负责人没有想到，解决温显来户口和工作的建议一经提出，就得到了公司其他领导一致的赞同。

"解决温显来这样的优秀乡镇企业经理的城市户口，不仅仅是对他个人的奖励，而且对激励更多的乡镇企业厂长经理脱颖而出，将起到很好的示范作用！"上饶县煤炭公司的报告得到了上饶县委、县政府的认同。

接下来的一切出乎意料的顺利，温显来及家属的城市户口和他个人的职工编制，全部都按照特事特办的程序，一路绿灯。

1989年上半年，温显来领到了自己一家人的城市户口簿，从此吃上了"商品粮"。温显来知道，这意味着自己成为上饶县煤炭公司的一名正式工，端上了"铁饭碗"，吃上了"公家饭"！

上饶县煤炭公司按照原先会议讨论的意见，经过正常程序任命温显来担任公司副经理，全面负责公司的煤炭销售业务工作。

一家人都顺利解决了城市户口不说，自己还被直接任命为单位的中层干部，温显来这样的人生际遇，怎能不让人羡慕！

　　被命运垂青的欣喜，让温显来内心充满了无限感激。

　　很快，温显来就被调入上饶县煤炭公司工作。"我不知该如何表达，我只想说，一定以优异的工作成绩来回报各级组织和领导对我的厚爱！"在正式上任的第一天，温显来以朴实的话语表达自己的心情。

　　从此，温显来把感激之情都化为了巨大的工作动力。

　　上饶县煤炭公司在温显来加入之前是没有销售部门的，基本上都是按需生产，规模也比较小。温显来为了扩大销量，提升业绩，率领几名员工成立了经营部。这三四名骨干精英一直跟随着他走南闯北，成为他的左膀右臂，把小小的县煤炭公司的生意做到了全国十六个省市。在他辞职"下海"后，煤炭公司经营部的这几个人成为其公司最早的股东。

　　当时的煤炭运输以汽车陆运为主，在煤炭经营中运输环节的成本居高不下，温显来一直在思考怎样通过降低运输成本来实现利润的最大化。1989年，火车运输还不普及，能够利用火车运煤是极其罕见的。温显来想方设法通过各种关系，从江西萍乡发了两节车厢的煤炭运到了浙江，这在当时的煤炭行业可谓是首开先例。

　　汽车、火车运输能力毕竟有限，温显来想到了一种更廉价的运煤方式——船运。他和煤炭经营部的几个人从重庆涪陵出发，沿着长江，随船一路押送煤炭至江浙沪一带，直至在江苏把煤炭销完才回来。这一趟，一去就是大半年。

　　押船运煤的日子非常辛苦，"白天日晒雨淋，晚上蚊虫肆虐"，温显来回忆在船上的日子既无聊又苦闷，还要处处服从颇有江湖地位的"船老大"。

　　所幸温显来的苦心没有白费，在很短的时间里，上饶县煤炭公司一举实现扭亏为盈，煤炭销售蒸蒸日上，经营格局焕然一新，温显来也因此获得了"江西省煤炭系统先进个人"荣誉称号。

忆起那年欣喜跃"农门"，温显来百感交集。

除了欣喜、兴奋、感慨和对未来的憧憬，还有在回首往昔时的触动伤怀。是的，走出大山的梦想，始终是深藏内心的一股坚韧力量，激励着自己砥砺前行。

是啊，在那样漫长而艰难的时光岁月里，父母再苦再难，也要坚持送自己去念书，鼓励自己走出贫穷闭塞的大山去改变人生命运。不管遇到怎样的困境，父母从来都是默默支持自己的梦想。

还有哥哥和姐姐，在家帮助父母苦干农活、照顾弟弟妹妹，放弃了求学的机会，心甘情愿一辈子待在大山深处。

…………

想起这些，温显来感慨良多，他走出大山，走向城市的梦想承载着多么深沉厚重的血脉亲情！

第四章
激情飞扬那五年

端上"铁饭碗"的温显来，前面的人生之路仿佛豁然开朗起来，呈现出令人羡慕的期待。

二十世纪八十年代，在人们眼里，一位国营事业单位的正式职工，其令人无比羡慕的人生前程期待，就是再接再厉，以更加出色的工作业绩，去赢得不断加薪、升职等这些进步的机遇。

然而，进入二十世纪九十年代，波澜壮阔的改革大潮所带来的更加深刻的社会变化，却逐渐促使温显来对自己未来的人生之路走向发生了转变。

这一年是 1992 年，温显来恰逢而立之年。

毋庸赘言，这是在中国改革开放波澜壮阔的进程中，具有分水岭意义的一个重要年份，也是温显来人生事业历程中具有重大标志性意义的年份。

1992 年 1 月，邓小平南下武昌、深圳、珠海、上海等地，发表著名的"南方谈话"。

这是那个春天里最响亮的时代宏音。随后,在中国大地激起了"下海"经商创业的涌动热潮,一大批"体制内"的机关干部或职工,选择"下海"经商创业的全新之路。

这热潮涌动的"下海"经商创业气氛,也深深感染了温显来!而真正触动温显来内心的,是这一年全国煤炭供应体制全面实施改革,煤炭供应和价格实行市场化的一系列重大变化。

大势所趋的明显变化,在1992年下半年里逐渐呈现出强劲的力量——当年6月,自国家正式发布实施煤炭供应和价格实行市场化改革之后,一边是国有煤炭公司业务急剧萎缩,而另一边,却是全国各地的民营煤炭公司蓬勃而起。一种从未有过的焦虑紧迫感,还有一种对人生机遇把握和向往的冲动,开始让温显来对今后"自己何去何从"这个问题,在心底一次又一次地认真思索。

"不能端着铁饭碗,温水煮蛤蟆,慢慢地把自己消耗了。"

"如果对已如此明显的变化趋势都视而不见,心也不为其所动,那自己就要做好埋葬雄心壮志的准备,一辈子老老实实做个普通人。"

…………

但温显来怎么会甘于这样的人生选择!

最终,1992年底,温显来下定决心,义无反顾地从上饶县煤炭公司辞职,"下海"闯荡,开启了其更加传奇的全新里程。

第一节　果敢辞职闯商海

1992 年，中国改革开放进程中具有重大意义的一个年份。

这一年初，88 岁高龄的改革开放总设计师邓小平同志，怀着对党和国家改革开放伟大事业高度负责的崇高责任感，先后南下武昌、珠海、深圳和上海并发表了重要谈话。

"改革开放的胆子要大一些，敢于试验，不能像小脚女人一样。看准了的，就大胆地试，大胆地闯，要摸着石头过河。"

邓小平同志对于加快推进改革的重要论述，拨云见日，澄清人们对改革的模糊认识与种种顾虑，清晰指明了改革前行的方向，由此也成为1992 年早春时节里最激越人心的时代音符。

随后，国家一系列鼓励个体私营经济和民营企业发展的政策纷纷出台，诸多曾束缚民营经济发展的体制机制坚冰，也被快速融化。

也正由此，全国改革开放又呈现出蓬勃发展的崭新局面，"下海"创业的热潮也随之在"体制内"不断涌现。

在邓小平同志"南方谈话"四个月之后，当时的国家经济体制改革委员会相继颁发了《有限责任公司暂行条例》和《股份有限公司暂行条例》。

这两部《条例》的颁布，在中国民营企业发展历程中具有划时代的意义，被经济学界认为，由此"掀开了中国企业进步的革命性篇章"，对我国民营经济的崛起壮大影响深远。

与此同时，国家一系列改革政策的陆续出台，对发展民营经济不断传递着明确而积极的信号。

当年，国务院修改和废止了400多份约束经商的政策文件，对推动民营经济发展的力度可谓前所未有。此外，《人民日报》甚至还发表了题为《要发财，忙起来》这样令人耳目一新的文章，鼓舞人们踊跃闯商海。

显然，国家正以前所未有的支持力度，鼓励人们投身经商、创业的热情。

机遇，开始随之纷至沓来。商品价格"双轨制"逐渐被废止，除涉及军工和特殊行业的物质外，其他商品一律实行市场经济流通规则；个人经商办企业或是注册公司，只要守法诚信经营，皆热忱欢迎……

中国大江南北，个体私营经济尤其是民营企业渐次潮涌而起。

从1992年2月至6月，北京市新注册的公司以每个月2000多家的速度递增，比前一年同期增长了近3倍。而到了8月22日，北京全市库存的私营企业公司执照已悉数颁发完毕。为此，北京市工商局不得不紧急从天津调运一万个工商企业执照，以解燃眉之急。在中关村，1991年的科技民营企业数量是2600家，到了1992年底，已迅猛增至5180家，一年左右的时间，数量几乎翻了一番。

在深圳，当时的国际贸易中心大厦里，竟然挤进了300多家公司，"一层楼25个房间，最多的楼层拥挤着20多家公司，有的摆一张写字台，请一两个员工，就是一家公司"。

浙江、福建、江苏、上海等省市新增的民营公司数量，也均比前一年倍增。

…………

然而此时，中国民营企业在日后磅礴崛起的砥柱中流，却尚在酝酿聚势当中。

这股砥柱中流，正是被后来称之为"92派"的民营企业家群体。

在进入民营经济领域之前，他们都是机关干部、国有企业干部或职工、企业事业单位的技术人员以及高校老师，被统称为"体制内"人员。他们中的绝大多数人似乎都没有料到，正潮涌而起的民营经济发展大潮，将从此打破他们波澜不惊的人生事业境况。

1992年5月，黑龙江省绥芬河市长赵明非所做的一件事，一时间轰动了全国。

一天，身为市长的赵明非带着一件夹克、两个饭盒、一套取自宾馆的牙具、一台小收音机，和他母亲从北京捎来的蜂王浆，上街摆地摊去了。头一天晚上，他还通知了电视台，主动表示希望记者可采访。赵明非此举，意在以"摆摊秀"的形式，鼓励绥芬市机关单位和企事业单位的"体制内"人员"下海"经商办企业，从而带动社会上更多的人积极发展当地个体私营经济。更让人不可思议的是，为了方便全市公务人员业余时间经商，赵明非力排众议，推出了绥芬河市机关单位7小时工作制，并着力推行各级机关精简机构，大有"逼"一部分"体制内"的人"下海"的阵势。

堂堂市长上街摆摊做小生意，体体面面的"体制内"干部"下海"经商办企业，这些在带给人们巨大震动的同时，也在向全国各地的"体制内"群体传递着一个强烈信号——蓬勃发展的民营经济领域，正向"体制内"的人们打开大门。

而这方正徐徐打开的大门，在那些不甘于人生平庸、渴望改变"一眼已望到了头"人生境况的"体制内"人眼里，正是自己的人生机遇之门！

由此，在中国的各个角落里，那些头脑聪明、心中一直期盼实现人生抱负的人，仿佛从这信号里倾听到了理想的深切召唤。

果不其然，从这一年的8月开始，全国众多省市的各地党政机关、企事业单位甚至是学校，纷纷出台关于鼓励"下海"经商办企业的内部规定。可以停薪留职，可以兼职，更欢迎全身而退辞职……

据人社部数据显示，1992年，有12万公务员辞职"下海"，1000多万公务员停薪留职。此番情景，犹如当年美国西部淘金热的盛况。

多年以后深情回望，他们中的许多人，正是抓住了当年的机遇，从而改变了自己的人生道路，他们也成就了后来中国民营企业磅礴崛起的一股中坚力量。

与此同时，在改革开放的企业家群体中，他们也因 1992 年那个特殊的年份，为自己打上鲜明的时代标签——"92 派企业家"。

…………

让时光的笔触再次回到这一年的温显来身上。

从 1992 年初而来这整整大半年时间里，担任上饶县煤炭公司副经理的温显来，全部的专注都在按部就班地调度着公司的业务经营。

但他却全然没有意料到，自己内心深处已在悄然经历着越来越强烈的冲击。

这冲击以及直至最后作出的重大决定，正来自于全国煤炭经营市场改革快速产生的变化，以及"体制内"群体纷纷辞职"下海"闯商海越来越浩大的声势。

1992 年，在国营企事业单位负责业务经营部门的干部，因为工作原因，他们是最早感知到国家改革力度空前、市场快速变化的人。

上文已提到，越来越多行业的市场放开，价格"双轨制"的逐渐消失，让全国各行业的市场化程度随之快速提升。而作为市场经济改革的重点领域，全国煤炭经营改革和由此带来的煤炭经济市场变化，更是前所未有。

煤炭是国家重要工业和民用物资。国家煤炭价格在计划经济年代实行的统购统销体制，一直延续到八十年代中后期，几乎没有出现多大的变化。尽管国家自 1985 年开始，实行了几次上调煤炭价格，但依然是行政性调价，煤炭价格没有与市场供求相关联。

这样的行业市场状况，导致煤炭价格长期低于成本，国有煤炭企业完全没有盈利能力，全靠国家补贴来生存。到 1990 年，全国统配煤矿的原煤生产成本为每吨 58.57 元，而出矿价却只有每吨 30.6 元。煤炭与其他商品的比价也不合理，煤炭行业利润率是当时全国最低的，给国家财政造成了沉重负担。仅从 1985 年至 1990 年，国家用于统配煤矿的生产补贴就高达 128.96 亿元。

实行煤炭低价政策，实际上是国家用巨额资金补贴了用煤单位，因而社会普遍缺乏节约煤炭资源的压力和动力，这使得一边是煤矿收益差，谁也不愿投资办矿，另一边是工业部门产品煤耗高，浪费严重，却不断有资金投入到利润较好的加工工业。短板因此更短，长线因此更长，产业结构失衡加剧。

1992 年市场改革的大幅提速，催生了各行各业强大的改革内生动力。煤炭等一批重点领域行业率先打破体制机制约束，向市场转轨。

这一年的 6 月 25 日，国务院正式发布的一项关于煤炭系统的改革举措，在全国煤炭系统引起了很大的震动：

从当年 7 月 1 日起，在全国范围内，逐步放开指导性计划煤炭及定向煤炭价格，取消计划外煤炭的最高限价和超、增产加价，同时放开徐州、枣庄两个矿务局的全部煤炭价格，作为全国试点。进而，在中国统配煤矿总公司统配范围内，价格放开、进入市场的煤炭量占全国煤炭总产量的一半以上，全国煤炭市场建设步伐迈开大步。

此外，在全国确定一批先行试点区，对电煤价格和炼焦煤价格实现逐步放开。

国家对煤炭经营管理改革的政策，大方向已十分明确：从过去以计划体制为主导的经营模式，着力向市场经济体制下的经营管理方式转变。

由此，全国煤炭管理体制和经营机制，全面向市场化方向迈出跨越。

在全国煤炭行业大刀阔斧的改革过程中，首先启动的，就是逐步实行计划内煤炭与计划外煤炭销售价格依照市场定价。

这就意味着，全国各地的国有煤炭经营企业将被全面推向市场，煤炭经营由计划流通体制过渡到市场流通体制。这样的巨变，在当时被人们称之为煤炭价格的"惊险一跃"！

煤炭经营国有企业列车向市场转轨的巨大轰鸣，引发了全国各地大小国有煤炭公司的震动，也带给了身处其中的人们强烈的内心冲击。

变革之下的煤炭市场，很快呈现出个体私营煤炭经营者和国有煤炭公司并存的格局。而且，在渐趋激烈的市场新格局中，国有煤炭公司的经营状况日渐式微，而个体私营煤炭经营却活跃日盛。

改革大潮推进下的行业市场之变，就是如此前所未有！

煤炭行业这些从系统内部到市场外部的巨变，对温显来内心的触动也是前所未有的。身处煤炭销售一线，奔波于省内外煤炭市场，让他在上半年就隐约察觉到了全国煤炭经销市场将发生的变化。如今，不过半年左右的时间，他就已亲身经历和那样深刻地感受到了"改革"两字的强大威力。

在上饶县煤炭公司，面对行业内部改革与外部市场变化的压力，公司由上而下、由内而外的改革也开始展开。

针对竞争状态下的市场，温显来等人制定出稳定县内市场、扩大县外市场的销售措施，同时出台激励销售部门人员积极性、提高服务质量与效率等制度，使得上饶县煤炭公司的销售业务在市场竞争中仍取得了增长。

环顾整个上饶市各地的国有煤炭公司，其整体经营状况，自上半年全国煤炭经营市场改革以来，已普遍处于下行状况。

在全国煤炭销售市场实施力度空前的改革大势之下，个体私营煤炭经营崛起的趋势却越来越明显。

而且，按照"不到半年时间，民营煤炭公司进入市场的销售量已占全国煤炭总产量的近一半"这种形势预测，任何人都十分清楚，全国民营煤炭经销公司的兴起态势一定会呈雨后春笋之势，在不久的时期里将有可能占据甚至超过全国煤炭市场经营主体的半壁江山。

如此，尽管上饶县煤炭公司通过积极出台改革举措，经营销售状况还没有出现明显的下滑，但正所谓逆势维艰，要持续保持在这种大势下的原有经营状况，显然不切实际。

更为重要的是，全国煤炭经营市场改革的大方向，就是要打破原有市场和价格体系，建立市场经济体制下充满生机活力的煤炭经营市场。

无论是耳闻目睹的现实状况，还是对未来大方向的深入分析，都让温显来心中豁然开朗。

"如果对已如此明显的变化趋势都视而不见，心也不为所动，那是自欺欺人的做法。"

"不想去改变，也没有勇气去改变，那将来就只能接受现实，也要做好埋葬雄心壮志的准备，一辈子老老实实做个普通人算了。"

…………

但温显来怎会接受那样的现实！

从当年奋力走出大山，拉起施工队风餐露宿做工程，到历尽千辛万苦跑市场在乡镇企业脱颖而出，再到进入国有企业端上"铁饭碗"，温显来所有奋斗的原动力，都在于深藏心底的人生壮志——打拼出自己精彩的人生来。

"不能端着'铁饭碗'，温水煮青蛙，慢慢地把自己消耗掉了！"温显来已意识到，现在煤炭经营市场改革开始出现的变化，一点点发展下去，总有一天情况会发生彻底变化，这渐变的过程中，也就是一个温水煮青蛙的过程，不易感知察觉到，但却是在悄悄改变着一个人从内到外的境况，这是一个消耗人的过程……

让温显来始料不及的是，此念一出，自己心底仿佛有一种蛰伏已久的巨大热情被重新点燃。继而，辞职"下海"去经商的想法，也随即被激活了起来。

在关于人生之路接下去走向的思考中，温显来的视野，就这样转向了"体制"之外。

而当他再次将热切目光投向民营经济这方天地时，让他怦然心动的，正是全国各行各业生机蓬勃的景象，更有"体制内"大军纷纷辞职闯商海的盛况。

"社会主流价值观已经把个人经商创业放到了一个重要位置上，商人地位迅速显著提高。"正如被誉为"92派"的民营企业家们所言，这种社会主流价值观的转变，在当时对一大批身处"体制内"的人，尤其是那些期待自己人生有所抱负的人们，产生了极大的内心冲击。

内心被深深触动的温显来，也同样如此。

自从进入乡镇企业到成为县煤炭公司销售部门的负责人，虽因突出的业绩而受到乡镇、县里、市里以及省里的肯定和褒奖，但在温显来看来，无论是在家乡的乡镇企业，还是在县煤炭公司，发挥的空间似乎总有着种种限制，始终再难以找回当年带领施工队时的挥洒自如与淋漓尽致。

其实，他心底一直有壮志未酬的不甘呵！他也越来越难以说服自己，就这样按部就班地生活与工作下去。

更让他内心难以接受的是，一个人既然清楚看到了前方迷茫的"十字路口"，清晰的机遇也同时呈现在自己的面前，却因不愿或没有勇气打破眼前的安逸稳定生活，而对机遇视而不见！

"到了必须要做出人生选择的时候了，如果你不想被动等待将来平庸的处境到来，如果你不想错失有可能成就人生事业精彩的机遇。"

1992年岁末，温显来对于人生前路的深度思考，业已成熟而坚定。他决定从上饶县煤炭公司辞职，"下海"去成立一家自己的公司！

而对于公司的主营业务，他也确定为熟悉的煤炭经营。

之所以确定煤炭经营方向，是因为，在煤炭销售市场国有、民营两种体制公司的竞争态势中，温显来已清晰地看到，市场格局重大变革之下，个体民营煤炭经营正迎来前所未有的成长机遇。

下定决心之后，温显来果断地向上饶县煤炭公司递交了辞职报告。

如同许多"体制内"的优秀人才1992年辞职"下海"时的情况相似，温显来的辞职"下海"在上饶县煤炭公司甚至是在上饶县城，可谓一石激起千层浪，引起了不小的反响。

而面对诸如万一"下海"经商失败将怎么办等等假设，或是来自单位领导、同事们的真情挽留，或是好友善意的极力劝阻，温显来则显得那么内心平静而坚定。

因为，他知道，这是自己在而立之年作出的人生决定。

第二节　成立股份制民企

告别"吃公家饭"的稳定工作与生活，温显来默默告诉自己，要以"归零"的心态与状态，重新开启新的事业之路。

人生三十而立。

是的，在深刻意识到改革必将带来煤炭经营市场深度之变的认识分析中，在民营经济发展蓬勃之势渐起的亲历感受中，也在深受整个社会创业热潮的感染中，源自潜藏于内心深处的这种原始冲动，让温显来义无反顾作出了辞职"下海"的人生选择。

"成家立业，业是人生追求的一大目标，是自我价值的体现。"从走出家乡大山深处而来的一路砥砺奋进时光里，一种立人生之事业的情结不知何时已在温显来心底酝酿生发，终于在他三十而立之年付诸奋进的行动。

为此，他在外界不少人还难以理解的目光中，主动放弃了在"公家单位"体面的工作与稳定安逸的生活。

这一次，温显来所想的，是去创立一番自己的人生事业，而绝不仅仅是"下海"做生意赚钱，为自己和家人过上更好生活的这般简单想法了！

也正因为一开始确定的是立业目标，所以，当温显来从单位辞职后，他并没有急切地在上饶县城开办"煤炭经销部"或是"煤炭销售中心"。

而事实上，凭借过去的经验特别是市场资源，温显来若是在上饶县开办一家"煤炭经销部"，完全可以很快地把生意在全县范围内做得四通八达、红红火火。

但温显来却认为，虽然煤炭经销市场已经对个体经营者放开了，这样做无可厚非，但从自己"老东家"——上饶县煤炭公司已渐显困境的角度，自己如果那样做，是不厚道的做法。

"自己从此不能再为煤炭公司效力，但尽量避免与'老东家'争市场，这也不失为默默帮助的一种情感表达，也是自己对做人处事原则的坚持。"温显来这样想。

更何况，温显来的市场眼光，一开始就超出了上饶县，且要广远得多。

"煤炭经营市场改革放开的背景下，全国各地到处都有市场，而且市场对个体私营煤炭经营者会越来越大，天地何其广阔！"亦如当年刚进家乡的乡镇企业负责销售工作不久，把销售市场目标扩大到外省市场范围那样，温显来对自己即将要开始的煤炭经营贸易，同样一开始就显现出高远开阔的战略眼光。

经营思路决定经营方向。

在这样的思路方向之下，温显来决定成立一家这样的煤炭经营贸易公司——立足省内市场，面向全国各地市场！

温显来构想逐渐成熟的公司，无论是在未来的市场格局上，还是在发展的目标上，都是宏大而高远的。显然，他敢想也做好了去闯的心理准备。

是的，敢想也敢去闯，这或许就是"92派"企业家群体具有的鲜明共同特质。在那一年从"体制内"辞职者创立的公司中，后来诞生了许多驰骋商场的公司，就是最为有力的证明。

而他们的敢想敢闯，无不是来自于对国家改革开放在1992年开启崭新进程所带来巨大商机的准确判断。在看准的趋势和机遇面前，他们又无不显示出抓住机遇的果敢勇气。

…………

不得不承认，纵览成就了一番大业的民营企业家们的创业历程，他们在创业之初几乎都有一个鲜明的共同特点，那就是，他们一开始的立业格局和未来发展蓝图，总是吸引着志同道合者纷归而聚，期望随之也成就自己的人生事业。

欲干成一番大事，正需要一群志同道合者。

多年后，温显来在回忆总结华能的发展历程时指出，人才、诚信和灵活创新的商业模式是华能早期发展的最重要因素。人才，被他置于首要位置。

正是因为温显来对人才的重视，华能成立之初便有这样几位人才：上饶县铁路货运站站长，能够为华能的煤炭运输解决后顾之忧；某大型水泥厂供应处处长，深谙煤炭贸易市场动态；县煤炭局局长，熟悉全国煤炭资源分布情况，有丰富的人脉资源。

这些人才都是管理过上千人的精英，也是温显来的好友，但当获得温显来的诚挚邀请后，他们表达了加入华能共同创业的意愿。为华能此后的煤炭经营业务中，这几位人才"各显神通"，在华能的发展起到了中流砥柱的作用。

对于这些志同道合、并肩前进的好友，温显来感觉如虎添翼的同时，也开始思考这样一个问题——怎样从公司成立一开始，就让大家同心同力，将来的事业成功也能共享，而不是仅仅让大家跟着自己干，更不能让大家单纯奉献、舍出力气为自己干。

温显来认为，虽然好友们是抱定对自己的信任而来，并没有提出这方面的要求和想法，但自己必须要主动为大家考虑。

我国的《公司法》自1994年7月1日起施行。在此之前，对于公司的成立和管理方面，只有行政法规。而且，行政法规将公司界定为企业，是 1988 年 6 月 25 日国务院颁布的《私营企业暂行条例》。其中规定，私营企业可以采用独资企业、合作企业和有限公司三种形式。

那么，哪种公司形式才符合自己的设想呢？

很显然，在私营企业的三种创办形式中，只有合作企业这一形式与温显来设想的大方向一致。但是，他随后认真思考发现，因"合作"这一概念的范畴过于宽泛，又无法准确界定自己对于公司创立和发展中"同心同力同享"这一核心理念。

为此，在接下来筹备公司成立的过程中，温显来通过各种途径，进行了认真学习和多方了解咨询。

正是在这一过程中，一种新兴的、在民营企业成立注册过程中尚存争议的公司组织形式——股份制公司，引起了温显来极大的关注和热情。

股份制公司，是指两个或两个以上的利益主体，以集股经营的方式自愿结合的一种企业组织形式。它是适应社会化大生产和市场经济发展需要、实现所有权与经营权相对分离、利于强化企业经营管理职能的一种企业组织形式。

在西方很多国家，早在二十世纪五六十年代，股份制公司就已成为一种成熟的企业组成方式。二十世纪八十年代改革开放的初期，著名经济学家厉以宁先生提出，中国要积极引进企业的股份制度，他也因此而得了"厉股份"的绰号。

事实上，厉以宁倡导股份制公司，是在国有企业改革的背景下提出的。

二十世纪八十年代初，随着经济体制从计划经济向市场经济的转变，国有企业在国民经济中扮演的角色越来越尴尬，原先计划经济模式下的国有企业制度设计，已经完全不能适应市场经济的要求了。国有企业的诸多问题渐次浮现，举国上下都开始集中精力思考国有企业改制问题。厉以宁、萧灼基、冯兰瑞等经济学家认为，国有企业要走出困境，最好的改制方法是在产权制度上作出根本变革，走股份制道路。

然而，股份制这一被认为"具有典型的资本主义色彩"的公司组织形式，直到二十世纪八十年代末，才真正开始在一批实施改革的国有企业中小心翼翼地试点探索。而此时，在民营企业领域，除了深圳、厦门等经济特区出现了为数不多的股份制民营企业家之外，国内其他地方鲜有民营股份制企业，甚至对股份制企业这一概念也完全是陌生的。

1992年，在邓小平同志"南方谈话"后，姓"资"姓"社"的争论悄然停息，曾束缚改革开放前行的思想领域一系列坚冰被打破，股份制这一公司组织形式也随之兴起。

这也正是股份制公司为温显来所关注的原因。

在对股份制这一公司组织形式的认真研究中，温显来发现，无论是在体现自己对于公司成立与将来发展的理念上，还是在今后筹资和规范管理等方面，股份制公司都有着众多优点。

至此，温显来认为组建公司的时机已水到渠成。

最终，通过组建股份制这一公司形式，志在与温显来合力去干一番事业的一批股东又再次扩大。这些股东，有的来自国企职工，有的是高校教师，还有的是机关干部。全体股东共同出资的公司注册资金为50万元，每个人在公司所占的股份，按照其出资的比例计算。按照出资股份总额和全体股东一致的推选，温显来担任公司董事长兼总经理。

1992年12月18日，对温显来以及后来的"博能人"来说，是一个永远难以忘怀的特殊日子，这一天，温显来和一群志同道合的伙伴在原上饶宾馆相聚，宣告了江西华能实业有限公司的诞生，股份制形式的华能公司，在上饶县城租赁的一座大楼里正式挂牌成立。华能公司从此在我国的经济舞台上登台"亮相"，开始了艰苦卓绝的旅程。

公司成立之初，取名"华能"，寄予了温显来和创业伙伴们的共同期许——朴实无华、各尽所能，共同奋进拼搏，去开创一番事业！

此时的温显来并没有意识到，江西华能实业建立起的这种公司架构，正是后来我国蓬勃发展的股份制公司的最早探索者之一。江西华能实业，也成为我国改革开放进程中最早一批股份制民营企业中的一员。

"这一前瞻的眼光，注定了江西华能实业将在江西和中国民营经济发展史上写下令人注目的一笔。"

多年后，有经济学家阐述我国民营股份制企业发展历程时，在分析中特意提到江西华能实业这一案例，并认为，当初选择股份制这一公司组织形式，为公司优秀人才进入、管理优化及后来快速扩大的资金来源渠道等众多方面，一开始就奠定了良好基础。

在乡镇和国有企业管理岗位工作多年的经验，让温显来已积累了企业管理方面较为扎实的经验。他深知，一整套行之有效的管理方法和制度，对企业发展十分重要。

对此，江西华能实业成立之后，温显来按照股份制公司的章程，随即着手制定出一整套公司运营管理制度。

时隔25年，今天再看江西华能实业成立之初制定出的这一整套管理运营制度，无论是从产权清晰、权责明确内部管理体系上，还是从销售管理、市场开拓等方面，都已初显现代企业的雏形。

智者顺时顺势而谋。

温显来在敏锐洞察全国煤炭市场经营改革的商机后，又顺应股份制公司在1992年初显勃兴的趋势，谋定市场，搭建起聚集志同道合股东的公司舞台，终于完成了他人生事业历程中最为重要的一次转折。

而接下来，就是和公司全体同仁一道，满腔激情地去搏击市场大潮了！

人生没有白走的路，曾历经的每一步，都将成为此后人生事业发展的基础。对此，当为华能实业制定具体的市场开拓路径、经营方略之时，温显来可谓感受深刻。

十多年前，在家乡黄沙岭乡镇企业负责销售、跑市场的过程中，温显来耳闻目睹了浙江、福建两省乡镇企业林立、个体私营经济蓬勃发展的情景。

"如今，已过近十年，那里应成长发展起一大批乡镇国有大企业。经过这么多年的发展，加之现在国家大力支持个体私营经济发展，那里的个体私营企业将会迎来更快发展。经济发达地区，就是能源需求的重点市场。为此，华能实业的煤炭贸易重点市场，也应放在浙江和福建两省……"

在上饶县煤炭公司负责销售部门工作的过程中，温显来更是对省内外煤炭营销市场的情况了然于心。

"江西煤矿资源丰富，如萍乡煤矿的煤质优良，深受省内外工矿企业的青睐。华能实业可充分利用省内优质工业煤炭这一资源，主营工矿企业用煤，如此既形成公司煤炭经营上的优势，又避免了在民用煤炭市场领域的竞争。"

遥想当年，在村里拉起一支土石方施工队，走出家乡大山后，在短短数年间不但施工队"兵强马壮"，而且还把工程做到了外省。靠的是什么？一是吃得大苦，保质按期完成工程施工；二是诚信，在施工过程中，绝不偷工减料，绝不虚报价格。

"华能实业要赢得客户与市场，我们不但要凭借闯劲，更要诚信经营。"

…………

在对自己曾为谋生而闯出路、为打开乡镇和国有企业销售局面所做探索的总结中，在对全国煤炭市场改革背景下的市场预测分析中，温显来逐渐形成了关于华能实业经营开拓市场的方略与路径：

以优质的服务争得市场；

以可靠的质量巩固市场；

以灵活的策略抢占市场；

以良好的信誉赢得市场。

在煤炭货源和销售渠道上，确立以江西省内尤其是以萍乡煤矿的优质工业用煤为主货源，销售对象以省内外工矿企业为主。

在市场开拓上，立足江西省内市场，打开省外市场；省外市场的开拓，以浙江、福建两省为突破口，稳步扩大。计划争取在一到两年内，形成公司省内省外市场并起的经营局面。

至此，从公司内部管理到外部市场开拓，再到主营煤炭业务的确定、货源渠道、销售对象、经营理念及公司阶段性发展目标等一系列方面，温显来从宏观到细节，都做了充分缜密的规划和布局。

"谋定而后动，知止而有得。"

在关于人生前路的一次重大抉择过程中，在对于人生事业的深思远谋中，透过定格在时光里的那些记忆，温显来对企业经营发展沉稳运筹的风格，分明已清晰地显露出来。

第三节　逐鹿市场沉稳者胜

在温显来沉稳从容运筹之下，江西华能实业的开局令人欣喜而振奋。

1993年上半年，华能实业的煤炭经营业务即在江西省内市场快速推进，到当年下半年，业务已基本覆盖至全省近五分之一的地市。

为了尽快打开外省煤炭市场，温显来提出了"供销两头在外，形成规模经营"的方针，带领全体业务员从东到西、从南到北进行业务布点，走遍全国大小煤矿、各大水泥厂、钢厂、发电厂、化肥厂等，克服了种种困难、历经了重重磨难，终于，最早从浙江传来了喜讯。

首先是在浙江金华、义乌两地，1993年经过大半年的市场开拓，华能实业以其物美价廉的煤炭产品、灵活创新的商业模式、诚实守信的经营原则，逐渐打开这里的市场空间。

相较江西省，浙江金华、义乌等地个体私营经济起步早，基础较好，邓小平同志发表"南方谈话"后，当地乘民营经济蓬勃发展的"春风"，放开手脚鼓励民营企业发展，个体私营企业数量迅速增长。

随着民营经济蓬勃发展，浙江金华、义乌这两地工业用煤炭的需求量也快速增长，市场空间天地广阔。而且，浙江金华和义乌紧邻江西上饶地区，又都位于浙赣铁路沿线，具有煤炭运输的交通优势条件。

这些，都是温显来首选浙江金华和义乌，作为外省市场突破口的重要原因以及看重浙江市场的原因。

当然，这样既有巨大需求又有交通运输优势条件的市场，也必然是众商家热趋之地。在华能实业初入金华、义乌两地煤炭市场时，这里的煤炭经销商已有不少，市场竞争也处于较为激烈的状态。

在对金华、义乌煤炭经销市场的考察过程中，温显来发现，同样是工业用煤炭销售市场，但金华和义乌两地市场又都各有不同特点。

就企业类别而言，金华是浙江省的国有企业工业基地之一，改革开放以来，尽管当地民营企业也取得了较快的发展，但国有大中型工业企业依然占据重要位置。

而义乌市的情况却不同。改革开放以来，这个过去典型的贫瘠农业县，逐渐以小商品市场的快速聚集发展为鲜明特色，大量的个体私营企业自二十世纪八十年代中后期应运而生，但其中大多数属于纺织、鞋帽等轻工类企业。

"工业企业的类型不同，工业用煤的质量等级要求也就不尽相同，我们要从企业用煤需求的实际出发来确立我们的煤炭经销优势。"针对金华、义乌两地煤炭需求市场的特点，温显来确立了华能实业在金华、义乌两地煤炭销售市场的重点方向，即在金华，以特级和一级工业用煤为主；在义乌，则以一、二级工业用煤为主。

华能实业随后在金华、义乌的业务拓展情况，印证了温显来对市场特点和客户需求极为准确地把握。

通过在江西萍乡煤矿稳定的优质工业煤矿货源，华能实业销售的工业用煤品质，在金华市大中型工业企业稳步赢得赞誉——江西这个叫华能实业的煤炭销售公司，他们销售的工业用煤，不但热量高、燃烧好，而且含硫量和灰分都低！

对于工业企业而言，长期使用含硫量高的煤，会对锅炉设备、锅炉安全经济运行带来严重影响。另外，煤炭中的灰分越高，则煤中不可燃成分的比重越大，可燃成分比重下降，则会导致锅炉效率下降。

为提高煤炭品质，温显来组织员工在煤场用人工将"煤干石"除掉，这样的做法虽然增加了一定的成本，但是使客户得到了实实在在的利益。

华能实业靠高质量的煤炭，快速在金华工业煤炭市场拓展自己的市场。

在义乌市，准确定位于轻工类企业用煤市场，支持煤炭品质立市，同样使得华能实业的业务顺利打开了这里市场的突破口。因为，优质的二类工业用煤，不但充分适合这里很多民营企业的用煤需求，而且还为企业客户节省了成本。

当时，浙江江山水泥厂亦是煤炭需求大户，曾有过一时煤炭紧缺导致燃料供应不上的情况。华能选择了保本经营、微利促销，以每吨仅赢利 0.07 元的特价销售给浙江江山水泥厂 5000 吨煤炭，其时若销售给其他客户每吨至少可获利 10 元以上。精诚所至，金石为开，虽然这一单生意看似没赚钱，但是江山水泥厂深受感动，由此成为华能的固定大客户。

初入浙江省煤炭销售市场，江西华能实业就树立了煤炭质量可靠、价格合理、为客户着想等这些良好的企业形象。

在温显来对于华能实业外省市场拓展的整体思路中，打开金华和义乌两地市场具有十分关键的意义。这是因为，打开了处于浙赣铁路浙江境内门户位置的市场，接下去就为华能实业沿浙赣铁路向浙江全省市场纵深拓展奠定了重要基础。而且，浙江市场的纵深拓展后面，温显来还有更阔大的市场蓝图构想。

继成功打开金华和义乌市场，沿浙赣线稳步向浙江全省市场纵深拓展的同时，福建又成为温显来部署开拓的又一个重点市场。

位于东南沿海的福建省，在改革开放过程中凭借区位优势，加快步伐，经济社会取得了快速发展，走在全国前列。到八十年代末九十年代初，福建省的民营经济崛起与广东、浙江已然形成并起之势。

在工业能源结构上，福建省与浙江、广东两省的情况十分类似，其工业用煤、发电用煤也主要是依靠从外省调入。

凡是经济快速崛起，而工业用煤又主要依靠从外省市调运的地区，就是煤炭销售的重点市场。对于曾在上饶县煤炭公司负责煤炭销售工作的温显来而言，自然深谙这一市场原则。

但除此之外，温显来还有更深远的思考布局。

鹰厦铁路北起江西鹰潭，在赣闽边境穿越武夷山后，沿闽江支流富屯溪谷地延伸，到达南平附近的外洋站折向西南，沿闽江至闽南地区，贯通八闽大地。而鹰厦铁路与浙赣铁路在鹰潭交汇，到南平市外洋站又与外福铁路相交。

"开拓福建市场，那我们的煤炭经销，今后就可形成以鹰潭铁路枢纽为中心，辐射东南地区的渠道格局。"

这正是温显来思考布局的关键所在。

原来，在市场拓展的纵横布局过程中，温显来已开始构想要逐步形成华能实业未来的煤炭销售版图！

对此，华能实业无人不为温显来沉稳开阔的眼界格局所折服。

果敢进军福建省煤炭销售市场，同样是凭借优质的煤炭货源、优质的服务和合理价格等这些优势，华能实业在已显激烈的八闽大地煤炭市场竞争中，一步步立稳脚跟。

1993 年至 1994 年初，华能实业在外省的煤炭销售，开始形成了浙江与福建两大市场并起的发展态势。

更令华能实业每一个人感到振奋的是，在浙江与福建两省市场，华能实业的煤炭销售业务，还在大型钢铁厂和火力发电厂有了"零"的突破。

炼钢和火力发电用煤业务，不但业务量大且稳定，而且对一家煤炭销售企业而言更是品牌、信誉和实力的象征。实现大型钢铁厂和火力发电厂用煤业务的突破，标志着华能实业经过一年以来的市场纵横逐鹿，已初具良好的品牌实力形象。

事实上，此时的江西华能实业，在浙闽两省的企业客户中间，除了有一定的实力特别是销售的煤炭品质可靠，更是一家信誉卓著的煤炭销售企业。

业务经营过程中的诚信，让华能实业赢得了客户们的高度信赖。而这种信赖，在市场经济发展只是处于起步阶段、经营法律法规还不够完善的状况下，无形中又让华能实业拥有了强大的市场竞争力。

让我们了解一下1993年前后，全国各领域贸易市场快速放开背景下的市场状况：

改革本身就是一个探索的过程，社会主义市场经济建立的初始阶段，出现各种各样的问题难以避免。

市场的自由水流在各个领域市场恣意纵横，但由于当时相关的市场法律极度缺乏，因而，各种市场经营问题也接踵而至——因为《合同法》还没有出台，对贸易经营过程中的随意不履行经营合同者，无法追究其法律与经济责任；相对完善的市场监管机制尚没有建立，致使以次充好、以劣充优等市场违规、欺诈行为蔓延；还有一些专门钻法律漏洞空子的人，在买方与卖方之间东倒西腾，大玩"空手套白狼"之术。

1992年，在全国煤炭经营市场逐步放开之后，一面是市场煤炭需求的快速增长，另一面是进入煤炭销售的个体私营者和企业有如过江之鲫。

煤炭自由市场和贸易的蓬勃发展之下，买方与卖方空前活跃。而在这一过程中，煤炭销售市场也一度出现鱼龙混杂的情形。其中，尤以"空手套白狼"之术让许多煤炭买方与卖方防不胜防，损失惨痛。这些"空手套白狼"者，以煤炭销售为名，成立一家或多家"皮包公司"，他们一般的手法，或是在客户那里获得一笔煤炭业务订单，得到客户支付的一笔定金后就销声匿迹，或是在煤矿签下一笔煤炭合作经销合同，再拿着合同到客户那里取得信任同时又许以优惠价格，等取得客户相信与其签订合同并支付了定金后，他们便消失得无影无踪。还有倒过来，拿到和客户签订的销售业务合同找到煤矿，先支付一笔定金把煤拉走，从此煤矿再也找不到他们的身影。

此外，还有利用"三角债"来周旋，让买方望眼欲穿煤不来，使卖方苦等款难回的……

也正是因为如此，无论是煤矿还是企业，都将煤炭经营业务中恪守诚信的经营者视为头等重要的品牌。

江西华能实业，自然不存在以上任何让煤矿和企业客户担忧的方面。更何况，在业务经营过程中其展现出的对合同的恪守、对客户的信赖，是许多煤炭经营企业做不到的，也让客户交口称赞或深为感动。

一次，与华能实业仅有过一次业务往来的一家浙江企业老板找到温显来，表示想从华能实业全款赊购一批煤，原因是他的公司出现了暂时的资金周转困难，而企业生产一旦停下将损失巨大。

这位老板向温显来承诺，不出三个月时间，就会把赊购的煤炭款付清。另外，到时还会适当付给华能实业公司一些利息作为感谢。

回到 1994 年，这样一笔煤炭全款赊购业务，对华能实业来说实在算不得一件大事。何况在当时，华能实业的经营也还只是刚刚起步半年左右时间。资本小、实力不强的华能实业，经不起任何一笔业务中的闪失。上面已提到，当时的市场状况之下，使得很多正正当当做经营的煤炭经营企业为自我保护，几乎不约而同形成了"现款现货"的行规。就是关系十分信任的老客户之间，也起码要做到先付一部分货款再发货。

因而，温显来无论是从哪一点找理由婉拒，对方都无话可说。

然而，温显来不但答应了，而且后来对方之前承诺的付款时间逾期了，温显来也一次都没有追讨过货款。

更让对方感动的是，当逾期一个多月后，他心有歉疚地找到温显来支付那笔煤炭货款，并要额外支付一笔利息款时，温显来却坚持婉拒利息。

"说实话，我们当时跟好几家煤炭经营公司提出赊购煤炭，还包括原先跟我们公司业务往来一年多的一家煤炭经营公司，但人家都没有同意。在这样的情况下，我们也是抱着试试看的想法找到你们华能实业，可没有想到，你们这样爽快地答应了，而且我们承诺结款的时间拖了一个多月，你们也没有催款，现在付点利息给你们也不要，这叫我心里怎样过意得去呀……"

这家公司的老板，对温显来在他企业出现困难时给予的信任和帮助感念不已。从此，他自己公司的用煤业务不但全部交给华能实业，而且还在义乌企业家中间主动为华能实业介绍煤炭业务。

在初来乍到的市场，一笔煤炭赊购业务，在别人看来这是不能做的风险业务，而温显来却出于解客户燃眉之急的想法，没有过多犹豫地做了这笔业务。

如果说为开拓新市场、赢得新客户信任，那自己首先要付出信任，这一方面很多企业也坚持这样做。然而，为恪守业务中的诚信而放弃已经到手的利润甚至要承受经济损失，这对一家企业的诚信经营品格来说实属不易。

自全国煤炭经营市场实行改革之后，煤炭价格随行就市的情况已不是什么新鲜事情了。也正是因为如此，各地煤炭市场的价格，在不同的时间段里往往会出现涨跌波动。

一次，在福建省三明市，华能实业与三明钢铁厂顺利签订一笔煤炭业务合同。

可不料，就在华能实业与三明钢铁厂签订完后合同后不久，市场上的煤炭价格开始呈现出直线上涨的行情。

显然，如果继续履行已签订的合同价格，那卖方将要承担不小损失。

为此，与华能实业同时在此次煤炭业务招标中与三明钢铁厂签订了煤炭供销合同的其他三家煤炭经销公司，向三明钢铁厂提出，鉴于市场煤炭价格波动过大，希望就煤炭供销合同中的价格进行相应的修改。同时还表示，如果三明钢铁厂不同意相应提高合同价格，那么他们就只好放弃已签订的业务合同。

此时的华能实业福建市场负责人员，也陷入了深深的困扰之中：履行已签订的合同，就意味着公司要承受不小的损失，不履行合同，那就属于华能实业单方面违约。

因为这笔业务合同的煤炭数量较大，一旦履行合同，那经济损失不小，负责福建市场的业务人员难以定夺，于是将情况向温显来报告。

对于这一问题，华能实业公司内部一时形成了两种意见：一种是华能实业也要跟其他三家同时与三明钢铁厂签订了煤炭供销合同的公司一样，暂停履行与三明钢铁厂的煤炭贸易合同，等合同价格问题解决之后再做定夺；另一种是继续履行合同，但要就目前市场煤炭价格的变化而修改合同上原来签订的供煤价格。

而且，华能实业公司内部大多数人认为，这两种解决问题的方式，不管是从随行就市的角度来说，还是从其他与三明钢铁厂已签订了合同的煤炭贸易公司一起"边走边看"来讲，既合情也合理。

当然，作为公司总经理，最后的决定还是由温显来决定。

"我的意见是，我们公司要严格按照合同办事，不仅要按合同约定的日期向三明钢铁厂开始供煤炭，而且原定的合同价格不变。"

在为讨论是否继续履行与三明钢铁厂所签订合同的公司会议上，温显来态度鲜明，决定坚决——无论承受多大的损失，华能实业都要履行供煤合同！

"这个损失，我们亏不起啊！"温显来的决定一出，随即有公司股东发表不同意见。

"损失，这是明摆着的，我们也确实亏不起，这些我都认真想过。但我又想，如果我们不履行合同，虽然合情也合理，何况也不是我们公司一家这样做。可这样做，我们损失的就是诚信，一家不讲诚信的公司，一定是走不远做不大的……"

温显来深知，自己做出的这个决定何尝不是一个艰难的决定。从眼前的华能实业公司现况而言，做出继续履行合同的决定，有公司同仁不认同一时难以接受，自己完全能理解。但为公司的长远发展思考，又必须要这样做！

宁可承受一时的经济损失也决不失经营诚信！

深切理解了温显来为公司长远发展而坚守的经营原则，公司全体股东最终无不鼎力支持履行合同的决定。

与此同时，"诚信"两个字悄然深入华能实业每一位公司股东与员工内心，由此也播下了江西华能实业公司诚信企业文化的种子。

此后多年，当有企业文化研究领域专家在全面总结博能集团企业文化创建历程，深入分析阐述其企业文化构建时发现，从创业发端伊始，博能集团企业文化构建实际就已悄然同步。

而在博能集团企业文化创建发端伊始，最令人赞叹的是，其企业文化不但体现于公司上下全体人员的行为准则之中，更深层次融入其精神内涵与深刻认识之中。

这或许，就是后来博能集团企业文化最为独特的内涵魅力之一。

第四节　煤炭贸易界"黑马"跃起

一群朴实无华的志同道合者，敏于机遇而行于果敢，在温显来的带领下，他们齐心共进、各尽所能，在开拓煤炭经营贸易市场的艰苦拼搏中又恪守诚信，最终赢得了丰厚回报。

1993 年，江西华能实业的煤炭销售收入实现近 5000 万元。这样的销售收入，是一家县级国有煤炭公司年销售收入的数倍。

初入煤炭贸易行业市场第一年，温显来和他的伙伴们，就干出了这样令人惊叹的业绩！

在全国蓬勃兴起的民营煤炭贸易企业中，江西华能实业凭借这一销售业绩，成为实力不可小觑的行业企业。

而这仅仅只是精彩的开端。

接下去的江西华能实业发展，可谓日渐呈异军突起之势，令整个煤炭贸易业界越来越为之瞩目。

通过一年来在省内外市场开拓的艰苦努力，特别是华能实业在企业客户中间和市场上树立的良好信誉和形象，为公司下一步的市场拓展和业务快速增长奠定了坚实基础。

这一切，很快在 1994 年得以显现出来：1994 年，江西华能实业的煤炭贸易步入鼎盛时期，业务遍布全国 16 个省市，销售量达 30 多万吨，交易额突破亿元大关，纳税过百万元。

江西华能实业以蓬勃发展之势，成为华东地区煤炭经营的标杆企业，引起了业界越来越广泛的关注。

更为重要的是，此时的华能实业，经过在煤炭经营市场两年的砥砺前行，不但公司实力今非昔比，而且人员队伍、公司规模、管理能力等方面也有较大提升。无论是在江西省内，还是在浙江与福建两省的煤炭经营公司中，江西华能实业的知名度与日俱增。

对于一家企业的发展而言，其势一旦形成，接下去往往将形成势不可挡的崛起与发展格局。

对此，温显来强烈意识到，江西华能实业当趁势而进、谋求大发展！

"现在，各方面的情况都表明，华能实业全面开拓区域大市场、面向全国做贸易的条件与时机已经开始成熟了。在新的一年里，我们当满怀激情，砥砺奋进，去开创华能实业腾飞发展的大好格局！"

在1994年岁末年初的公司年会上，面对公司全体股东和员工，温显来踌躇满志，他对于即将到来的1995年公司发展布局与实施规划进行了详细阐述：

"两年来，我们立足江西省内市场，同时又以鹰潭铁路枢纽为中心，沿浙赣铁路和鹰厦铁路两大铁路线纵横开拓外省东南沿海市场，奠定了我们坚实的市场基础，锻炼了我们的市场队伍，提升了我们的管理能力，也打开了我们华能实业的知名度和影响力！"

"我们为此付出的所有努力，都为我们下一步走向更广阔市场、打开更宏远空间做好了铺垫。新的一年，我们在市场开拓上，要敢于迈出大步伐，在业务范围上，要快速走向全国。"

"放眼全国市场，以区域为单位，实现稳健而快速的发展。一是放大市场格局，以江西和浙江市场为中心，向华东各省市市场拓进，以福建市场为桥头堡，向沿海省市延伸，同时再以长江航道为重点，逐步打开长江沿岸市场，最终形成我们华能实业在煤炭运输上水陆并进的大市场大布局。二是全面提升公司的管理水平，形成区域市场和整体市场密切协作、高效调度的管理体系。此外，广纳社会经营和管理人才。"

…………

温显来布局中的1995年华能实业的发展格局，如此宏大开阔，这怎能不激起公司上下所有人的内心共鸣与激情畅想。

可以想象，如果这样的发展布局得以实现，那1995年无疑将是华能实现磅礴崛起的一年！

是的，1995 年，正是温显来对华能实业胸有成竹的崛起发展之年。

事实上，两年前，在开拓浙江和拓展福建市场的过程中，温显来关于华能实业将来如何实现更大市场格局的发展思路中，就逐渐在酝酿这样的市场构想。如今，他所提出和即将要去实施的构想，正是两年来他用心经营、深远运筹的规划蓝图。

原来如此。这也正是温显来所说的一切已水到渠成的真正原因。

而且，在温显来看来，现在不但是水到渠成，还有天时地利——随着国家推进建设社会主义市场经济体制步伐的加快，全国煤炭系统的改革也从 1994 年以来以放开市场为重点的改革，逐步转向市场与管理机制两大层面的同步改革。这就意味着，在改革力度不断加大、朝向纵深的过程中，全国煤炭市场的开放程度将进一步加大，市场空间将更加广阔。

进入 1995 年，全国煤炭市场改革发展之势，果然如温显来所研判的那样。

这一年里，不但煤炭贸易市场放开的程度进一步加快，而且国家逐步开始对部分国有煤矿实施改革，同时乡镇煤矿在农业政策支持下得到了快速发展。与此同时，国家推进煤炭技术进步和规范产业发展的相关政策体系也在逐步形成，企业自主经营权开始增加，煤炭企业多种经营的发展思路逐渐形成。

"政策形势越来越好，加之公司规模实力初具、人员队伍稳步壮大，特别是两年来开创的市场基础和企业知名度，这些共同形成了华能实业厚积薄发的优势和可能。为此，华能实业大胆抢抓全国煤炭市场和行业改革的大好时机，实现稳健快速崛起，是完全有可能也是切实可行的！"

温显来的胸有成竹，是在视野开阔、审时度势基础上，对整体市场进一步发展的了然于心！

再次沉稳而深远的谋局之下，让 1995 年华能实业发展的开端，显现出锐意而进之势。在浙江市场的纵伸方向，华东地区市场的开拓顺利，通过福建市场，渐进东南沿海……华能实业向区域市场开疆拓土的步伐与温显来之前的构想不谋而合。

更加令人欣喜的是，以长江航道为上、下游延伸发展的新市场，很快有了沿岸几个城市的业务突破！

南京长江水泥集团原来一直用的是山东枣庄煤，质量好但价格高，故而成本问题一直困扰着他们。为了帮助其降低成本，温显来利用自己的信息网点和业务网点，从河南义马调来另一煤种作为山东枣庄煤的替代品，不仅质量过关，价格也降低了一些。为此南京长江水泥集团极大地降低了成本，多年来一直与华能维持着稳定的供销关系。

温显来曾说过，经营企业光有正确的决策是远远不够的，在资金、资源有限的情况下要想把生意做大做强，就必须要"借鸡生蛋""借船出海"。

煤炭业务是买方市场，资金需求量巨大。温显来通过研究煤炭市场的形势，认为华能可以扮演好买方和卖方两种角色，利用华能在市场中已经建立起来的信誉，积极寻求供应单位的支持，通过大规模的赊销活动来减轻资金的压力，然后回收货款或销售用户单位产品回笼货款后再偿还供应商。通过这一措施，搞活了与南京长江水泥集团的关系，扩大了福建水泥厂的业务量，此为"借鸡生蛋"。

当年，温显来在广州某大型国有企业谈了一笔23000吨煤炭的业务，把山西的煤炭通过海运出售到广东。一船煤两万吨，一吨煤一百多块钱，一船煤需要两百多万的资金，但公司各业务网点都面临资金紧张，口袋里没有钱，怎么办呢？到口的肉不能不吃，温显来想到找有资金实力的企业共同参与，风险由华能来承担，回报由两家企业共同分享。这样靠出售机会得到资金的方式，连接上下游的客户，使这笔巨额生意圆满成交，取得了可观的经济效益，此为"借船出海"。

通过灵活、创新的商业经营模式，华能搞活了煤炭经营贸易，扩大了市场范围，提高了经济效益。

到 1995 年上半年，凭借之前对全国煤炭行业改革形势准确判断，温显来又提前对华能实业的优质煤炭货源渠道进行了重新调整，依据公司市场将大范围拓展而积极沟通，拥有了一批分布于多个省、煤炭质量好的业务合作煤矿。如此一来，华能实业的煤炭调度依据市场业务的渠道十分畅通。

面对华能实业越来越清晰的市场发展情势走向，从华能实业公司内部到煤炭经营同行的许多人逐渐意识到，温显来在运筹帷幄之中，看似从容而闲淡，实则却是在下一盘气势恢宏的大棋！

温显来的这一盘大棋，到 1995 年下半年渐入举重若轻、纵横捭阖之境，令观者也为之激情飞扬，深为叹服：

在华中地区、东南沿海和长江沿岸城市三大区域市场格局形成后，温显来又通过设立十几个办事处协调调度，有意识地将三大区域市场连成一片，从而大大拓展了华能实业的市场空间天地。

市场空间天地越广阔，贸易腾挪的空间也就越大。

依托长江航道，华能实业的煤炭贸易直抵重庆，承接西南、西北煤炭水陆东运南进的货源，不但煤炭质量高，而且价格优势明显、运输成本低廉。纵贯长江航道，华能实业的煤炭贸易业务既可抵达任何一座沿岸城市，又可通过水运和铁路网的衔接，通达华中和东南沿海市场。

…………

这的确已成了一盘纵横通达的市场大棋！

在这盘纵横通达的大棋盘上，华能实业充分借助其煤炭质量优势、价格优势和运输成本优势，南进东出，西购北销，从容稳健地打好市场时空差、供求差和价格差，在半个中国范围的煤炭供求广阔市场挥斥方遒。

而作为华能实业的掌舵者，温显来在运筹帷幄之间展现出挥洒从容的气度，稳健中又充满激情。这是一种对市场全局有了然于胸的把握，方能达到的犹如"指点江山"般的收放自如。

而其实，这是温显来多年来勤于思、敏于学，以及又在乡镇企业、国有企业市场一线历练之中累积了丰富经验的结果。

这一切，都终于以厚积薄发之势，淋漓尽致地展现在他对华能实业布局和执掌大市场的过程中。

正所谓天时地利人和对成功缺一不可。

1995年下半年的天时——全国煤炭经营市场的发展形势，仿佛就是冲着华能实业这样早已做好了充分准备的煤炭经营企业顺势而来的。

从1992年而至1995年，在国家改革开放步伐加快、经济社会蓬勃发展的进程中，各行各业的企业也呈现出产销两旺的喜人势头。企业发展产销两旺，那对煤炭的需求量就大。从东南沿海到华东地区，特别是长江航道沿岸重点工业城市，煤炭需求呈直线上升趋势，市场上的煤炭供应出现较为紧张的状况。

煤炭经营市场前所未有的大好之势，让几乎所有做煤炭市场生意的大小企业和个体煤老板都忙得不亦乐乎，又都喜上眉梢——只要手上有煤炭，就根本不用愁卖不掉，一段时间，煤炭价格也是隔几天就往上涨。

全国煤炭经营市场红火，一度最好的时候，就连在市场竞争中一直受到民营煤炭经营企业和个体私营经销者挤压而处于竞争弱势的国营和集体煤炭经销公司，也都提出了"不给钱不发煤，不进票不发煤，不还账不发煤"的"三不发货"原则。

在这样的市场状况之下，华能实业市场格局优势与货源渠道优势，得以更加突显。

在市场优势上，华能实业早已因煤炭质量好、诚信经营而赢得客户信赖，一批业务合作稳定的大企业客户群支撑起了稳定业务的半壁江山。此为其一。而市场煤炭需求量稳步增长和市场开放程度更高，又让华能实业在各区域市场的企业新客户数量快速增长，同时各区域市场业务的相互调度更加畅通。此为其二。此外，华能实业经过1995年上半年以来对公司内部管理的提升，显现于市场经营上，形成了高效严谨的营销服务队伍和网络。此为其三。

在货源渠道优势，温显来未雨绸缪，经建立辐射不同区域市场的业务合作优质煤矿，包括山东枣庄、山西太原、四川涪陵，以及和一些地方国有大型煤炭经营公司达成业务合作关系，使得华能实业拥有了稳定、充足的煤炭供应货源。

这些优势意味着，江西华能实业不愁市场客户，手里又有煤炭货源。在1995年下半年，各地煤炭经营市场越来越好的形势下，华能实业可谓天时、地利、人和三者兼备。

如此，在1995年下半年，华能实业在各区域市场的业务出现迅猛增长，也就水到渠成了！

形势大好的市场，开始对江西华能实业报以丰厚的回报。

而在温显来和江西华能实业同仁们心里，公司收获的巨大欣喜，何止是业务迅猛的增长，更有来自新老客户对江西华能实业的高度认可与信任。

各销售区域的不少业务合作老客户，在向江西华能实业采购煤炭时，往往提前把货款打到华能实业的公司账户上。因为，他们信赖江西华能实业，他们从不担心自己所打过去的货款会出现任何风险；他们更知道，自己的货款打过去后，江西华能实业一定会准时或提前按照业务合同上的煤炭指标要求、供煤日期和数量供煤。

而在煤炭供应货源方，同样也是因为赢得的信誉与信赖，让江西华能实业在不管煤炭供应货源多么紧张的情况下，总是保持着充足而顺畅的煤炭货源。

1995年下半年以来，全国市场煤炭需求量不断攀升，而煤矿生产能力和交通调运能力提升又一度跟不上，导致不少地方煤炭货源紧张。对此，一些煤矿和煤炭储运贸易公司，纷纷采取按照"谁先交足了订货款，先给谁发煤炭"的行规来进行供货。而一些拥有优质煤炭货源的煤矿和储运贸易公司，更是实行"三不发货"原则——不交足货款不发煤炭，不达到一定量的业务不做，不是有一定实力的煤炭贸易企业不进行业务合作。

然而，与江西华能实业进行业务合作的煤矿或储运公司，几乎都把江西华能实业列于他们这些业务、新规和行规之外。只要是江西华能实业订购的煤炭，均优先供货，有时遇到购煤款一时还没能及时全部到位，但煤矿依然按照江西华能实业事先预定的发货日期发出煤炭去。

因为有供货煤矿及储运公司如此的信赖支持，江西华能实业就有了充足、顺畅货源的保障，而且煤炭质量指标绝不会打折扣。因此，在煤炭货源最紧张的时候，江西华能实业也从不用担心和客户签订了合同而无煤可供，或不能按时供煤而违约的情况。

有了这样的支持，那也就等于有了做业务的底气啊！

来自煤炭货源方对江西华能实业这种莫大的信任，着实让温显来有些没有想到。因为，毕竟这样的信任是出现在煤炭市场有货不愁销路的市场情形里，也是出现在煤炭贸易市场骗货跑路现象时有发生的状况下……这样的情况下，同时获得的客户方和货源方的信赖，让温显来心里怎不充满着感动？！

事实上，江西华能实业之所以能同时获得客户方和货源方的高度信赖，这其实是江西华能实业在与客户方和货源方往来过程中，一天天累积下来，水到渠成的结果。

无论温显来是否意识到，客观实情已然这样：在江西华能实业的发展过程中，诚信这一为人处事和经营原则，由温显来在身体力行中潜移默化传递给公司全体同仁，尔后又悄然内化于每一位同仁的内心，外化体现在他们与客户方、货源方的业务往来和情谊往来之中。

"企业坚守诚信，是一件十分不易的事情，除非这家企业的创建者、执掌者和他的新老同仁们心中对诚信始终抱以笃定的信念，否则，是难以抱定诚信恒久而行的。"在江西企业界当中，从当初的华能实业、华能集团到后来的博能集团，其对诚信坚守的口碑由来已久。据笔者了解，至少在江西，不少民营企业在企业文化建设过程中，是把华能实业、华能集团到后来博能集团的企业文化建设完整历程和体系作为经典案例之一来深入研究的。

是的，从企业的角度而言，对诚信这一信念的恒定坚守之难，难就难在身处市场经济之中，从业务的经营盈亏到市场主体经济往来之间的把握，都充满着很多的不确定因素。为此，企业生存需适时应对和调整经济发展之策。正所谓有"企业经营导师"总结经营之道中所说的："企业经营中唯一不变的就是应时应势而变。"

对此，早在当年年少艰苦打拼和在乡镇企业负责业务的过程中，温显来就体会深刻。

然而，也正是在那些过程中，因自己性格使然和在以自己诚信换得别人诚信的感悟中，温显来也早已形成了自己的从商之道："不管是做人还是做业务，很多方面都要灵活掌握，但唯诚信永不能变！"

诚然，在坚守诚信的过程中，江西华能承受过不小的经济损失，如1993年与福建三明钢铁厂的那笔业务，也还受过骗，又如1995下半年险些被一重庆男子骗走一大批煤。

1995年下半年，市场上煤炭供应紧张。常有急需煤炭的企业，在自己资金周转不济等情况下，希望能得到江西华能实业公司的帮助，赊购煤炭以解企业生产的燃眉之急。因为感同身受的信任支持，江西华能实业才赢得煤炭采购方的高度认可。为此，每当遇到自己的客户希望得到帮助时，江西华能实业也总是会设身处地为自己的客户着想。

一天，一位自称是重庆某企业经理的男子，带着几个人找到江西华能实业公司的业务人员，表示他们厂里急需采购一批生产用煤，但苦于资金周转一时出现了难题。这位经理及一行人反复称：他们是慕江西华能实业在煤炭经营行业的声誉专程前来。而且，经理还报出了经当地哪些企业介绍的企业厂名、公司负责人及业务经理的名字等等。这些工矿企业，都是与江西华能实业有着良好业务合作的单位。在业务商谈过程中，这位经理随身所带的工厂函件、印章等各种资料全部齐全，让人很自然地对其产生信任。

从业务量上讲，这也是一笔大额煤炭业务。江西华能实业的有关经营人员理所当然十分重视。温显来考虑到，对方企业生产急需用煤，心情迫切，经理业务手续也齐全。于是，江西华能实业决定，双方签订合作协议并在对方付了订金之后，随即调拨煤炭发往重庆。

过了一段时间，已超出了合同付款日期不少日子，江西华能实业却迟迟没有收到对方汇来的货款。

这才发现，那位采购煤炭的所谓企业经理，纯属开"皮包公司"的骗子！

好在及时发现后，温显来随后又以智慧把那笔煤炭完完整整给追回来了。

温显来的智慧，最后又着实让那位"皮包公司"骗子佩服得五体投地。以至于那位开"皮包公司"的骗子，后来传出他对温显来和江西华能实业这样意味深长的话语："以我跟这么多煤老板打过交道的经验，温显来无论为人处事还是做生意业务都聪明过人，但我开始为什么能从他手里骗到了煤，那是因为他对我丝毫没有设防，百分之百相信我。但后来，我骗到手的煤又被他给追了回去，这足可见他的聪明过人之处啊！"

是的，温显来和江西华能实业同仁们，把全部的智慧都用在谋事成事上，以百倍的真诚对待每一位客户与业务合作者。他和他的同仁也知晓，商场有也不乏缺失诚信之人，但毕竟是少数。温显来及其同仁们认为，江西华能实业决不能因为要防范缺失诚信的少数者，而将公司的诚信之门向自己所有的客户关闭。

更何况，江西华能实业对客户与业务合作者一直抱之以来的诚信，总是不断带给公司和同仁们欣喜和感动。

比如，又说到福建三明钢铁厂。

因为 1993 年在那次业务中江西华能实业坚定的诚信之举，让厂方感佩不已。后来在煤炭市场行情十分好的时候，福建三明钢铁厂一次次主动找到江西华能实业做业务。而其他很多煤炭贸易公司，则是想尽一切"攻关"之法，想要做到福建三明钢铁厂的煤炭业务，却往往不得如愿。

对此，一些不知原委的煤炭贸易公司老板，开始十分不解。他们总想搞清楚，这家叫江西华能实业的煤炭经营公司，究竟是用了什么样的高深方法，把福建三明钢铁厂的业务做得这样"铁"的！甚至，还有一些煤炭公司老板想当然地揣测——江西华能实业定是在福建三明钢铁厂有过硬的关系，或是从外面有过硬的关系通达三明钢铁厂，要不就是江西华能实业"搞定"了三明钢铁厂的厂领导。

而在后来，当他们从福建三明钢铁厂知情人那里了解到实情后，无不深为折服。那些起初想当然地揣测其中原委的人，甚至为自己凭空揣度而对江西华能实业说了不负责任的话，感到心有惭愧。

…………

天时、地利、人和兼备条件之下的江西华能实业，在 1995 年这一年的发展，犹如其业务在长江航道乘风破浪之势：

在一年里，江西华能实业在长江沿岸的煤炭贸易市场，快速由上海、无锡、武汉等城市溯江而上，一直拓展到四川宜宾、重庆，形成了纵贯长江"黄金水道"沿岸城市的煤炭经销重点市场。而在江浙、福建市场，江西华能实业的煤炭经营业务也是稳中有增。

至此，江西华能实业市场重心移向以长江沿岸地区，联通华中区域而又兼顾江浙与东南沿海地区的格局已然实现。

这一盘市场谋局精彩之棋，温显来下得纵横捭阖，大气磅礴！

1995年，江西华能实业在全国煤炭运营市场中占据了一席之地。

其时，江西华能实业分别在河南、山西、山东、陕西、青海、四川、江西、广东、湖北、郑州、江苏、浙江、甘肃等16个省市建立了业务往来；先后在山西的晋城、太原，湖北的武汉，山东的枣庄，江苏的徐州、南京，浙江的江山、萧山，绍兴，以及本省的南昌等地设立了十几个办事处和业务点；同时还先后分别与中国石化总公司、广州电力公司、广州珠江发电厂、中国水泥厂、江南水泥厂、浙江水泥厂、福建水泥厂、福建三明钢厂、柳州水泥厂、万年青水泥厂、江山水泥厂等百余家大型国有企业发生业务往来。在江苏连云港租海运码头，与徐州铁路局联营公司开展业务合作，解决了区域的铁路运输问题。公司形成了公路、铁路和轮船的联合运输体系，其中由秦皇岛发往中国石化总公司、广州电力公司的煤通过海运，一船就可运载超过1.6万吨、价值240余万元的煤。但当时对于船舶运输的控制非常严格，温显来通过各种途径，终于打通从山西大同到秦皇岛的煤炭运输线。通过公司上下的共同努力，公司年煤炭发运量最高峰达30余万吨，销售收入超亿元。

华能实业稳稳地占据了上饶市煤炭销售的"头把交椅"，煤炭运销总量列江西乃至华东地区的煤炭经营企业的前列，江西华能实业也成了规模、实力屈指可数的煤炭贸易行业民营企业。

这家三年前名不见经传的民营煤炭经营公司，由此开始稳健崛起于赣东北这片红土地！

更为重要的是，经过三年不平凡、超常规的发展，在江西和全国民营煤炭经营企业界，此时的江西华能实业发展之势已锐意开阔，跻身于全国民营企业界的第一实力阵营。

自1992年全国民营经济蓬勃发展，为激励民营企业发展和营造民营企业发展良好氛围，1995年，国家工商总局联合国家有关部委开展了对上规模民营企业的调研。在调研基础上，以企业营业收入总额为参考指标发布排序结果。

令人振奋和欣喜的是，凭着惊人的发展速度和已蓄积的公司规模实力，江西华能实业入选全国私营企业500强，名列第58位。

成立发展仅四年的江西华能实业，在这份全国民营企业500强排行榜上，以这样令人注目的排行位置，展现出了其企业实力，更展现出其锐意进取的发展势态。

特别值得一提的是，1997年亚洲金融危机爆发，对我国市场经济的发展产生了一定程度的冲击，受国内国外市场的影响，全国煤炭需求量下降，煤炭市场在一段时间里出现了较大萎缩。

然而，江西华能实业公司在这一年却依然保持着很高的业务增幅，这在同行业看来，是难以置信的。

从创业时的50万元资本金，仅一年多的时间，销售收入就做到了一个亿，进而入选全国私营企业500强，名列第58位，江西华能实业在江西乃至全国煤炭贸易市场中的发展，无不令业界深为折服和震撼！

在华能公司召开的公司成立五周年总结表彰会上，公司总裁温显来在作公司总结报告时指出，华能公司成立五年来的快速发展，主要得益于公司重视人才、商业信用和创新的商业模式。

一是公司实行的股份制共享机制，突破了产权机制上的禁区，吸引了八方人才和精英加盟。在华能的创业时期就有高校教师、政府官员、铁路货运站站长、大型水泥厂的供应处长、煤炭局局长等，不惜放弃"官帽子""金饭碗""铁饭碗"，前来投奔一家当时规模还不大的民营企业。

二是"借鸡生蛋，借船出海"。用机会换取资金，煤炭业务获得了长足的发展。企业要发展，需要资源支撑。当时，我们知道南方的煤炭哪里最紧缺，北方的煤炭哪里最丰富，哪里最有条件解决运输问题，但当时口袋里钱不多，要把这么大笔的买卖做起来，就必须要"借鸡下蛋"，整合上、下游客户资源，找到合作伙伴。借鸡下蛋就是出让我们的机会，用机会换取资金，用资金换取利润。通过这种模式，在公司成立仅一年多的时间，我们就把销售收入做到了一个亿。

三是以快制慢，领先一步。"敢为天下先"的商业模式为我们赢得了发展先机。经营煤炭时，人家用汽车拉，我用火车运；人家用火车运，我发专列；人家走陆路，我走水路，总是棋胜一招。

从创立到 1997 年的五年时间里，江西华能实业有限公司不仅成为江西乃至全国煤炭行业中快速崛起的一匹"黑马"，而且在当时全国民营企业中开始声名鹊起！

这五年，对于温显来和江西华能实业全体同仁而言，是砥砺奋进、激情飞扬的五年。

第五章

迈向多元产业格局

改革开放进程中的每一轮产业激荡大潮，都孕育着新兴产业的萌发和崛起。胆识气魄兼备的时代弄潮儿，总是能顺势抓住机遇，成就大事业。

回望九十年代中期，众多新兴产业生机勃发，一些颇具规模、志在高远的民营企业纷纷确立多元化发展方向。

江西华能实业亦组建企业集团，由此走向多元化发展之路！

在纵横驰骋于全国煤炭市场时，温显来的眼光延伸至远方——层出不穷的新兴产业领域。依靠煤炭销售打下的坚实基础，温显来和华能实业，内心渐渐激荡起要去尝试投资新兴行业、把公司做大做强的渴望与激情。

1995年至1996年，华能实业立足江西上饶，走向省外，相继成立江西华能房地产开发有限公司、华能建筑安装有限公司、华能大酒店和深圳奥尔特电子有限公司，组建成立华能实业集团。

华能集团的横向发展，迈出了经营多元化的第一步，开启了未来发展大方向的转型开端，即从过去以贸易为发展重点，转向以实体产业为核心。

然而此时，全国经济发展过热，国家开始采取一系列宏观调控措施，加之华能实业扩张速度过快，企业一度因资金匮乏陷入经营困境。

"山重水复疑无路，柳暗花明又一村。"华能的众多客户纷纷伸出援手，上游客户先发来上千万元的货物，下游客户又预付上千万元的资金，困境中的华能得到一次次及时而又惊喜的真情相助！

历时两年，华能集团最终不仅化解了危机，而且走向了更高的发展新起点。

无论是多元化发展的行业定位，还是具体项目的研究确立，都务必站在国家发展的高度，洞悉行业市场前景——扩张热度过后，温显来对华能未来的发展方向的思考，显现出理性与睿智的眼光。

1998年，是华能集团快速崛起的历程中，至关重要的一个转折点。

这一年，温显来以宏大的气魄与胆识，成功收购总资产为5000万元、年产水泥22万吨的浙江常山水泥厂，当年创下利润100余万元。

同年，又顺利收购总投资1.07亿元的江西上饶市管道煤气工程公司。华能集团此举，在全国开创了民营企业经营社会公用事业的先河，被誉为江西民营经济耀目崛起过程中"蛇吞象"现象的经典案例！

在集团稳健扩张的基础上，温显来高瞻远瞩，将目光瞄准了房地产业。

1999年，华能集团在江西上饶市投资开发"世纪花园"项目，在当地首次引入创新的"银行按揭"销售模式，打造了当地第一个现代化城市住宅理念的大型社区。

第一节　深识机遇打开新视野

在中国改革开放的进程中，如果说二十世纪八十年代是个体私营企业蓬勃生长、万物竞发的年代，那么 90 年代，则被称为民营企业恢宏而进、潮涌激荡的激情年代，民营企业的强劲崛起，汇聚成中国改革开放的宏大乐章！

1992 年邓小平同志南行并发表重要谈话，全国民营企业的发展渐成四方纷起的燎原之势。仅四五年时间，各行各业一批初具规模实力的民营企业纷纷脱颖而出，其中以进入"全国民营企业 500 强"的民营企业为中坚力量。

在江西省，1995 年之后首批进入"全国民营企业 500 强"的民营企业，为数不多且排名靠后。

面对全国经济大潮激荡的发展态势，民营企业千帆竞发的发展氛围，江西省委、省政府深刻意识到，当趁势而进，抢抓民营经济发展大好时机，推动全省民营经济快速发展。全省各地积极响应省委、省政府的决策部署，纷纷出台鼓励扶持举措，引导、培育和促进民营企业发展。

江西上饶，东联浙江、南挺福建、北接安徽。这方人文深厚的土地，自古以来就有"八方通衢"和"豫章第一门户"之称，地域交通优势明显。加之浙江、福建这两个民营经济发展领先省份的辐射效应，上饶的民营经济在江西全省各地区中发展较早且较为活跃。

1995年前后，江西上饶的民营经济逐步呈现欣荣之势，特别是在民营商贸领域，华能首次进入"全国民营企业500强"就位列第58位，怎能不引人关注！

事实上，华能在进入"全国民营企业500强"之前，就因不俗的发展业绩及良好的社会声誉，受到了上饶市委、市政府的关注。1995年，华能作为江西省民营企业纳税大户备受瞩目，成为上饶乃至江西省民营企业中一颗冉冉升起的明珠。

华能真正的好时代才刚刚到来！

"促进全市民营经济发展，重点之一就是要引导一批民营企业快速成长。像华能等这样的民营企业，要鼓励他们做大做强，带动上饶更多个体私营企业的发展。"在上饶市提出的加快全市民营经济发展的思路布局中，华能被寄予了厚望，这样的重视是前所未有的。

再回到温显来对江西华能实业发展的整体思考之中。

很少有人知道，在1994到1995年之间纵横驰骋于全国煤炭市场、运筹帷幄的温显来，对企业发展格局的观念正在悄然转变！

在华能高歌猛进的几年中，温显来走南闯北，政商学各界人士对于企业经营管理、经济发展趋势的高深见解，让温显来颇受裨益。

对于那些令人耳目一新的观念，温显来总是充满了强烈的学习与思考动力。

"几乎每一个地方，耳闻目睹的情景，都让我心中充满着难以抑制的激动之情。浙江、福建、广东等沿海地区，民营经济发展的热度和气势，已显现出不可阻挡的发展之势！"

"在接触到的民营企业家中，有很多老总和经理对于企业经营管理的经验与见地，都让我本人和华能同仁们受益良多。"

"特别是广东省，不仅汇聚了大批优秀企业家，也有全国知名的经济学者。他们对产业走向和经济发展大势的分析，有非常独到的见解。还有，在当地政府及各职能部门支持、扶持民营经济发展的各项政策举措中，也能很清晰地看到各类产业的业态信息、走向趋势等。"

"这些，都在逐渐开阔自己的眼界、增进自己的见识。"

崭新的一切扑面而来，温显来内心充满着兴奋与激越，他从来没有如此深切地感受到，自己已身处广阔的学习天地。

在常年奔波繁忙的工作中，温显来见缝插针、如饥似渴地学习。他学习借鉴其他企业先进的经验，结合华能自身发展，提升经营管理水平；他总结优秀企业家、知名经济学家的实践和理论，领悟自己对企业发展、经济（尤其是民营经济）发展在改革开放各阶段的特征；他思考自己在各地市场的所见所闻，接收新信息，研究新产业、新市场……

在沿海城市，新兴材料、电子产品等高科技行业快速发展，工业化、城市化进程日新月异，全国各地交通、通讯和基础设施建设如火如荼。

随着改革深入，国有经济布局和结构调整力度加大，大多数国有企业实行了公司制，经营机制发生深刻变化。其中，尤其令人瞩目的是允许有实力、有规模的民营企业对国有企业实施兼并重组。

…………

从民营经济蓬勃发展大势的宏观层面，到各种新兴产业与市场涌现的微观层面，在华能创立后的第一个五年里，温显来引领公司取得不俗业绩的同时，也完成了他在企业经营管理和经济理论层面的第一次飞跃。

对于这一飞跃，温显来认为，意义远超过华能在这五年中所取得的经营发展业绩。

此时，温显来已开始思考：新一轮产业洗牌正孕育着巨大的机遇，华能今后的发展，已不能仅站在公司业务和煤炭行业的视角，而应置于全国民营经济发展大背景下重新定位。

是的，温显来的分析判断，与全国民营经济即将进入新一轮发展的趋势，高度契合。

今天，人们回望九十年代中期，众多新兴产业生机勃勃地发端兴起。而国有企业改革逐渐深入，为民营企业的发展提供了新的机遇。随着新兴产业的应运而生，相关民营企业也如雨后春笋般破土萌发。一部分已具备一定实力的民营企业，开始逐步涉足多元化发展。

这种"机会导向"包含两个方面：一是传统的计划经济格局被打破后，中国的巨大市场需求带来的种种机会，人们欣然发现，无论做什么行业都赚钱。二是来自政府管制放松所造成的行业机会，一些原本由政府垄断的行业开始允许民营资本进入。

这正是中国民营企业迈出多元化发展步伐的开端。很多跨行业、跨领域的知名民营企业集团，就是在这个阶段选择和确立了多元化发展战略。

在经济理论水平提升、准确判断经济发展趋势的前提下，温显来规划华能未来发展的视野格局发生了深刻的变化——从单一的煤炭贸易，转向多元化发展。

初次接触"企业多元化发展"理念，就令温显来怦然心动！

"越来越多新兴产业的诞生，正孕育着广阔的市场机遇。华能要做大做强，并非只有煤炭贸易这一条路！"遵循"多元化发展"理念，适时选择、适当进入新兴产业行业，是华能在新的发展机遇前的新思路。

这一发展理念，在温显来的多方请教、不断学习和深入思考中逐渐完善。

"民营企业多元化经营的动因有被动和主动两种。首先，随着企业原有业务的成熟，利润逐渐变得微薄，企业不得不寻找新的利润增长点。对于这些企业来说，传统业务已经做到极致，无法支撑企业的进一步发展，只能被动进行战略转型。第二，企业在发展过程中积累的资金需要进行主动再次投资。"

"在充满不确定性的市场环境中，随着竞争趋于激烈，民营企业经营的波动性也在不断加大。一个发展势头良好的企业，当环境或者政策改变时，往往会出现巨大的反差。"

"按照传统战略管理理论，多元化经营把鸡蛋放到不同的篮子里，不但能降低企业单一产业结构的经营风险，而且大大加快了企业发展的速度。"

…………

从初涉企业"多元化发展"概念，到对其进行探讨与深入学习，再到审时度势的研究判断，温显来做好了确立多元化发展的理论准备，并在实践中日渐成熟。

再回到企业多元化经营的现实基础上，华能在煤炭贸易上短短几年取得的巨大成功，在累积雄厚实力的同时，也让温显来和他的同仁们拥有了基本的现实条件。

经过深入审视煤炭贸易行业发展现状后，温显来更是坚定地认为：公司确立多元化发展是大势所趋！

"从华能现在的发展情况来看，确实让我们信心满满，公司前景一片乐观。但大家是否想过，从华能创立以来，煤炭贸易竞争一年比一年激烈。而且，今年市场改革的力度还在不断加大，可以预见，再过几年，随着民营煤炭贸易企业越来越多，竞争只会日趋激烈。在这样的市场发展形势下，我们华能的优势能否继续保持？我们无法预知。"

"但有一点是可以预见的，无论是从市场经济理论层面还是从市场发展现实层面，煤炭行业的利润会变得越来越薄。这样华能的发展速度势必也会放缓，要逆势做大做强，那就必须去寻找新的利润增长点。"

基于这些考虑，温显来认为，多元化发展势在必行，并且越早越好！

几年之后，煤炭贸易行业日渐式微，华能同仁和业界对温显来之前准确的分析深为叹服。

1995年以来，国家对煤炭经营的改革政策进一步放宽，到1999年，煤炭市场流通几乎没有什么限制条件了，从事煤炭经营的个体私营企业越来越多，市场竞争也随之越来激烈，供大于求的矛盾开始显现，全国煤炭市场都不同程度地存在"煤难卖、价难保、款难回"的现象。

仅仅三四年时间，煤炭贸易市场的兴衰令许多业界同行始料不及。庆幸的是，已确立多元化经营战略的华能并未受到牵连。

让时间再回到1994年的岁末。

这一年的华能实业年终大会与往年不同，重点不再围绕"煤炭贸易"，而是"多元化经营"。

关于"多元化经营"，温显来历经了从初识时的兴奋、深入思考、严谨分析到最终确定，现在作为重点议题摆上公司大会，这期间，温显来与公司同仁特别是股东和高管们，已经进行了长达一年的探讨交流。

他记不清，多少次与公司股东、高管们彻夜长谈，甚至激烈论辩。

在思想的交流碰撞中，在宏图伟略的激情共鸣中，温显来与华能同仁已逐渐达成共识。

现在，对于大会上"多元化经营"的议题，与其说是商讨，不如说是走流程。

是的，江西华能实业在1995年年初的公司大会上确立"多元化经营"方向和发展战略，一切都水到渠成。

但对于江西华能实业而言，走流程并非是形式主义，这是公司股份制章程和管理制度所决定的。同时，这也标志着华能在规范管理、科学决策上日渐走向轨道。

江西华能实业有限公司，这家朝气蓬勃的现代化民营企业，在历经五年发展后，即将迎来历史中的第一个重大转折——开启多元化经营的崭新发展方向！

第二节　精准定夺多元产业

大思路既已确定，大方向已然明晰。

1995年伊始，温显来的目光由近及远，投向蓬勃而起的新行业新领域。

在一位卓越企业家的成长历程中，企业发展战略的每一次重大调整，都能体现其个性风格的鲜明印痕。布局企业多元化发展的过程中，温显来的企业家气质与精神也在砥砺前行中逐渐显现。

实行多元化发展，首先就要确立新的行业产业。

或许是天生稳健的性格使然，在确定第一个目标的过程中，温显来显得格外谨慎——放眼望去，机遇确实不少，然而顾虑也重重。

在反复权衡中，温显来最终选择了建筑安装这个行业。虽然对于最初"创业"就是挖土石方、承包工程队的温显来而言，这算不得什么新发现。

"这些年，各个地方的城市建设日新月异，建筑工程越来越多，建筑安装行业一定会大有可为。"温显来的目光的确敏锐而准确。

"近年来，全国钢产量迅速增长。建设部提出了要合理采用钢结构新型建材，各省市也在积极落实推动。在上饶市一些已建成和在建的建筑项目中，就可以发现这一点。"

从建筑行业的可观变化，到国家部委相关行业政策的出台，温显来认定，新型建筑和新型建材的兴起，已经也必将推动建筑安装行业的发展。为此，组建一家建筑安装公司，立足上饶地区而逐步向省内外发展，可行性较高且风险性较小。

此外，年少时就带领施工队承包工程，温显来觉得这也是一个相对来说还算熟悉的领域。

…………

1995 年，江西华能建筑安装有限公司成立。

在温显来的创业历程中，这标志着他带领着华能同仁们，在引领企业崛起的同时，正式走向了实质性的多元化发展之路！

亦如三年多前温显来毅然辞职"下海"，建筑安装公司一经成立，因为市场定位准、进入行业正当时，很快就取得了令人惊喜的业绩和发展。

仅半年多时间，华能建筑安装就稳立上饶并开始承接周边区域的业务了。

多元化发展的第一步顺利迈出，既让温显来兴奋，更为他加快企业多元化发展进程增添了满满的信心。

每一位股东也同样如此，心中欣喜且信心满满。

接下来，经过扎实深入的省内外市场及项目考察，1995 年下半年，温显来和股东们决定在上饶市投资一家现代化宾馆。

改革开放之前，高档宾馆酒店一直是作为行政接待的场所，为政府服务。而能够为普通百姓提供住宿功能的，只有国营旅社。

当代中国酒店宾馆业是与改革开放同步发展的。

改革开放过程中，随着经济社会快速发展、人员流动不断加快以及人们经济水平和生活质量的显著提升，原有的各地国营旅社无论是接待能力上还是设备条件上，越来越满足不了社会的需求，特别是经济发达的沿海地区，亟须有一定接待能力与设施条件的宾馆酒店作为宾客接待、经贸活动等场地。

这正是改革开放催生宾馆、酒店，尤其是民营酒店行业应运而生的契机。从此，普通百姓也可以自由进出宾馆、酒店了。

温显来又看准了这一新兴行业！

更为重要的是，在上饶市投资一家较为高档的酒店宾馆，正契合了这座经济正日渐腾飞、经贸往来日益增多城市的需求。

华能在上饶市投资的这家高档宾馆一开业，宾客盈门，业务蒸蒸日上，好一派络绎不绝的景象！

初试产业多元化就如此顺利，得益于行业市场调查深、产业项目定位准。但实事求是地说，这样的结果多少让温显来和同仁们感到"如履薄冰"后的"如释重负"。

由此，一种踌躇满志的豪情，悄然在温显来和股东们心底激荡。

他们开始商定，要乘势而进，向其他产业再进军。而且，在经营区域上，亦不必将眼光局限于上饶和江西。他们认为，在决定进入建筑安装和宾馆酒店这两个行业项目过程中，大家似乎过于胆小谨慎了，没有放开手脚。

"放开手脚，打开眼界，加快步伐！"对于公司下一步的产业项目布局，温显来和大家达成了一致的思路方向。

1996年生机盎然的春天，温显来和同仁们将目光聚焦在一方他们心动已久的新兴产业发展热土——广东深圳。

深圳，昔日的渔村滩涂，中国改革开放以历史的目光选择这里作为首个"试验场"。这方广袤热土的拓荒历程始于1979年，九十年代已崛起为一座现代化的大都市，在不到20年的时间里，实现了令世人惊叹的沧桑巨变。

早在1994年，温显来和几位同仁因煤炭业务来到这座繁华都市，当时的他就有一种直觉，这座城市的每一座大厦、每一处街道里，都蕴藏着巨大商机。

时隔两年，温显来重回深圳，试图让华能融入这座日新月异、流光溢彩的大都市。

"到大地方做大事业"，心怀豪情万丈，从赣东北上饶踌躇满志而来，在深圳热火朝天的创业氛围感召中，一向行事沉稳的温显来迫切地想进军高科技行业，落实项目，成立新公司。

之前在上饶成功涉足酒店行业的经历，让温显来对该行业充满坚定的信心。"上饶这个小城尚且如此，在经济如此发达的深圳，酒店宾馆行业的前景更是一片光明。相应地，酒店宾馆行业所必需的电子门锁在这里一定有市场。"

随即，深圳奥尔特电子有限公司成立，公司生产业务范围主要为 IC 卡、TM 卡电子门锁的生产和销售。

令人遗憾的是，最终因为技术和人才的缺乏，深圳公司没有取得大的突破。以至于华能不得不进行战略调整，关停深圳奥尔特电子有限公司，这次尝试虽不成功，但为华能在涉足行业的选择上积累了经验。

…………

时光跃入具有里程碑意义的 1996 年，江西华能集团有限公司组建成立。这一年，已被收录进"企业大事记"。温显来心中宏大的事业梦想得以实现——成立集团公司，实施清晰明确的多元化发展战略！

从企业发展的现状、实力与规模等角度，从企业多元化经营的视野考虑，温显来认为组建成立江西华能集团的时机业已成熟，这一想法随即引起公司同仁们的深切共鸣。

从华能实业到华能集团，温显来与志同道合的伙伴们，以稳健而华丽的转身，惊艳了江西上饶乃至江西全省的民营企业界！

由此，华能集团正式迈出了多元化的发展步伐。

"华能实业集团未来发展方向的定位，无论是行业的选择，还是项目的确定，务必立于国家产业发展大势这一高处，洞悉行业市场前景这一宽处。"

大浪淘沙，洗尽铅华无数，沉者为金。

房地产项目成功试水，高科技行业进军失利，温显来对华能未来的发展方向的思考，逐渐显现出理性与睿智的眼光。

"初涉多元化经营的经验教训，在华能集团后来的整体布局中，具有承上启下的重大意义！"在温显来的理解里，没有这段盲目扩张的"过热"时期，也就没有后来华能集团调整战略方向后的稳健前行。

且让我们聚焦华能集团令人欣喜的多元化发展开局。

1998年，国有企业改革纵深推进，为民营企业提供了兼并重组、投资入股的可能性。机缘巧合之下，温显来抓住了这前所未有的机遇。

长期以来，国有企业等同于政府的生产机构，计划统一下达，资金统贷统还，物资统一调配，产品统收统销，就业统包统揽，盈亏都由国家负责。在这样的体制机制下，国有企业根本没有经营自主权，企业生产什么、生产多少，都按照行政指令和指标执行，就是企业内部花钱翻修厕所这类事务，也都要请示上级主管单位同意后方能进行。

企业所有权与经营权的分离，严重阻碍了国有企业的发展。

1996年，是被称为"国企寒冬"的一年。这一年，国有企业的净利润率降到历史最低点，破产国企总计6232家，超过了过去九年的总和，各地国企纷纷裁员掀起一阵"下岗潮"。

在此背景之下，一直寂寂无闻的一座地级城市，在1996年初突然变成了全国瞩目的一个焦点，甚至惊动了时任国务院总理的朱镕基。

这个地级城市，就是山东省的诸城市。

诸城市突受关注缘于一篇媒体的报道——从1992年到1995年底，诸城市将全市的282家国有和集体企业"全部卖掉了"，而且几乎都是卖给民营企业，也就是民营企业对这282家国有和集体企业实施兼并重组。

1996年2月，中央联合调查组赴山东诸城处理"卖光国企"事件。最后的结论是：诸城的改革方向正确，效果显著。同年，国家经济贸易委员会宣布"抓大放小"。

1997年，国家明确提出，用三年左右的时间，使全国大多数国有大中型亏损企业摆脱困境，初步建立现代企业制度。

至此，国有企业改革的步伐大大加快。

国企改革纵深推进，对于那些已实现最初资本积累、渴望未来更大发展的民营企业而言，这是迅速打开新天地的宝贵机遇！

1997 年初，一个让温显来心动的机遇呈现在他面前。

一度经济效益十分不错的浙江常山水泥厂，自九十年代中期开始，由于市场环境变化、管理经营机制落后等诸多原因，企业的生产经营渐入困境。常山水泥厂的应对之策是响应国家号召，对外引入投资进行兼并重组。

一番深入考察过后，温显来决定抓住这个机会。

自改革开放以来，随着全国各地经济社会建设速度加快，水泥的需求量逐年攀升，我国的水泥工业得到了飞速发展。

二十世纪八十年代至九十年代初，我国国民经济高速发展，水泥供需矛盾十分突出。然而国家财政资金有限，为确保国家重点工程所需水泥，仅建设大中型国有水泥厂。在此情况下，全国各地由当地政府投资建设的地方水泥厂如雨后春笋般诞生。

常山水泥厂，就是由浙江省衢州市常山县投建的县属国有水泥厂。

1996 年初，全国水泥行业协会宣称："1995 年，全国水泥产量达47591 万吨，已完全满足了市场需求，我国从此告别了长达 45 年之久的水泥供不应求的历史！"

这意味着，全国水泥工业的市场已经达到饱和。

那么，稍有市场经济常识的人都知道，一部分技术设备落后、竞争力弱和管理水平低的中小水泥厂将逐渐被淘汰。1996 年以来，国家针对经济发展"过热"连续部署各地经济建设"降温"。这对水泥行业而言，可谓是雪上加霜。

显然，全国水泥行业的发展步入了相对的低谷期。温显来的选择着实令人看不懂，其实，最初常山水泥厂负责人也很是费解。

但在与温显来就兼并重组问题进行的一番深谈中，他却惊叹不已。

他完全没有想到，温显来对水泥行业企业的发展会有如此深刻的阐述：

"虽然现在全国水泥市场供大于求，对水泥行业企业发展十分不利。但关键的是大量水泥厂技术设备落后，管理滞后，生产成本高，企业负担重。加之去年以来，国家抑制经济过热大量减少各地建设工程项目。"

"水泥的需求与国家建设密切相关。抑制经济过热而减少工程建设项目，这只是暂时举措。待经济平稳过渡、稳步发展增长后，全国一定会迎来工程建设项目的高峰。"

"而现在，常山水泥厂正面临着重大的机遇。通过兼并重组引进民营资本，既可升级改造技术设备，又可改革创新经营机制。在全国水泥行业重新'洗牌'之际，只待水泥市场回暖，即可实现脱胎换骨之变！"

…………

在外界普遍对水泥行业企业，尤其是对像常山水泥厂这样的县级水泥厂不看好的情况下，温显来却有着自己独特的见解。

经过此番深谈，常山水泥厂很快做出决定，同意由华能集团实施兼并重组。

短短数月，兼并重组顺利完成。华能集团的兼并重组方案与推进力度，得到了常山县政府的高度肯定。

兼并重组后的常山水泥厂，确立了"产量效益型"向"质量效益型"转变的思路，改造提升技术设备，深度改革管理体制机制。与此同时，华能集团在市场营销上的优势，又大大弥补了常山水泥厂的"短板"。产品质量提高，管理成本下降，市场销量递增。

1997年，常山水泥厂创下利润100余万元，实施兼并重组当年就扭亏为盈，这在实施改革的国有企业中是非常罕见的。常山水泥厂也成了国企改革中的一个成功典型。

机遇纷至沓来，温显来审时度势、运筹帷幄，一步步构筑起华能集团多元产业新格局。

第三节　投资城市公用事业

改革开放进程中的民营企业经过九十年代的快速发展壮大，已成长为中国经济中的一支重要力量。一批颇具规模实力、志存高远且深具社会责任意识的民营企业，尤其是多元化经营的民营企业集团，也逐渐尝试将企业自身发展与地方经济建设结合，投资社会公用事业。

自二十世纪八十年代中后期开始，改革开放逐渐由农村转向城市，各地城市呈现出快速发展的节奏与活力，现代都市的各种概念和元素开始强劲渗透，城市空间、格局以及生活服务设施等等，越来越呈现出崭新的面貌。

在这过程中，落后的城市建设与居民的生活需求之间的矛盾开始凸显，通讯不畅、交通拥挤、住房紧张以及煤气不普及等，成为城市发展亟待解决的问题。

能源供应，是城市居民生活最基本的重要保障之一。

长期以来，我国城市居民生活能源以煤炭为主。煤球炉是当时城市污染的主要源头，生活垃圾中最主要的组成部分就是煤渣。

二十世纪九十年代之前，中国尚未大规模修建天然气管道等基础设施，天然气资源主要集中在西部地区。建设城市新能源供应体系，让老百姓彻底告别煤球炉，这是一个长期而艰巨的任务。于是，在那段时期中便有了"液化气钢瓶"的记忆，但这远没有管道煤气方便快捷。

其时，全国已经有一些城市建设管道煤气工程，这些城市成立的燃气公司依然是采取政府包揽建设和运营的方式，并不是真正意义上的市场经济下的企业经营活动。

在 1994 年以前，江西上饶市城市居民的生活能源，绝大部分都是烧蜂窝煤、锯末或柴草，只有少数市民家里用上了钢瓶液化气。

上饶市委、市政府意识到，切实提高经济发展效能、改变城市能源供应结构，逐步消除烟煤污染迫在眉睫。

1994 年，上饶市政府将改善城市能源结构工程建设列入日程，并作为一项为老百姓办实事的民生工程，决定成立上饶市管道煤气公司。

决策程序通过后，1995 年 3 月，上饶市政府立即着手筹资成立上饶市管道煤气工程公司，展开上饶市管道煤气工程项目建设及建成后的运营。

"工程建成运行后，将城市家庭从浓浓黑烟的煤球炉、柴草灶中解脱出来，使用上方便又清洁的管道煤气。届时，市民在家中只要拧开阀门，就可以随时做饭、烧水和洗热水澡……"

在新闻发布会上，上饶市政府有关部门负责人的介绍，引起市民们的强烈反响，引发了他们对美好居家生活的向往。

上饶市市政府相关负责人代表市政府向市民们承诺：一年半之后，也就是 1996 年 10 月，全市的管道煤气一期工程将正式建成通气！

随后，上饶许多市民们纷纷踊跃预交管道煤气初装费。

…………

市民们在翘首期盼中，一年半时间过去了，他们等来的竟是一场空——别说是能够通气使用，就连家里的管道煤气设备，也不见有人上门来安装！

"因为种种原因，造成了管道煤气工程建设的延误，还望市民们理解……"上饶市政府有关部门出面解释并再次承诺：再过半年左右，一期工程将建成通气。

不料，大半年时间过去了，上饶市政府对市民们的承诺又落了空！

上饶市管道煤气工程实施推进过程中周折不断，根本无法按时完工。上饶市民逐渐对此失去了耐心。

直到四年之后的 1998 年初，上饶市管道煤气一期工程仍只是部分竣工。在预交了初装费的用户中，也仅只有 300 多户用上了管道煤气。

谁能料到，部分竣工的管道煤气工程刚刚投入使用就出了一场安全事故。

1998 年 3 月 30 日，上饶市某银行一田姓职工在家中身亡。最后，经公安部门的勘察结果认定其系因煤气中毒死亡，是管道煤气表的接头漏气而致。这一事件，在整个上饶市炸开了锅，引发强烈社会反响。

上饶市管道煤气公司就这起事故展开调查，发现公司管理各个环节中均存在许多安全隐患。此外，还有人浮于事、纪律松懈及效率低下等种种问题。

本来就对管道煤气工程意见重重的上饶市民，在安全事故的影响下，早已集聚的怨气一触即发。上饶市管道煤气工程，被市民百姓戏谑为"霉气工程"。

为了这项改善城市能源结构的公用事业工程和民生工程，上饶市财政已先后注资 4900 多万元，市委市政府投入了巨大精力。怎料事与愿违，这项工程却成了让政府"头痛"、市民"灰心"的工程。

可想而知，上饶市委市政府承受的各方面压力有多大！

…………

1998 年初，上饶市新一届市委市政府走马上任。

新一届班子成员履新，民生工程是绕不过的重要议题之一。首先横在他们面前的"烫手山芋"，就是管道煤气工程。这项公用事业和民生工程，极大地影响了上饶市的城市建设和发展。

"一定要把我市的煤气工程这件实事和好事办实办好，让上饶人民满意，决不能失信于民，同时，也要对上饶城市建设发展负责！"新一届上饶市委市政府在第一次党政联席会议上，作出了这样的庄重承诺！

管道煤气工程建设的重启，再次被提上了议程。

这项工程推进缓慢艰难，到底慢在哪里？难在哪些方面？初期建成的工程运营管理问题出在什么地方？

对此，上饶市委市政府组成专项小组，展开了深入调研。

翔实的调研报告出来了。问题主要出在两大方面：一是上饶市政府财政有一定困难，导致管道煤气工程建设资金保障不力；二是成立的管道煤气公司在管理上人浮于事、措施乏力，导致一期工程建成后的运营不畅。

针对这两大问题，上饶市委市政府召开了六次党政联席会，广泛听取人大代表、政协委员及党内外知名人士的意见，希望找到解决问题的有效途径和完善方法，切实解决全市管道煤气工程这一困扰多年的大难题。

最终，一个全新的思路被提了出来：尝试引入民营资本和民营企业管理机制，来破解上饶市管道煤气工程建设的困境，打造让市民们满意的市政公用事业项目。

对此，这个方案的可行性被一致肯定了。

需要指出的是，引入民营资本兼并重组城市公用事业工程，其时在广东等沿海发达地区也正处于探索阶段。在江西，还未曾有过先例。

随后，上饶市政府决定"主动出击"，召集当地一批具有实力的民营企业召开情况说明会。在受邀的企业中，刚刚组建不久的江西华能集团也在其中。

对于兼并重组城市公用事业工程项目，民营企业家们之前完全不了解，也没有成功经验可以借鉴。同时，上饶市管道煤气工程早已"臭名远扬"，项目的社会效益是首先要考虑的关键问题。

"从经济收益上考虑，这个项目显然不能与常规项目相比。"

"一个由市政府建设推动数年都遇到重重困难的项目，由民营企业来接手，其中不确定的风险性因素太多，而且责任很大。"

…………

上饶市的民营企业家纷纷放弃。

最后，上饶市委、市政府的目光落到了江西华能集团。

其实，上饶市委、市政府的初衷就是希望由江西华能集团接下市管道煤气公司，解决资金短缺的问题，尽早完工，交给市民一份满意的答卷。

面对市委、市政府的信任，面对如此庞大的"霉气"工程，华能集团内部一时也难以统一意见。

集团一部分人认为：上饶市委、市政府历经数年，都未能顺利推进完成这项工程，足以见这其中的难度。那以华能集团之力，能否改变工程的状况，存在很大的疑问。因此，是否接手这一烂尾工程，要慎之又慎，做好深入调研后再行决定。

还有一部分人意见十分明确：别沾这个工程的边为好！

…………

一时间，华能集团高管层意见纷纷。

最后的决定，就落在了温显来这里。

"我们华能集团，就是要办到一般企业不能办到的事情，这工程不是一般的工程，而是事关全市市民利益的社会公用事业工程。市委、市政府对于我们华能集团寄予如此大的希望，这是对我们极大的信任，也是全市市民对我们的深切期望。面对这一切，我们华能人应该怎样做……"

温显来的意见阐述情真意切，而且他围绕的重点几乎都是这项工程的意义所在。

"的确，这项工程的难度确实不小，对我们也确实是一个考验。"

"但我认为，最大的考验不是工程本身的难度，而是我们有没有高度的使命情怀，去解政府之忧和市民之盼？！"

…………

温显来的意见阐述完，会议室里响起整齐而热烈的掌声。

这是华能集团管理层意见高度一致的共鸣，是对集团董事长温显来观点的积极回应！

华能集团决定出资 4800 万元，兼并重组上饶市管道煤气工程公司，重新推进上饶市管道煤气工程的建设和运营管理。

紧随其后，在上饶市委、市政府的高度重视和社会各界的热切关注下，上饶华能管道煤气有限公司顺利组建成立。

民营企业投资社会公用事业领域工程，在 1998 年还不多见，华能集团此举，在江西首开先河，引起了社会各界的广泛关注与热议。

在这些关注和热议声中，有两种主要声音：一种是社会各界盛赞华能集团有情怀、有担当的行为；另一种是民营企业界对年仅 36 岁的企业家温显来敢于"吃螃蟹"，投资城市公用事业工程的胆略气魄深为钦佩。

华能管道煤气有限公司的组建运行，标志着搁浅的上饶市管道煤气工程迎来了柳暗花明的转折。

但摆在华能管道煤气公司面前的，是一项项久拖未完的工程，一个个等待恢复元气的生产车间，一家家缴了初装费而又望眼欲穿的居民，还有一个个组织涣散、纪律松弛的原煤气公司员工……

不仅如此，上饶市民对华能也并不看好，他们对煤气管道工程早已失去了信心。华能当时只是一家以煤炭经营为主的民营企业，现在要踏入从未涉足过的市政公用设施领域，当时江西其他地市如抚州、九江，几乎和上饶同时推动实施管道煤气工程，也都铩羽而归。

华能集团管道煤气公司将如何着手？如何重开工程推进和管理运营的崭新局面？

"要实现这一目标，首先要在公司实施改革，而且是由内至外的全方位改革！"在对原管道煤气公司深入了解和研究之后，温显来提出了改革方案。

"一支纪律涣散的军队何以战胜对手？一家人浮于事、管理松弛的公司，又怎么能搞好生产和服务？"温显来认为，要彻底改变原管道煤气公司普遍存在的"一杯开水一支烟，一张报纸过一天"的状态，前提就是改变公司人浮于事的弊病，并制定实施科学严谨的规章管理制度。

温显来一针见血地指出要害。

实际上，华能集团公司成立以来，在短短数年间稳健快速发展壮大，其中一个重要原因，就是有一支稳定敬业的高素质员工队伍，辅以科学严谨的管理举措，自上而下形成了高效卓越的执行力。

改革，势在必行，且必须到位和彻底。

缩编减员，定岗定责。原176人的岗位编制，改革后被压缩至115人，所有人员和具体岗位对应，岗位职责明确，工作量化清晰。

修订规章，更新制度，条条举措言简意赅、明明白白，对应明晰，奖惩分明，又不乏激励。

管理层和员工层的潜能被充分调动，奖惩机制很快显现出成效……华能管道煤气公司内部的第一步改革，取得了良好的效果。

内部改革的第二步重点，转向了气源厂。

气源厂是管道煤气工程的"心脏"，既是通畅安全供气的基础，也是公司管理环节中的起点，还是影响公司效益的关键领域。

继人事制度改革之后，狠抓生产效率、提升产品质量，强化安全监管、规范基础管理，降低运营成本、确保提质增效，多措并举、环环相扣、层层落实。

全面改革后的气源厂焕然一新，员工思想面貌发生了新变化，形成你追我赶、不甘落后的新局面；生产效率得到极大提升，安全生产迈出新步伐。

改革前，气源厂造一次气需要两天时间，改革后缩短为一天，产能由每小时1400立方米提高至3100立方米。同时，每吨煤的造气量，由850立方米提高至2000立方米，供气成本明显下降。

公司内部改革的顺利和成功，为接下来实施外部改革奠定了坚实基础。

外部改革的目标，核心在于"取信于民，取信于社会"，一是让每个用户用到安全、放心和满意的管道煤气，二是打造高质量的管道煤气工程。

实施兼并重组后的一年中，江西华能集团累计投入 750 万元资金，对全市管道煤气工程全部实施技术提升与改造：对城区部分输气主管道换新提压，对居民家中设备进行全面细致检修，对存在安全隐患的管道和表阀全部免费更换……

上饶全市的管道煤气，由外而内构建起了可靠安全的保障。

同时，设置多回路系统，形成环状管网，实现多向供气。遇到意外事故时，既可以减少影响范围，又便于及时抢修，迅速恢复供气，充分保障管网末端的供气压力。

当管道煤气第一缕蓝色的火焰升起，上饶市民喜悦的心情无以言表。此后，稳定安全的供气和煤气公司人员的优质专业的服务，更赢得了百姓的认可和信赖。

上饶市民对管道煤气的态度峰回路转，仅 1999 年上半年，预缴管道煤气初装费的用户迅速增至 7000 多户。

不仅如此，华能管道煤气公司充分考虑到城市建设的预留空间，配合市政、城建部门为今后管道的延伸与设计做了一系列科学的设计。数年后，上饶市城市发展日新月异，由于做好了提前规划，管道煤气工程仍能满足大部分居民生活的需要。

管道煤气工程的顺利推进实施，彻底解决了上饶市社会公用事业的一大难题。随着后期工程的不断完善，管道煤气工程大大优化了上饶市能源结构和大气环境，极大地提升了城市居民生活品质。

江西华能集团以强烈的社会责任担当，向上饶市委、市政府和上饶市民交上了一份满意的答卷，开启了民营企业建设运营社会共用事业项目的先河。为此，《人民日报》还曾发表专题文章《稻花香里说"华能"——上饶煤气工程的故事》，记录了上饶市煤气变"毒气"，再从"毒气"变"美气"这个过程，极大地肯定了华能对社会的真情奉献。

世纪之交，随着江西全省各地城市建设的快速发展，配套社会公用事业领域的工程项目不断增多，但由于受到各地政府财政资金、管理能力的制约，并未取得很好的效果。华能集团兼并重组上饶市管道煤气工程的成功案例，无疑为引导、鼓励民营资本进入城市建设及其他领域的社会公用事业工程，提供了具有现实借鉴意义的典范。

第四节　地产项目精彩开篇

"自助者天助"，机会总会留给有准备的人。改革开放催生的新兴行业孕育着巨大的市场，要敏锐地意识到并抓住机遇，需要非同一般的见识与胆识。

经过几年来华能集团多元化产业格局的初步构建，温显来对商机的分析与把握，已逐渐形成自己独特的思考认知。随着华能集团成立，企业规模实力得以快速壮大提升。

这一切，都为温显来进一步抓住新兴产业机遇，果敢实施视野渐阔的产业多元化经营战略，提供了充分的准备条件。

1998 年 7 月 3 日，是中国住房制度改革的一个分水岭。

这一天，国务院下发了《关于进一步深化城镇住房制度改革加快住房建设的通知》。这意味着，经过几年的试点过渡期，我国延续了几十年的福利分房制度彻底终止。

"城市商品房的兴起，将强力推动全国各地房地产市场的快速发展！"

温显来意识到，华能集团正式进入房地产产业的时机已经来了。

早在两年前，华能房地产开发有限公司就已成立，在人才储备、市场调研上的积累日渐成熟，也成功运作了一些商务楼宇、办公大楼等商业地产项目。温显来一直在等待这一天的到来，他也坚信这一天一定会来到。两年以来对房地产开发的深入了解，以及华能集团日益雄厚的资本规模，都为进军房地产奠定了坚实基础。

1999 年，华能房地产终于正式"出手了"，温显来选择了上饶市。

此时的上饶市，与其他内陆城市一样，在福利分房制度彻底终止之后，"商品房"这一概念才进入人们的思想意识。

然而，人们对于住房本身的认识，依然还是停留在建筑物这一层面。也就是说，将来住的房子要自己出钱购买了。换句话说，人们对居住的环境品质、设施配套等依然没有任何概念。

在商品房开发建设的"处女地"上饶市，华能集团将开发建设一个怎样的商品房项目？这是温显来首先要解决的问题。

"我们华能房地产第一个住宅项目，不但要建设出高质量的商品房，还要打造出高品质的居住环境。"温显来提出，要用超前的"居住小区"理念来开发建设华能第一个房地产项目。

"居住小区"的理念和格局，在 1992 我国住房制度改革试点后，由香港直接传入内地，最先在深圳建设。

这种居住小区，最主要的特色体现在两大方面。

首先是注重环境景观，结构清晰，有一定的规模和完善的配套设施。强调结合周边环境，科学合理的多样化布局。配套设施结合市场规律，注重商业、娱乐及居民生活等设施的布置。同时，作为城市的重要组成部分，重视与城市环境的协调。在规划结构、功能布局、建筑形态等方面也更多地强调居住环境识别性，符合居民审美及行为心理要求。

其次，居住小区突出"以人为核心"的理念，在小区建成后，由专业的物业公司进驻小区进行日常管理、维护，向居民提供相关日常服务。购买了小区住房的居民，由此成为小区的业主，在享受高品质人居的同时，也享有物业公司提供的相关公共专业服务。

1996 年华能集团考虑进军房地产行业时，温显来开始在深圳学习借鉴地产开发经验。

当"居住小区"这一地产开发模式进入温显来的视线时，带给了他强烈的冲击力。他从未想过，城市居住的模式可以这样温馨、舒适，甚至还能享受专门的物业公司服务。

随后，温显来对居住小区的开发建设产生了极大的兴趣。

围绕"居住小区"的开发建设理念、物业管理模式、销售模式等，温显来一一进行了考察调研。在此过程中，温显来逐渐领悟到了当时最先进房地产开发理念的精华。

同时，温显来强烈认识到，房地产开发绝不是建房子那样简单，而是融合了环境规划、建筑设计、工程施工及物业管理等多领域多专业的复合型产业。为此，华能房地产公司从专业人才、技术资质等方面着手，成为一家拥有先进开发建设理念和专业技术力量的房地产开发公司。

华能集团在房地产业迎来蓬勃发展时期之前，已做好了万全的准备。

因而1999年，当温显来提出要用超前的"居住小区"理念来开发建设华能的第一个住宅项目时，显然是胸有成竹的。

唯一让华能集团高管层担忧的，就是这么高档的品质住宅小区，销售价格自然不菲，在上饶市有多少人会买？又有多少人买得起？

"住房是一家人一辈子的大事，住得舒服是人们心底的渴望，因此，不管是在上饶还是在其他任何一座城市，我相信优质住宅小区有着巨大的潜在客户群体。那剩下的问题就是，怎样才能买得起？如果一次性交清购房款，那按照上饶市民的收入水平，确实没有多少人能买得起，但深圳房地产销售中的'按揭'购房模式非常值得借鉴。"温显来分析。

按揭购房模式，就是购买者以所购住房产权为抵押，向银行申请一笔购房贷款，购买者按月偿还贷款本息，等还清贷款后，银行解除抵押归还房屋产权。

这种模式起源于香港，香港回归后被引入深圳等沿海城市的房地产市场。这种销售模式，既能解决城市居民购买商品房的资金困难，又快速推动房地产业发展。

…………

历时近两年的开发，2001 年，华能集团在江西上饶市投资开发的第一个高品质住宅小区——世纪花园，第一个引入小区概念，第一个采用按揭销售模式，彻底颠覆了上饶市民对城市的居住概念。

在这个占地面积 12.8 万平方米的大规模社区里，一幢幢高层建筑错落有致，户型南北通透、采光良好、居住舒适。小区景观一步一景，环境清新雅致、优美怡人。小区配有健身设施，业主不用走出小区，就可以做各种健身休闲运动。周边就有学校、商场、超市，配套成熟，交通方便。

"在城市里，可以住这么好的房子，住在这么好的环境里，这是原来想都不敢想的事啊。"

"这才是真正的城市有品质的生活！"

"一家人要是能居住在这个小区里，那该是多么幸福啊！"

…………

凡目睹和实地感受过世纪花园的上饶市民们，无不眼前一亮、为之所动，但市民们心中感叹——这么贵的房子，怎么买得起啊！

新引入的按揭销售模式，打消了有购房意愿的市民们的最后一丝顾虑。

于是，华能世纪花园住宅小区一期开盘后，很快销售一空！

此后二期开盘，火爆情形远甚于第一期。

随着一、二期业主的纷纷入住，世纪花园住宅小区优质的物业管理服务，赢得了一致的高度赞誉，华能房地产因此在上饶市民中间树立了良好的口碑。

上饶世纪花园住宅小区——华能集团房地产的开端之作，被写入当地中小学教科书中，上饶撤地设市会议也在这里举办。其眼光之前瞻、模式之先进、环境之优美，引起了整个江西房地产行业的瞩目。2001 年，华能世纪花园住宅小区项目，被评为"中国房地产成功经营模式典范"，华能集团也评为"江西省房地产开发先进单位"。

世纪花园这一项目，在江西省也属第一个引入小区人居概念，第一个采用按揭营销模式，第一个实施专业物业管理模式。这些先进的理念和模式，最初就是由华能引入了江西房地产界。

彼时，江西省各地的房地产开发刚刚起步，华能世纪花园住宅小区从开发建设理念到销售模式、物业管理模式等，都为业界提供了可借鉴操作的经验。

对此，业界有人这样评价：作为江西房地产行业中最早的一批企业之一，华能集团从起步之初就沿着新理念、高起点的发展轨迹，为江西房地产业的发展作出了积极贡献。

第六章
顺势而进强崛起

历经第一个十年不平凡的探索发展，华能集团立足煤炭贸易，稳步扩展到建筑安装、宾馆酒店、城市能源、电子制造销售与房地产等产业领域，完成了由单一贸易型企业向产业多元化集团企业的重大战略方向转变。

十年蓄势，华能集团正待厚积薄发。

而恰在这样的时间节点，新世纪初年赋予民营经济崛起壮大的产业空间和时代机遇，又为华能集团提供了宏阔舞台。

2002年，江西启动实施新一轮国有企业改革。

对此，温显来以敏锐眼光和果敢气魄，凭借在兼并重组国有企业过程中历练的运作掌控力，成就了江西第一家民企兼并重组国有上市公司的历史——华能集团收购信江集团、控股鑫新股份，进军客车制造和工业线材产业。

这一深富胆识与气魄的兼并重组，也成就了此后博能集团多元产业板块中，制造实业的中流砥柱。

2003 年，快速发展的江西华能集团更名为博能集团，成为全国性无行政区划的跨行业集团。

新的发展形势，给博能的企业文化提出了新的要求。民营企业文化与国有企业文化经过两年多的磨合，提出了新的企业口号——博采众长，尽我所能。这个口号体现了博能集团企业文化的历史性、创新性和兼容性。它不仅是"朴实无华，尽我所能"的升华，而且更贴近企业实际，符合市场变化和社会进步的要求。

博采众长，博者，广也、大也。采众家之长，纳天下之贤士，充分体现了博能集团虚怀若谷、海纳百川的大家风范，展现了博能企业文化的张力，能吸纳其他企业文化长处，使自己具有永葆青春的魅力。

温显来将胸中的壮志情怀，浓缩在这句质朴的企业发展格言里。他豪情满怀，决意要带领公司同仁顺时代大势、锐意而进，去书写博能集团发展的一个又一个精彩篇章。

新世纪伊始，与全国各省市情形一样，江西全省房地产业领域开始迎来改革开放以来第一轮蓬勃发展之势。尤其是省会城市南昌，"一江两岸"的城市发展格局让赣江西岸的红谷滩这片滩涂遍地机遇。

博能集团敏于机遇而来，成为率先进入南昌红谷滩房地产开发的企业。开发建设的"理想家园·泉水湾"现代化住宅小区，为红谷滩新区树立了诗意人居小区的典范。

与此同时，博能地产随后确立了立足省会城市南昌，渐次向江西各设区市强势挺进的发展方向。与外资企业合作，投资开发南昌翠林山庄项目；进军宜春市，开发"理想家园·都市春天"；进军景德镇开发 China·印象……

新世纪第一个五年，博能集团以锐意进取的姿态，开始在江西这片红土地上强劲崛起。

第一节　肩负使命重组上市国企

改革开放时代大潮中呈现出的新产业、新行业与新商机，带给那些有胆有识的创业者们，以成就人生事业的广阔机遇天地。

纵观从 1992 年至世纪之交稳健崛起的那些优秀民营企业，其成功的一个关键因素，几乎都是无一例外地在准确把握改革开放进程发展大势的基础上，踩准产业发展的脉搏稳健前行。

时光跃入新世纪，华能实业已创立发展近十年。

历经近十年的稳健发展，跨入新世纪门槛的华能集团，已成功实现了由贸易为主导产业向实业为主导产业方向发展的目标。此时的华能集团，已崛起发展成为赣东北大地上一颗璀璨的明珠。

站在新世纪的门槛深情展望，与改革开放同步发展壮大的中国民营经济，无论是涉足的行业产业领域、发展规模还是对社会的贡献等，都以前所未有的速度拓展开来。

是的，从最初在计划经济体制夹缝中顽强生长的小草，乘着改革开放的春风，民营经济实现了从诞生到壮大的大发展、大跨越。在二十多年的时间里，历经风雨已长成郁郁葱葱的参天之树。

与此同时，人们对民营经济及民营企业的认识也达到了新的历史高度。

一个新纪元的开端，正为民营经济的壮大崛起呈现出广阔深远的天地。

也正是在这样的时间节点，一个重大而令人注目的机遇，正悄然向华能集团走来。

…………

新千年伊始，纵深推进的国有企业改革已进入到关键时期。

这其中最为令人瞩目的，就是全国各地为使一批过去创造了工业辉煌的老牌国有企业再度焕发活力，而实施围绕产权制度、建立现代企业运营机制的深度改革。

2001年，新一届江西省委、省政府提出了实现江西"在中部崛起"的发展目标，确立了"以工业化为核心，以大开放为主战略"的发展战略。

在此背景下，加快民营经济的发展被再次提升到了新的战略高度。

新世纪之初，江西上饶经济实现快速持续发展，十分关键的一点，就是要加快工业化的崛起速度。

在谋划全市工业快速发展的过程中，上饶市委、市政府以清晰的战略眼光，重视培育和壮大支柱产业，全市确定了机械、建材、有色金属、食品、纺织服装、高新技术这六大支柱产业。

这六大支柱产业中的骨干企业，曾是上饶工业的支撑与发展龙头。

"把国有企业改革同改组、改造、加强管理结合起来。要着眼于搞好整个国有经济，抓好大的，放活小的，对国有企业实施战略性改组"，并鼓励"采取改组、联合、兼并、租赁、承包经营、股份合作制、出售等形式，加快放开搞活国有小型企业的步伐"。

民营企业参与国企改组改造，不仅自身得到了发展，也搞活了国有企业。

在江西，从二十世纪九十年代末期开始，省属国有企业改革的侧重点，已逐步转向国有大型企业的改革上来。

为此，上饶市委市政府确立了通过重点关联国有企业实施重组联强，组建优势互补的国有股份有限公司的国企改革思路。

这是上饶国企改革的重大思路方案之一。

而在这一国企改革思路方案中，其深层目标，是要在新组建的国有上市公司中引入民营资本，并充分发挥民营企业机制灵活等各方面优势，全面、深层激活重组的上市国企发展活力。

上饶市国企改革这一方案，一端借助于资本市场，另一端引入民营企业资金和经营管理机制，其思路通阔，可谓活水清流。

2000 年前后，上饶市这一国企改革方案正式启动实施。

首先纳入这一改革方案的，是以上饶客车厂和上饶线材厂为主体，组建股份制公司，积极引入社会资本。

上饶客车厂和上饶线材厂，曾是上饶人民引以为豪的两家地方企业。尤其是上饶客车厂，可谓江西工业企业的一面旗帜，"上饶"客车和"方圆"漆包线曾是享誉全国的两大名牌产品，被誉为上饶的"城市名片"和"中国汽车工业的一匹黑马"。

位于信江河畔的上饶客车厂，其前身是 1969 年建立的上饶汽车制造厂。

1969 年 2 月，上饶汽车制造厂宣告成立。在上饶市水南街丰溪河畔荒滩上，由三家地方小厂组建的汽车厂，居然用榔头敲出了大梁、车身，造出上饶历史上第一辆柴油小三轮车，之后，生产两吨半载重卡车。1971 年，用自制的底盘生产出第一批"井冈山"牌轻型客车——上饶客车的雏形。

次年，上饶地区将上饶汽车修配厂、地区内燃机厂并入上饶汽车制造厂，客车改装与配件产品齐头并进。到 1979 年底，形成了年产百辆全金属客车、千万元产值的解放汽车发动机总成及十八种汽车配件的生产规模，完成了工厂的初步创业。

1980 年，采用国内最新的汽车——东风底盘研制客车。东风底盘改装客车，全国尚无先例，困难可想而知。干部、技术人员和工人"三结合"试制小组，对底盘改装、车型设计、内部装饰进行一系列的技术攻关，取得重大的突破。1981 年 4 月、7 月和 9 月，相继试制成功了 SR664 型长途客车、SR665 型团体客车和 SR666 型通道车等三款新客车，在"武汉东风汽车展销会"上引起轰动。

初战告捷的上饶客车人没有陶醉于成绩，为了消除客车前悬长、前轴负载失衡的缺陷，他们决定：将发动机移到客车后部，改善整车布局，提高车辆的行驶平稳性和安全性。

1982 年 2 月，中国第一辆后置式客车下线。各项性能指标达到技术标准。5 月份，轰动了全国汽车展销会，捧回了唯一的"新产品试制奖"，填补了中国汽车产品的一项空白。

1983 年，后置式空调客车问世。6 月，在北京全国改装车展评会上，夺得"新产品设计优秀奖"。"上饶"牌客车正式登上了中国的汽车舞台。

这一年，上饶汽车制造厂更名为上饶客车厂。

1984 年，上饶客车被评为江西省优质产品。

1986 年与英国安培公司合作，成功制造我国首辆大型彩电转播车，引进和借鉴国外先进的客车技术，提高上饶客车的设计与工艺技术。

1986 年 11 月，中国汽车工业总公司科技部召集全国城建、机械、交通和军工等九大系统的汽车厂、客车企业和研究所的专家，在上饶召开"中汽公司后置发动机客车技术研讨会"，部长何春阳赞誉上饶后置车是"山沟里飞出的金凤凰"。会议一致肯定并向全国推广上饶后置车技术，对中国的客车事业产生了重大的战略推动作用。

1987 年 10 月，上饶客车从深圳港启运，远涉重洋，代表中国客车产业亮相智利国际汽车博览会，实现了我国客车出口"零"的突破。

人们难以忘怀，1987 年，当"上饶"牌客车首次亮相智利圣地亚哥国际博览会，旋即引来南美洲客户对中国客车的极大关注热情。

随后不久，上饶客车以其品质实力和优良的性价比，又先后叩开了委内瑞拉、多米尼加、秘鲁等国家和地区的市场之门。此后，上饶客车开始陆续批量销往塔吉克斯坦、菲律宾、马里等亚非国家乃至美国市场。

这一时期，上饶客车风靡国内外市场。其紧俏程度，曾流传着这样一件轶事：客车厂招待所常年车水马龙，天天饱满，客房被天南海北来提货的客户长期包房，一等就是几个月，吃住都在招待所，不少客户住在招待所候车都耗出了毛病来，抱怨提车比"登天"还难。

在上饶客车如日中天时，中国汽车行业的"大哥大"——"二汽"派出高层前来上饶，洽谈重组合作事宜，意欲把上饶客车改造成为"二汽"的底盘专用厂和豪华客车生产基地，把上饶的水南区打造成汽车城。

进入二十世纪九十年代，上饶客车又引进台资和"宝利来"车型，组建中外合资上饶鸿裕客车有限公司，采用"宝利来"车型技术的客车在几年中赢得了很好的市场效应。一直到九十年代中期，上饶客车始终风靡市场、产销两旺，用户遍及全国各地。由此，上饶客车厂成为我国向国外出口客车的汽车企业之一，还一度被对外贸易经济合作部选为援外产品，出口塔吉克斯坦，成为东风客车出口基地。

但是，从九十年代中后期开始，这颗赣东北大地上闪耀着光彩的客车明珠，在中国客车发展史上写下令人无比自豪荣耀的上饶客车厂，却受制于国有企业体制机制，以及全国客车市场深刻变化等原因，逐渐走入了发展困境。

上饶线材厂，始建于1969年，系原国家机械工业部电线电缆定点企业。主要产品为各种规格类型的绕组线、漆包线及裸铜线等，产销量连续多年位居全国行业前列，并出口海外多个国家。其生产的"方圆"线材产品性能可靠，品质优良，先后获得江西省优质产品、名牌产品、免检产品等荣誉称号。

自八十年代中期开始，伴随着我国电子、电器、电力、电讯产业的迅猛发展，上饶线材厂也得到了快速发展，1996年起产销量就突破万吨大关，名列全国漆包线行业前茅。但与此同时，随着全国同行业产品数量和质量的双提升，上饶线材厂也逐渐面临着市场竞争日渐增大的巨大压力。

…………

借助于国有企业深度改革，为全面激发上饶客车厂和上饶线材厂的竞争活力，让"上饶客车"和"方圆"这两大品牌再铸新世纪的新辉煌，上饶市委、市政府按照产权适度多元化、结构多层次、经营多向化、投资多方位的思路，由江西上饶信江实业集团公司作为主发起人，联合江西省投资公司、江西铜业公司、江西长运集团有限公司、常州绝缘材料总厂、常州市智通树脂厂等五家企业共同发起成立江西鑫新实业股份有限公司。与此同时，上饶客车厂和上饶线材厂纳入江西鑫新实业股份有限公司旗下，分别更名为江西鑫新实业股份上饶客车厂、江西鑫新实业股份上饶线材厂。

2002年3月，鑫新股份在上海交易所顺利挂牌上市。由此，鑫新股份成为一家拥有3000多名职工的国有上市企业。

然而，鑫新股份上市后，并未能扭转上饶客车厂和上饶线材厂持续下滑的颓势，上饶客车厂仍处于风雨飘摇的境况。

谋划企业战略必须顺应大势，加快发展必须把握大势。

上饶市委、市政府深刻意识到，走兼并重组之路，已成为企业改革的势在必行之路！

2002年8月，新的改革方案公布——引入民营资本和民企管理经营机制，控股鑫新股份，担当起重组后企业的实际运营，以真正实现上饶客车厂和上饶线材厂的崛起！

此方案一经公布，浙江的万象集团等众多知名民企洞察到"借壳上市"的机遇，纷至沓来洽谈收购鑫新股份事宜。

这些民营企业均为当时在全国声名显赫的行业"龙头"老大，要规模有规模，要实力有实力。但在洽谈兼并重组过程中，他们的意向方案里都提出了不负责安置原企业员工这一条件。

国有企业员工的妥善安置，是不容置辩的条件。上饶市委、市政府因此也一一否决了上述民营企业的意向性方案。而与此同时，温显来通过在清华大学的脱产学习，了解了资本运作的方式和价值。华能集团引进了杨轶群博士和清华MBA闫强、黄绍辉等人，这些人才夜以继日、连轴工作50多个小时，短短几天时间内写出了一份翔实、精准、可行的商业计划书，他们高水平的计划书和精湛的语言表达，成功说服了上饶市委、市政府。

正是在这样的背景之下，上饶市委、市政府选择了江西华能集团，将目光落到了温显来身上。

深入严谨考察江西华能集团后，上饶市委、市政府越发深信，这个选择是无比正确的。

2002年，华能集团分别被评为全国诚信单位和江西省诚信纳税先进企业；并连续七年评为江西省"十佳私营企业"和"先进私营企业"；连续八年成为上饶市民营企业第一纳税大户，是上饶市最具活力的民营企业。从1992年创立而来的整整十个年头，华能集团无论是涉足的领域、发展的规模以及对社会的贡献等，都以前所未有的速度拓展开来。

"这是华能集团进入新世纪，正欲施展宏大发展蓝图时不期而遇的一次重大机遇，这更是寄予了上饶人民信赖和期望的重托，同时对华能集团而言也是一份沉甸甸的社会责任！"

对于上饶市委、市政府选择华能集团重组鑫新股份，温显来心中充满深切的使命感。

2002年9月16日，这是上饶人民瞩目的一个日子，也是温显来人生事业历程中值得永远铭记的一天。

这一天，上饶市政府与江西华能集团、理想投资公司在上饶宾馆3号楼举行收购江西信江实业集团有限公司协议签字仪式。随即，江西省人民政府正式发文批复：同意江西信江实业集团有限公司资产重组。

这标志着，华能集团已正式收购信江集团，控股鑫新股份。

当方案通过后，重组进入了实质性的阶段。根据方案，华能集团需要在一周时间内缴付 2.3 亿元现金，并无条件承担江西鑫新实业股份有限公司近 5 亿元的银行负债。

如此之短的时间，这么大的现金量，这的确是一件巨大的难题！

因为数年来，华能集团在实施多元产业的连续推进中，产业项目投资巨大，现金流出现了一定程度的吃紧。

经过连续七天的马不停蹄，每天基本就两三个小时睡眠，在距离时限的前一天，温显来还差两千万元缺口。

银行贷款几天前就已经落实，但必须等，审批流程不能逾越，无法提前放款。

正在焦急之际，温显来的手机突然响起。

"温总，听说你现在遇到了现金流的困难了。"

电话是一位有过多年业务合作的企业家朋友打来的。电话里，这位企业家朋友没有半句套话，一开口就直奔主题。

这位公司的负责人与温显来是在业务合作中成为好朋友的。原来，这位企业家朋友从其他途径得知了华能集团暂时遇到了现金流困难的情况。于是，他立即拨通了温显来的手机。

"如果要钱，那就从我这拿 2000 万去。"言简意明，语气十分爽快。

企业家朋友此时打来电话关心自己所遇的资金困境，本已让温显来感动不已，更何况主动开口借给自己的，是 2000 万元现金！

一股无声的暖流迅速沁入温显来的心底。

第二天，这位企业家朋友支持的 2000 万现金款如期到账。

而中国农业银行、中国建设银行等几家银行出于对华能集团多年来的信赖，更是在转办银行债务过程中给予华能集团信贷资金上的大力支持。

在对鑫新股份实施重组过程中，温显来收获的是难以忘怀的感动。

华能集团也由此成为江西省第一家控股重组国有上市公司的民营企业。

作为江西省第一个实践者，在面临跨越多个行业，经历多种企业文化，多种企业理念大碰撞与磨合的复杂背景下，如何参与国有企业改革？如何确保改制重组工作顺利推进，平稳过渡？华能集团进行了成功的尝试，经历了困难，也经受了挑战，同时，也得到了一些规律和经验。

民营企业参与国有企业改革最重要、也是最艰难的工作，不在于资产谈判和签订协议，关键在于职工的安置。破产的企业，员工期望值比较低，安置还容易一些。但作为上饶市本土第一家上市公司鑫新股份公司下属的两个主业——上饶客车厂和上饶线材厂，属于原上饶市的两个支柱企业，员工的收入在当地也处于中上等水平。企业改制，他们最关心的是自己的收入会不会降低？福利还有没有保障？企业改制后能否有一个美好的前景？而一些吃惯了"大锅饭"，惰性又很大的员工则担心能不能适应民营企业经营机制和管理方式？

其时，在江西乃至全国国企改革中，"买断工龄"成为众多国企改革过程中安置富余人员的一种办法。即参照员工在企业的工作年限、工资水平、工作岗位等条件，结合企业的实际情况，经企业与员工双方协商，报有关部门批准，由企业一次性支付给员工一定数额的钱，从而解除企业和富余员工之间的劳动关系。

但这种安置措施也存在一个潜在弊端，即是把职工推向了社会。

当企业改制工作全面推开，职工身份置换实施方案出台后，在原有的1000多名国有企业职工中产生了较大的反响，大部分职工表示理解，愿意接受，但也有一部分员工存在一些顾虑和想法……

如何稳定员工的队伍，尤其是骨干员工队伍，实现平衡过渡？华能集团以四条举措应对。

一是文化先行，以企业文化作为"黏合剂"，加快民企文化与国企文化的融合，以共同的价值观、经营理念和企业精神，把各个方面、各个层次的人都团结起来、化解矛盾、统一思想、形成合力。

二是采用用鑫新人管理鑫新的模式，放心使用原国企干部，利用一年的时间作为过渡期，除了关键岗位，人员基本上不作大的调整，让每个人尽情施展才华。

三是坚决按照国家政策置换国有企业职工身份，保障改制员工的切身利益。两个厂的全部员工，首先第一步都成为重组后企业的"新"员工。尔后，再依据重组后企业内部改革方案，"新"员工意愿和岗位调整实现双向选择。在"新"员工意愿和岗位调整实现双向选择中，改制前的1821名职工有1081人顺利落实岗位。少部分没有竞争上新岗位的员工，一方面通过华能集团旗下企业途径实现再就业，另一方面由华能集团帮助实现社会就业。而对于为企业作出较大贡献且年龄接近退休再就业难度较大的少数员工，实行内退制度，由华能集团发放生活费，待到退休年龄时转入社会养老保险。

四是导入民营化机制和先进的管理模式，加快企业发展。先后建立健全了现代企业制度和有效的公司法人治理结构；构造了高效有序的市场经营体系；缩短了管理跨度；立足国内、国际两个市场，加大产品开发和出口力度；利用上市平台推动资产重组和企业转机建制；推动用人制度改革，建立科学、合理的激励约束机制；统一集团形象，营造华能品牌。

"上饶客车厂和上饶线材厂，在企业重组完成后的人员安置中，职工们人人满意，这实为令人赞叹！"在当年一篇报道鑫新股份实施重组的媒体文章中，记者这样写道。

对于华能集团在重组鑫新股份过程中高度重视员工安置，妥善解决职工安置问题的做法，江西省委省政府及社会各界也深表赞赏。鑫新股份实施重组过程中的职工安置做法经验，也为江西不少地方国有企业改革借鉴。

"华能集团为何能做到这一点？"这是人们想知道的答案。

"我们是心怀着使命责任，是融注了深厚情感去做的。"华能人这样回答。

是的，从重组方案草案制定征求意见，到数轮修改完善，温显来对职工安置问题深情关注，倾情倾力。

"我们绝不能把企业的职工看成是包袱，要把他们看成是我们宝贵的财富。我们更要怀着感情去做好他们的身份置换和安置问题，而不能以出钱买断工龄这样简单的做法，把职工们推向社会。因为，是这些可敬的职工们，曾经创造了上饶客车和'方圆'线材发展的辉煌历史。企业重组后，我们也要依靠他们铸就上饶客车和'方圆'线材发展的新辉煌！"

在关于重组方案制定的研究谈论中，对于企业职工安置问题，温显来总是如此饱含深情地说。

正是因为心怀强烈的社会责任使命，融入真情去真诚善待企业原来的每一位职工，华能集团在重组鑫新股份的过程中，才赢得了所有职工们的满意，得到了政府和社会各界的高度赞许。

华能集团不仅圆满地解决了职工的安置问题，之后采取的民营化机制先进的管理模式，使鑫新股份在重组的当年里实现了"三大转变"——人心由"散"到"聚"，管理由"乱"到"治"，效益由"亏"到"盈"，全年共实现主营业务收入 3.91 亿元，完成利税 2300 万元，企业的主要经营指标均实现了翻番的目标，企业顺利走上了健康、可持续的发展轨道。

温显来以敏锐眼光和果敢气魄，凭借在兼并重组国有企业过程中历练的运作掌控力，成就了江西第一家民企兼并重组国有上市公司的历史——华能集团收购信江集团、控股鑫新股份，进军客车制造和工业线材产业。

这一深富胆识与气魄的兼并重组，也成就了此后华能集团多元产业板块中，制造实业的中流砥柱。

2003 年，江西华能集团更名为博能集团，成为全国性无行政区划的民营企业集团公司。

"博采众长，尽我所能。"

温显来将胸中的壮志情怀，浓缩在这句质朴的企业发展格言里。他豪情满怀，决意要带领公司同仁顺时代大势、锐意而进，去书写博能集团发展的一个又一个精彩篇章。

第二节　开进贤路纳天下英才

人才乃兴企之根本。

在卓越企业家的理念中，几乎无一例外地都具有一个相同的观点，那就是人才居于企业发展最为核心的重要位置。

华能集团更名为博能集团，并将"博采众长"确定为其核心发展理念之一，这其中，已充分显现出温显来广纳天下英才而成就大业的思路。多元化产业的纵横推进，企业大平台的逐步形成，也使得博能集团从总部到各个产业的人才队伍建设势在必行。

"我们进入汽车和线材现代工业制造领域之后，必须在依托上饶客车厂和线材厂原有骨干技术及管理人才队伍的基础上，同时引进一批业界高水平的技术和管理人才，以全面提升技术管理人才团队的水平。我们要把专业的事，交给专业的人去做。"

温显来深知，这是关系到上饶客车和"方圆"线材这两大工业品牌，能否实现精彩蜕变的关键举措之一。

控股鑫新股份，兼并重组上饶客车厂后，企业体量规模迅速扩大，作为掌舵人的温显来，公司事务陡然倍增。因而，他亲力亲为的具体事务逐渐相对减少，转而尽可能多地把时间精力向集团决策布局转移。但对于引进和组建高水平人才队伍这件工作，温显来却坚持亲力亲为，且列为个人的重点具体工作。

一家大型股份公司的管理，涉及管控关系、资本运作及发展战略等众多相关层面领域问题。到新千年之初，我国股份制公司的创立不过十年时间，无论是管理实践还是理论方面，都显得薄弱。

如何实现鑫新股份的卓越管理？

温显来提出，广开进贤之路，诚纳天下英才，引进高端管理人才，注入最先进的股份制公司管理理念。

在广纳高层优秀管理人才的过程中，温显来不但把目光投向具有业界丰富经验的人才，也投向了高等学府的优秀毕业生。

几乎与重组鑫新股份进程同步，温显来在充分信任尊重原鑫新股份高层管理人才的基础上，也开始放眼全国，逐步从业界引进一批工作经验丰富、有眼光魄力的优秀管理人才。因而，在控股鑫新股份完成后，高管人才队伍得以全面充实。

2003年，在高校毕业生就业前夕，温显来带领高管亲赴清华大学，成功引进清华大学经济管理专业的两位硕士研究生阎强和黄韶辉，并以高度的信任向他们委以重任，阎强出任鑫新股份总经理，黄韶辉担任华能集团副总裁。

尊重和信任人才，首先就是要放手，让他们大胆去干、去创新。

在此后的过程中，两位清华大学的高材生果然不负众望，他们充分施展在企业尤其是股份制企业管理中的才学，结合公司实际，通过创新法人治理、明晰管控关系、调整管理模式以及引入信息化工具等一系列管理举措，为公司的现代化管理注入了新理念、新元素和新路径。

在客车制造和线材生产领域，上饶客车厂和线材厂曾屡创辉煌，人才与技术设备居于全国同行业领先水平是关键因素。

因而，温显来深刻意识到，产业发展必须以传承为基础，上饶客车厂和线材厂的原有技术管理人才是宝贵资源。

为让每个人尽情施展才华，在上饶客车厂和线材厂确立发展新战略的过程中，温显来放心启用原国企的"能人"，包括先后启用徐春江和彭震担任上饶客车事业部总经理和上饶客车公司总经理，聘用客车厂老厂长陈成之担任顾问，聘用原客车厂副厂长姜水金担任客车公司生产部部长。

但温显来同时也深知，在上饶客车和"方圆"线材发展滞缓的几年中，二十世纪末和新世纪初全国汽车和工业线材却进入了发展的快速期，无论是技术方面还是市场方面都已发生了深刻巨变。

为此，引进一流技术管理人才，是上饶客车和"方圆"线材全面对接客车和线材领域先进技术及市场的前提。

在全国客车制造业界，其时的安徽安凯汽车股份公司可谓是客车制造领域的一颗明珠。

自 1997 年以来，该公司通过引进国际客车先进制造技术设备，在管理上不断创新，实施技术与产品上脱胎换骨的更新换代，安凯生产的"凯斯鲍尔"豪华旅游客车占据了国内旅游客运市场较大的份额，已跃居成为全国客车制造领域的领军企业。

当然，安徽安凯汽车股份公司也汇聚了一大批全国客车领域的优秀人才。

正是这一点，吸引了温显来诚纳业界高端人才的目光。

在深入了解安徽安凯汽车股份公司人才的基本情况后，该公司市场部的一位经理进入了温显来的视线。这位经理，就是时人任安徽安凯汽车股份公司市场部经理的章晓明。

世纪之交，随着人才理念和用人机制的更新完善，优秀人才的流动渠道也随之畅通起来。

章晓明原本也是被"安凯"汽车从其他汽车制造企业"挖"过来的。由于他既懂客车技术又擅长市场分析研判，因而在"安凯"客车新车型研发定位和市场开拓中屡建奇功，在全国客车业界享有很高的知名度。

温显来所不知道的是，正当他决心把章晓明作为高端人才引进博能上饶客车厂时，浙江杭州的一家知名客车制造集团企业已抢先一步与章晓明展开深入沟通。该集团企业开出了年薪 48 万元的高薪，还有其他生活方面优厚的待遇，作为特殊人才引进。而且关键是，章晓明和杭州这家汽车制造企业已达成了一致，将于2002年下半年正式到任。

照理说，得知了这一情况后，温显来应该会知难而退。

然而，温显来非但没有知难而退，反而对章晓明加盟博能上饶客车充满信心。因为他深信，优秀人才的事业情怀中是有开创精神的，志在实现凤凰涅槃的上饶客车将为章晓明提供这方广阔平台。

的确如此，最终打动章晓明的正是博能上饶客车这种大志向，还有温显来为实现这一大志向的求贤如渴。

章晓明答应，随温显来前往江西上饶作一番实地考察之后，再做决定。

闻此，温显来心中欣喜万分，竟兴奋得当即扛起章晓明办公室里的一大摞汽车相关资料就奔向楼下。那神情，仿如一位书生弟子虔诚地迎得自己的良师归来。

面对此情此景，章晓明被深深打动了！

随后的结果自然而默契，在上饶客车厂考察过程中，目睹的一切和认真倾听温显来对当前和今后一段时间里上饶客车厂的发展规划，章晓明频频点头深表赞许和钦佩。

考察结束后的那一刻，章晓明郑重地做出了自己的决定：激情融入上饶客车正从全国各地汇聚而来的朝气蓬勃技术管理队伍，共同去把上饶客车既定的发展蓝图创造成为令人激动的现实。

2002年10月，章晓明婉拒浙江某汽车集团48万元年薪的诚恳之邀，正式进入到上饶客车厂工作，全面负责市场发展的整体战略。

在不到一年的时间里，章晓明不仅带领团队快速打开了上饶客车在全国的销售局面，而且迅即组建起了上饶客车的海外事业部，开拓上饶客车的越南市场，而且为上饶客车量身定做了新的发展战略。

此后，博能集团又整体引进安凯汽车管理"精英"，对原客车厂事业部管理团队进行大"换血"，包括总经理、技术副总、生产副总、营销副总一班人全部履新,期望通过移植和嫁接"安凯"模式来赶超行业先进水平。

围绕先进技术和管理营销模式创新,上饶线材厂的人才引进也同样放眼全国业界,对接国内前沿研发机构。

…………

一大批卓越人才的引进,使得鑫新股份从高层管理到客车和线材两大产业,构筑起强大的人才队伍,赢得了企业发展的强劲动力。

事实上,人才强企可谓是博能集团一路超常规发展而来的秘诀之一。

纵观博能集团整个发展历程,可发现,无论是在其阶段性发展还是在各个产业的崛起中,各方优秀卓越人才的不断汇聚,始终是令人瞩目的焦点,构成了博能集团一个个激情跨越的辉煌发展篇章。

创业初期开始,一批又一批心怀成就人生事业梦想,有强烈敢闯敢干意识的同仁,就开始陆续走进华能。

这其中,就有现任博能控股集团副董事长的邹美才。

在当年的江西华能实业创立后不久,一次偶然的机缘中,邹美才与温显来相识,并且彼此一见如故。

其时,邹美才在上饶担任正县级干部。

"这是一位胸有大志向、大格局,有思想有眼光,敢闯更干的人!"这一次不期而遇的接触,温显来留给邹美才的深刻印象。

而邹美才又何尝知道,在这一次接触相谈中,他待人接物的亲切风格特别是对改革开放以来民营经济发展的阐述,对民营企业发展的看法观点,同样留给了温显来深刻的印象——"这是一位有学识、有远见、有思想高度的干部!"

因为彼此的相互欣赏,让温显来与邹美才随后的接触开始频繁起来。

他们相谈的话题,从国家煤炭市场改革到各行业发展出现的深刻变化,从改革开放整个大趋势到民营经济的成长壮大,再到华能实业现阶段和未来的发展定位等等。

几乎每一个话题的深入探讨交流，都在温显来与邹美才两人心中激起强烈的共鸣。此正所谓英雄所见略同！

内心共鸣和胆识远见相同的，还有心底深处的人生事业情怀。

在此后的一次倾心相谈中，温显来竟然欣喜发现：正处于县级领导干部岗位的邹美才，其内心深处的所思与向往，与自己当初辞职"下海"前的境况，是何等相似！

是的，没有人知道，处境令人羡慕的邹美才，已在较长一段时间以来心底交织在矛盾的境况中。

邹美才十分清楚，从现实层面来说，自己一路勤奋工作取得的成绩，是很多人羡慕和追求的目标。然而，他也知道，自己心底始终潜藏着一种隐隐的理想。直到 1992 年那个激情春天的到来，在全国十几万机关干部辞职闯商海的氛围感染中，邹美才豁然开朗——自己心底由来已久向往的，正是那般豪情满怀去成就一番人生事业的渴望！

就这样，彼此欣赏、惺惺相惜的两个人，几乎不约而同触及了一个已心生强烈意愿的话题——走到一起来，共同去创就一番人生大业！

邹美才随即递交了辞职报告。

九十年代中期，对于内陆地区城市而言，一位国家企事业单位的工作人员辞职都令人难以理解和接受，可想而知，一位正县级领导干部的辞职"下海"会在当地激起怎样的社会反响。

首先是上饶市委不理解、不批准，其实是舍不得这样一位优秀的县级干部辞职，也担心邹美才"商海"失利。为此，上饶市委主要领导和分管领导一一与邹美才交流沟通，情真意切地希望挽留住他。

对此，邹美才心中充满温暖感激。但他深知，这是自己深思熟虑后所做出的人生重大决定。

此后，邹美才连续呈递六份辞职报告，上饶市委最后才终于批准了他的辞职报告。

邹美才，由此成了当时上饶地区县级干部中第一个辞职"下海"的人。

就这样，他走向了其时根本还谈不上规模实力的民营企业——江西华能实业有限公司。

邹美才仍然记得，当时人们对他的这种做法难以理解，其中包括他的很多领导、同事、朋友，以及上饶市很多认识和不认识的人，特别是看他在辞职后，每天去上饶县一个小私营企业上班，更觉得不可思议。

其时，在经济相对落后的上饶地区，私营企业在很多人眼里还是不入流的"行当"，而且，还是属于那种不稳妥、没有保障的去处，大多数人自然会认为国家行政工作安稳，何况邹美才还是一个领导干部。

"虽然当时温总还称不上是一个企业家，头上也还没有多少光环，但我认为他具备了一个大企业家应当具备的基本素质，生活阅历告诉我，这是一个想干大事也能干大事的人，他所创办的公司是一个能让志同道合者充分展现自我的人生舞台。"

"正是冲着对温显来想干大事，也能干大事的敬佩与信任，那些也同样想实现自己人生抱负的人，纷纷加入江西华能实业的创业队伍。我相信华能有他引航，有大家共同努力，一定能够由小变大，由弱变强，一步步走向成功。"

时隔二十多年，邹美才谈及往昔辞职"下海"的心路历程时，他这样充满真情地说道。

显然，创业初期的华能实业，已具备了吸纳卓越优秀人才的内在吸引力。

这种吸引力，一方面是华能实业的股份制企业构架及其充分的激励机制，为每个有能力、有想法和有胆识的人提供了施展事业抱负的舞台。另一方面，就是作为企业领头人的温显来人格魅力和感召力。

当年在上饶市，与邹美才这样有着同样想法者大有人在。

他们在与温显来的接触中，先后为江西华能实业这方施展人生事业的平台而来，为温显来的人格魅力感召而来。

人才来了，那就尊重珍视，充分信赖，大胆放手让他们施展才华。

说起温显来对人才的尊重，有这样一个例子可以充分印证：华能实业创立初期，公司经营初获成功后，温显来花4万元买来一辆吉普车，专门接送公司高管层上下班，而他自己却是只在需要时才"蹭"用一下大家的车。

一位见证了华能实业发展壮大的上饶民营企业家说，二十世纪九十年代中期，且不说在江西全省，就是在上饶市，比华能实力强、规模大的民营企业不少，但华能实业的人才队伍，却是实力最强的。

为此，当时就有人这样意味深长地说道：他日上饶崛起的民营企业中，华能实业定将令人惊叹！

…………

如果说创业初期的第一个五年中，江西华能实业靠的是事业理想感召力，让一批有胆有识有抱负的各方人才汇聚而来，那么从走向多元化产业格局的第二个五年发展阶段，逐步开始构建与企业发展规划相适应的人才战略。

1997年前后，其时的华能集团明确地提出，引进人才，培养人才，尊重人才、重用人才是企业的创业之源、发展之源、竞争之源。

华能集团逐步建立了工资正常增长机制，在不断改善员工待遇、按时足额支付员工工资的基础上，努力使员工工资与企业经济效益实现动态挂钩，保障员工工资待遇随企业效益增长而不断改善，从而使员工工资在同地区同行业中保持较高的水平。

注重人文关怀，不断提高员工幸福指数。在企业的发展过程中，华能集团逐步形成完善的事业留人、待遇留人、文化留人和引才、育才、用才、留才的人才机制。

如对青年大学生，有针对性地制订了"大学生薪酬制度""大学生福利待遇制度"，包括资助大学生购房的购房补贴、鼓励大学生在集团公司所在地安家落户的安家费和免费为外地的大学生提供单身宿舍等优惠政策；出台了《员工职业晋升通道》《博能控股集团重点关注人才管理办法》、员工绩效等级 ABCD 评定、股权激励等激励机制；每年组织全体员工免费体检、对全体员工实行中餐补贴、对中层管理人员实施购车和用车补贴，为全体员工创造多次投资理财的机会等等。

贤臣择主而从，良禽择木而栖。博能集团良好的用人机制，吸引了全国各地的优秀人才。

从 2003 年开始，不仅有大批的大学生奔向博能集团而来，还有博士生、硕士生、金融专家、机关里身居要职的官员等等都奔着博能而来。

博能集团量才录用，人尽其才，才尽其用，为他们提供了安心舒适的工作氛围。不少大学生从学校毕业进公司，通过自己的努力，短短几年就走上了重要管理岗位或成为核心技术人才。

一批批各类专业人才陆续进入博能集团，走进了各个子公司的产业领域，不但使得博能集团的人才队伍始终注入着新鲜血液，而且也逐步培养和历练着自己的中高层人才。

"人才的诉求是多样化的，而且有些诉求其实我内心是不太赞成的，毕竟每个人都有自己的价值观，但是作为一个企业的负责人，我必须得接纳和满足这些人才的各种诉求，让他们能够安心地发挥自身的特长。"

这就是温显来的人才观。对待人才，温显来一直都在不断地克制和委屈自己去成全他人，高山仰止，这等胸怀又怎能不吸引人才聚集效力！

第三节　铸就制造实业脊梁

控股鑫新股份、兼并重组上饶客车厂与线材厂的过程，同时也是一个从内外部全面深度完善管理，确立实施清晰战略方向，从而制定明确发展规划的过程。

为此，整个博能团队付出了巨大的时间精力与努力。

在温显来对博能集团现有产业发展规划当中，客车与线材这两大产业，具有特殊而深远的重大意义。

于"特殊"二字而言，上饶客车是中国和江西汽车工业的名牌，是上饶人民心目中的骄傲，也是上饶市的城市名片之一，凝聚了几代人的心血与汗水。

"作为上饶人，我们都有一种魂牵梦绕的上饶客车情结。我们一定要传承光荣，重塑上饶客车品牌，重铸上饶客车的辉煌，这是我们神圣的历史使命和不可推卸的社会责任！"在成功完成兼并重组后的第一次全厂员工大会上，温显来饱含真情地向全体员工表达了自己的这份赤诚情怀。

在上饶客车厂全体员工雷鸣般的掌声里，温显来那样真切地感受到，自己心中的这份赤诚之情，与大家是息息相通、深切共鸣的。

这豪迈的语言，这滚烫的豪情，这坚定的信念，一扫上饶客车人郁积了多年的悲情愁绪，在人们心中重新点燃了希望、激情与信心。

是啊，一个企业的产业发展，将承载起一方土地上人民心中共同的深厚情结，这何等荣光。然而，责任也何等之重！

意义之重大深远，站在企业未来发展的战略高度，对上饶客车厂与线材厂的成功兼并重组，意味着博能集团公司从此有了制造产业的坚实基础，这也标志着博能集团从真正意义上完成了由贸易型企业向制造实业企业的成功转型。

温显来之所以将此视为博能集团发展历程中的一次成功转型，这是因为，在逐步布局多元产业发展的过程中，他已深刻意识到，对于一家实施多元化产业战略的集团企业而言，实业产业乃是其深远发展进程中的中流砥柱。

基于这样的使命情怀与战略高度认识，温显来决意倾博能集团之全部人力、财力与努力，将上饶客车厂与线材厂这两大制造产业，同时打造成为同行业中的领军企业！

由此，上饶客车厂与线材厂实现从生产技术、产品定位到组织管理脱胎换骨之变的序幕，全面拉开：

——实行生产组织的深度优化。

下决心淘汰落后的生产线，博能集团斥巨资引进国内外客车先进生产、装配技术流水线，全面提高每一条生产线和每一个生产领域环节效率，降低生产成本。

——立足优势，瞄准市场需求，确立产品新定位。

确定上饶客车的团体客车经典主导地位不变，研发旅游和城市客运市场的客车车型。在线材上，立足原有漆包线产品优势，着力研发生产特种线材，打开特种线材这一发展空间。

——增强新产品研发功能，建立客车技术研发中心。

汇聚汽车尤其是客车资深专家和技术人员，引进一流研发设备，建立博能客车技术研发中心，加快新型客车的新技术、新材料、新手段的应用，提高产品研发效率和品质品位。

——全面引入 ERP 现代信息、成本和物流管理、精益化生产和 5S 现场管理等手段，接轨国际客车技术，提高企业综合管理水平。

——加速与世界一流企业的交流合作，聘请国际著名客车专家指导新工厂设计和新产品研发，用先进理念培训员工，改造生产工艺、流程，提升产品技术水平。

全省客车第一家省级企业技术中心的建立，让上饶客车拥有了技术水准、产品品质和创新平台的强劲支撑力。

而强大的专业技术人才队伍，先进的生产装配流水线和高效组织管理体系的创建等等，使得整个上饶客车厂从生产技术、产品定位到组织管理，渐而产生出令人欣喜的改变。

一家企业实现的深度巨变，其成效的显现和给企业所带来的发展，最终都会体现于产品受客户欢迎与好评的程度以及市场的销售情况上。

2004 年上半年销售情况显示：上饶客车正冲破逆境，开始走出长期以来处于低迷的市场销售境况！

全方位、深层次革新的成效初显，但温显来与高管层在深度调研全国客车行业发展状况后深知，在全国客车技术和市场已发生深刻变化的情势下，上饶客车要想赢得强劲崛起，那就必须要走跨越式发展的路径。

那么，上饶客车实现跨越式发展的路径方向在哪里呢？

2003 年 8 月 25 日，一场主题为"上饶客车发展战略"的高规格研讨会在上饶县大坳宾馆召开。此次研讨会，全国客车行业主管部门的权威专家、业界同仁及行业资深人士等各方嘉宾莅临。博能集团的诚挚之举，就是要汇聚各方嘉宾的真知灼见与对策建议，从而制定出实现上饶客车全新发展的战略新定位与新规划。

博能集团为实现上饶客车全新发展的诚恳切盼，让各方嘉宾为之钦佩感动，在历时数天的会议期间，与会嘉宾深入探讨，纷纷建言献策。

作为此次战略研讨会丰厚成果之一，博能集团制定了上饶客车未来五年的全新发展战略。这其中，最为重要和关键的内容，就是重新确立了上饶客车的市场定位，即确立了上饶客车瞄准市场需求变化，把团体客车、公路客车和全承载客车列为立足产品，同时又实施产品新型化、多元化的发展方向。

这一全新的市场定位，实际上确立了上饶客车产品的差异化发展之路。

"再铸上饶客车的新辉煌，关键是坚持走好差异化竞争之路。"

温显来提出，走好差异化竞争发展之路，一是持续改进现有主力车型团体车，使之更加美观、舒适、可靠。二是摆脱传统生产模式，大力研发具有自主知识产权的全承载公路客车，迅速切入中档公路客车市场。三是服务高速发展的旅游市场，开发旅游房车，抢占市场先机。四是紧随日益加快的城市建设和城乡公交一体化的步伐，进一步挖掘"饶客"在公交车产品上的潜力，有选择地发展公交车市场，开辟公交车的新卖点。

一个产品准确而又有远见的市场定位，孕育着一个企业发展的巨大希望与无限可能。在此后几年时间里，上饶客车异军突起的态势证明，博能集团制定的上饶客车全新发展战略中的这一全新市场定位，为上饶客车实现跨越式发展带来了强劲的动力引擎！而"全承载"技术的攻克则是完成这一市场定位的保障。

"全承载"是一种汽车制造技术方法，二十世纪五十年代中期由德国凯斯鲍尔公司发明并在此后不断改进完善。该技术的核心，是用各种矩形管焊接成一个整体的车身骨架，让车身和底架成为一个不带大梁的整体，共同承担客车所受的力，即为"全承载车身"。

到二十世纪九十年代，随着全承载车身技术的不断趋于完善，采用全承载汽车制造技术生产的客车，已被国际汽车制造界认为是最为安全舒适、性能最为稳定可靠的客车之一。

尤其是在安全性方面，全承载客车更是可圈可点。大客车在受到撞击时底盘会产生移位，而由于全承载客车的无底盘结构，使其在受外力时能将撞击力迅速分解到全身各处。同时，经测试，全承载客车抗扭曲的钢件设施强度也是其他普通汽车的三至六倍。此外，全载客车由于取消了大梁，整车的重量相应减轻，相对于半承载客车其燃油的经济性也得以较大提高。

自 1990 年代中期以后，"全承载"作为客车制造中的一种"洋技术"开始被引进到中国客车制造行业。但直到新世纪初年，仍只有"安凯客车"等少数几家客车制造厂试用这种制造技术，并且生产的全承载客车数量也有限，对中国客车市场的影响微乎其微。

"在我国已正式加入世界贸易组织的背景下，就汽车制造领域而言，与世界汽车制造一流技术水准对接，向世界汽车品质看齐，这已成为当前和未来一定时期的大趋势。"上饶客车市场重新定位中，确立的·"全承载客车"这一发展方向，就是温显来基于对我国客车制造和市场现状调研、对新世纪我国客车发展大趋势研判后，所作出的一个重大决定。

但同时温显来又特别强调，上饶客车要大力研发具有自主知识产权的全承载客车。因为，只有具有自主知识产权，才能让上饶客车拥有核心竞争力！

上饶客车强大的研发平台和技术力量，终于不负重托，在德国专家的指导下，上饶客车将飞机制造的鸟笼式全承载车身结构，与自己独创的发动机后置技术完美组合，开发出了自主创新的全承载客车。

这一创新，实现了客车以底盘技术为中心向以整车技术为中心格局的重大变革，对我国的客车工业产生了重大而深远的影响。

由此，上饶客车成为我国率先拥有自主知识产权的全承载客车之一。

正如温显来所研判分析的那样，全承载客车的市场发展速度之快，超出了全国客车制造厂家的预期。全承载技术因优越的性能，越来越受到客车厂家和消费者的青睐，已经成为高档豪华客车的标志性技术之一。

今天，回顾我国新世纪客车发展历程可以看到，2005 年前后，正是全承载客车的一个重大分水岭。

在此之后，全承载客车开始以快速发展之势，跻身于我国客车技术创新的第一阵营。

上饶客车实施的技术突破创新是全方位的，每一道技术的改进、每一个环节的创新，共同融合为上饶客车日臻优越、完善和卓越的品质：

——在油控环节，采用电子油门踏板，为客户控制耗油量，从而降低客户的运营成本。

——针对北方寒冷地区柴油机启动困难的特点，上饶客车独具匠心设计了"油路切换系统"，配备了两种燃料油箱。车辆使用过程中，冬天里先用"10 号"柴油启动,运行中再切换到使用"0 号"柴油,降低燃油成本。

——针对南方炎热天气，夏天车内外温差大的因素，上饶客车人性化地设计了"空调冷凝水降温系统"，采用空调运转的冷凝水给车身降温，既节约了能源，又给乘客舒适清凉的乘车享受。

——针对团体客车，上饶客车特选大承载能力的东风专用客车底盘，为厂矿机关和学校等企事业单位开发出承载能力更大、座位更多的客车，最大限度地满足客户对座位数的个性需求，也给客户创造了更加经济的使用效益。在校车方面，针对校车标识、反光腰线、安全门等问题作出了快速反应，使产品符合市场要求，增强了客户满意度。

…………

短短几年时间，上饶客车推陈出新，自主研发的团体客车和全承载旅游客车相继问世，客车产品以崭新的面貌展现在世人面前。集纳国内先进技术、引领市场新潮流的上饶客车，开始频频赢得大江南北的客户、国内国际市场和客车制造业界的好评青睐：

2004年，上饶客车各款新车型陆续在省内外客车展中参展，几乎每一场展览中都成为令参观者眼前一亮的风景，各地媒体的"汽车专栏"纷纷进行图文并茂的报道。

同年，上饶客车五款车型客车代表中国客车最新技术和产品之一，赴越南参加"中国客车越南巡展"，再次赢得高度赞誉与好评。

同年的7月23日，20辆上饶客车出口孟加拉国。这标志着，上饶客车在退出国外客车市场数年之后，又重返国际客车市场！

赢得客户、国内国际市场和客车制造业界好评青睐的上饶客车，在2005年开始赢来越来越令人欣喜的销售格局：

江西省内市场，仅仅半年左右时间，上饶客车实现了在省内市场销售量翻番的喜人局面。

在省外市场，上饶客车纷纷重返原来的重点省市。同时，新的省市销售市场开辟速度同样令人惊喜。

…………

2005年，上饶客车从新产品研发到市场销售再次跃上新台阶。

这一年的一季度，上饶客车的生产总订单同比增长近一倍，全承载客车订单增长 60% 以上。

再到 2006 年，上饶客车全年销售保持了 200% 以上的增长速度！其中，上饶客车的旅游车型，荣获"中国最佳旅游客车"称号。上饶客车的海外市场进一步扩大，继批量出口孟加拉国之后又先后出口哈萨克斯坦等国，名列江西机械工业出口企业前十强。

2006 年 4 月，上饶客车"畅远"、"致远"、"天翼"、"天宇"、"劲翔"等八款新客车亮相"江西省汽车知名品牌推介会"，赢得了推介会上阵阵热烈的掌声。

见证和感受着这一切，莅临推介会开幕仪式的江西省委、省政府主要领导更是握着温显来的手，深情鼓励、寄语他再接再厉，继续以技术创新为引领，再创上饶客车厂辉煌，让上饶客车这张上饶城市名片和江西汽车品牌名片，成为驰骋于国际国内公路上的一道道风景！

这一年，上饶客车捷报频传。国内销量较前一年再一次实现稳步增长，

上饶客车这样的发展态势，引起了整个客车制造业界的强烈关注。全国各级汽车行业主管部门、客车协会领导、专家，客车生产厂家的负责人，纷纷先后来到博能上饶客车厂考察、参观和学习。

"坚持把科技创新作为企业发展的根本动力，特别是围绕市场和用户，注重技术创新，提升产品质量。"这是上饶客车厂实现凤凰涅槃的关键要素。

再看博能上饶线材厂如何实现腾飞巨变。

一直以来，上饶线材厂的"方圆"牌线材产品畅销国内外，具有很高的知名度和美誉度。经过对国际国内线材行业发展的深入了解分析，温显来认为，世纪之交上饶线材厂发展逐渐面临的压力，一方面是来自国际国内线材市场发展本身，另一方面则是来自我国线材行业政策的调整。

电线电缆制造业是国民经济中最大的配套行业之一。其发展受宏观经

济状况、国家政策、产业政策走向以及各相关行业发展的影响，与国民经济的发展密切相关。从二十世纪九十年代开始，由于国民经济建设与发展的需要，我国电线电缆行业经历了爆发性的扩张阶段，到世纪之交，我国电线电缆行业整体已处于供过于求的状态。

然而，温显来却在线材行业发展走向的趋势中，看到了巨大的潜在市场——特种线材市场！

线缆行业格局将会进行一次重新洗牌，一批符合新时期的电线电缆企业将迎来飞速发展，而作为电缆中一匹"黑马"的特种电缆也将大有可为。

可以在特定场合使用的电缆，比如可以耐高温、耐酸碱等。相对于量大面广的普通电线电缆而言，具有较高技术含量、较严格使用条件、批量较小、附加值较高等特点。

上饶线材厂从调整产品结构入手，着力提升温度指数达180—200级的耐高热冲击、耐冷冻剂性能的特种漆包线生产能力。为此，高科技、高附加值产品的市场销售量大幅度提高。特种线产销同比增长75%，占漆包线销量比例升至30%左右。

此外，企业还突出产品质量攻关，降低次品率，有效控制生产成本，产品以质优价廉占领浙江、福建、广东等新市场，并首次出口泰国、越南等东南亚国家。

2004年,博能上饶线材厂生产各类漆包线1.59万吨,实现销售收入4.92亿元，在国内同行业仍保持领先地位。

实现脱胎换骨之变的上饶客车厂和异军突起的上饶线材厂，给重组后的江西鑫新实业股份有限公司带来了前所未有的巨变。改制仅仅几年，赢得了上饶市委市政府、上饶客车厂和上饶线材厂的原国企职工、鑫新股份的股东等各方满意和赞誉。

由此，博能集团控股鑫新股份、兼并重组上饶客车厂和上饶线材厂这一国企改革案例，在江西国企改革进程中产生了典范效应，也为江西省国企改革的下一步突破提供了具有很强借鉴意义的经验。

于博能集团而言，新世纪之初这五年，在其发展历程中无疑是具有里程碑意义的五年。

历经这五年，博能集团不仅规模实力大大增强，而且更为重要的是，以客车和线材这两大制造业的挺立，从此铸就了博能集团在制造实业产业领域中的坚实崛起。

气势恢宏的五年之中，温显来引领博能集团，终于实现了以工业制造实业为中流砥柱的大型民企集团的全面深度转型。

在温显来的眼光里，这正是重大而深远意义的所在。

第四节　从容迎接地产业春天

世纪之交，在改革开放波浪壮阔的进程中，众多自二十世纪九十年代酝酿萌发、探索成长的新行业和新产业开始迎来蓬勃发展的先机。

房地产行业就是其中之一。

全国房地产行业的这一发展先机，就是全国一线城市和省会城市，房地产迎来了空前的大发展。

2000 年初，我国福利分房制度终止，货币化分房方案全面启动，预示着市场即将迎来这一契机的早春气息！

此时，全国房地产行业发展的现实状况，正与温显来在 1998 年初对房地产产业时所分析研判的那样——市场高速成长期开始到来。

让我们的目光再回到博能集团房地产产业的发展上。

上饶世纪花园这一大型现代住宅小区的成功打造，使得博能集团无论是在房地产业的企业实力资质（一级资质房地产企业）与品牌知名度、美誉度方面，还是房地产项目的整体运营打造、专业人才队伍的建设等方面，都已具备了承接房地产多项目、大项目的基本条件。

在这样天时地利的时间节点，博能集团面临迎接房地产发展的巨澜奔涌而来，温显来知道，选准顺立全国房地产蓬勃发展的潮头，定将赢得博能集团在这一行业不可限量的发展！

那么，顺立全国房地产业蓬勃发展的潮头将选在哪里呢？

2001年初一个乍暖还寒的日子，温显来带领着博能集团房地产部门的高管层，来到江西省会城市南昌。

站在竣工不到五年时间、来往车辆川流不息的八一大桥桥头，随后又停车驻足于南昌大桥桥头，温显来放眼而望隔江对岸的那一片阔大的荒草滩涂——南昌市郊红谷滩。

这是沿赣江上下游延伸，位于南昌市城区与新建县中间地带的一片近郊荒草滩涂，除了远处紧邻新建县城周边的地方有零星的一些低矮房屋，滩涂上可见敞放的悠闲牛群之外，视野之内几乎再无其他。

然而，就是眼前的这样一幅情景，却令温显来心潮澎湃。

"博能集团在房地产业领域的下一步大发展，就将从这里起步！"温显来的语气充满着自信激情，临江放眼而望，他情不自禁，以"指点江山"的气势向博能集团房地产高管层阐述他已酝酿构想成熟的博能房地产发展蓝图。

"几十年来，南昌城市的发展一直只停留在赣江一侧。改革开放尤其是九十年代以来，经济的快速腾飞和崛起，已使南昌城区显得越来越拥挤，与南昌现代化都市的建设打造也逐渐不适应。新世纪南昌城市的发展，首先就是要突破老城区地域等各方面的限制，拉大城市框架……突破的方向，现在就定在我们对岸的那片荒草滩涂……"

"现在，南昌城市发展的大规划，一方面是进行老区城的大面积提升改造，着力建设花园城市；另一方面，就是大力建设红谷滩新城区。最终形成南昌'一江两岸'的城市发展格局蓝图。"

"从江西房地产最大潜力的区域来看，机遇在哪里？不就正在赣江对岸我们眼前的那片荒草滩涂上么？！"

…………

其实，在率博能集团房地产高管前往南昌考察，温显来已是胸有蓝图——对新世纪江西发展新战略的热切关注，使得他及时了解到了南昌"一江两岸"的建设规划，并敏锐意识到其中之于博能房地产发展的难得大好机遇。

显然，温显来是敏于机遇，方才率高管层来南昌进行实地考察。

"我们博能房地产下一步快速发展的重大机遇，就在这里！"在考察过程中，博能的每一位同仁无不豁然开朗！

温显来关于博能房地产下一步发展的定位，判断如此敏锐准确：按照南昌"一江两岸"城市发展格局规划，新开发建设的红谷滩新区，将用一流的规划理念、一流的建设标准，把新区建设成代表南昌未来水平和实力的标志性区域，使之成为南昌的新行政区、新商务区、新文化区、新生活区、新商业区和新休闲中心。这片不毛之地将"脱胎换骨"，成为一座"生态、低碳、智慧、文化"之城。

对于房地产开发企业而言，这该是多么令人心潮涌动的难逢机遇！

于是，在 2000 的春天，博能做出重大决定——将地产项目重点发展区域转向南昌红谷滩新区。

又一个一年后的春天，红谷滩新区建设正式启动。在新世纪伊始，南昌城市建设的精彩篇章，也由此激情掀开了第一页。

而博能房地产，是最初几乎与南昌市红谷滩新区建设启动同步的最早几家房地产开发企业之一。

经过几年在房地产项目上的实践探索，温显来从上饶世纪花园项目的成功打造中深刻认识到，新时期房地产产业的发展，不仅仅是在国家停止福利分房政策下所带来的巨大住宅需求量的释放，而且在城市居民的住房理念改变和住房质量改善上，也正迎来巨大变革。

基于这样的认识，特别是来自几年房地产项目打造和运营实践中积累的经验，温显来对博能房地产移师江西省会城市南昌后的发展，在原来"品质居住"理念的基础上又提升到"现代人居"的理念。

"红谷滩新区可谓遍地是机遇，但对一家房地产开发企业来说，也充满着考验。"温显来深知，在这片生机勃发的新城上打造一座"现代人居"的楼盘，必须要成为其中的一方经典景致。

这也是博能决心再领全省房地产开发理念之先的追求目标！

心怀这样的追求目标，博能郑重拿下了紧邻南昌大桥桥头的一宗住宅地块，决定斥资三亿元，开发建设"理想家园·泉水湾"住宅小区项目。

这标志着，博能房地产正式进驻南昌市场！

"要将'理想家园·泉水湾'项目打造成为南昌现代人居楼盘的典范！"博能的开发建设理念，从进驻红谷滩这一住宅小区项目开始，就得到了南昌市红谷滩新区管委会的高度认可。

而随着"理想家园·泉水湾"一天天拔地而起，当建成的小区完整呈现在人们面前时，迅速成为一个吸引购房者人气的楼盘。

徜徉在"理想家园·泉水湾"小区内，浑然天成般的人造水系、移步换景的绿化，以及回廊、亭台与小径，这一切共同营造出整个小区宁静致远、心旷神怡的景致。对于从来都认为城市居住即是高楼一栋接一栋、住户一户挨着一户的居民来说，面对这样的充满诗意居住环境的住宅小区，怎能不眼前为之一亮，又怎能不怦然心动！

"真没有想到，也从来没有想过，我们城市居民的住房环境可以是这样的！"几乎每一位走进"理想家园·泉水湾"楼盘参观或是选购房子的人们，都有着这样相同的内心感受。

2005年，在《江西日报》《江南都市报》及大江网等江西主流媒体展开的"南昌最具影响力楼盘""江西十大经典楼盘"等评比活动中，"理想家园·泉水湾"连连榜上有名！

自然而然，"理想家园·泉水湾"一期开盘后便出现销售火热的局面也就在情理之中了。

"理想家园·泉水湾"项目的成功打造，为博能房地产赢得的不仅仅是丰厚的投资回报，更有作为房地产开发企业——华能房地产良好的品牌形象和企业影响力。

是的，博能房地产在稳健发展的蓄积中开始发力——立足省会城市南昌，渐次向江西各设区市强势挺进的发展方向。在江西宜春市开发总建筑面积24万多平方米的"理想家园·都市春天"，汇聚"上饶世纪花园"和"理想家园·泉水湾"两大经典楼盘之理念精华，而又具更为丰富的创新内涵。而作为正式进军江西设区市城市的房地产项目，"理想家园·都市春天"这一楼盘的打造成功，也意味着博能房地产初入江西地方城市市场，就靠品质和实力赢得了其地市发展战略成功的第一步！

博能房地产板块，也成为新千年博能集团发展开始走出上饶的开端。

第七章
横纵开辟产业"新蓝海"

回眸一路征程，备感岁月峥嵘。

历经新千年第一个五年的纵横捭阖与砥砺而进，博能集团倾力打造的工业制造产业异军突起、势如破竹。同时，集团房地产、贸易、酒店及城市能源等产业，亦快速均衡发展。

从 1996 年成立集团公司，确立产业多元化发展战略，到 2006 年前后博能集团以客车和线材生产制造为中坚产业、以城市新能源与房地产为优势产业、以贸易和酒店等为基础产业的集团产业格局已然形成。

与此同时，占地近千亩的一流现代产业园——博能产业园落地上饶经济开发区。

至此，无论是在产业规模上，还是从企业整体实力而言，博能集团都已是"航母"级的民营企业。

博能集团的多元化发展战略已走过十年历程，即将从崭新起点破浪前行。温显来确立了引领博能企业"航母"驶向壮阔发展之境的全新战略——从既定的产业纵深推进航向，做强博能集团现有产业；从国家新兴战略产业新领域再定新产业，打开横向做大博能产业规模的发展新"蓝海"。

　　又是一个五年，在国内外经济发展形势错综复杂、产业大潮激荡涌动的进程中，博能集团整体规模实力稳步攀升壮大。

第一节　构筑一流现代产业园

工业园区，是改革开放进程中应时而生的产物。

回望改革开放中我国经济发展崛起历程，可以清晰地发现，以民营企业为中坚力量的区域产业经济崛起过程，几乎都是在某个产业集中的区域出现爆发式增长点，渐而带动和引领整个区域的产业蓬勃崛起。

深圳、珠海、厦门等经济特区是这样，上海、温州与宁波这些城市同样如此。

这些产业集中的区域，就是我国最初形态的工业园区。

工业园区内的产业从不断集中再到集聚，通过集聚效应和扩散效应，同时带动区域经济快速发展，在地方经济发展版图之中起到了"增长极"的突出作用。同时，工业园区也担负了一个地方现代化产业建设的重任。

对于工业园区的企业而言，可借助于现代化的园区产业大平台，汇聚先进技术和服务等生产要素，实现自身产业发展腾飞。

自二十世纪九十年代至新世纪初，工业园区的发展从经济特区、到沿海开放城市、内陆省市，后来又再扩大到西部地区。而园区的类型，也由经济开发、高新技术开发区、出口加工区、保税区等，逐渐向多功能、专业化发展。

2001年，江西省委、省政府确立了"以工业化为核心，以大开放为主战略，努力实现江西在中部地区崛起"的发展战略，由此拉开了工业园区建设的序幕，一座座各级各类工业园区成为江西经济发展的一处处亮点。

作为江西"东大门"的上饶市，自改革开放以来尤其是从 90 年代中后期开始，借助于良好的区位优势，积极对接浙江、福建等民营经济发达地区产业，不断加大招商引资力度，到新世纪初已形成了良好的产业基础，上饶民营经济的发展也亮点纷呈。

在江西省新战略确立和推进实施的过程中，上饶市委、市政府深刻认识到，打造现代化工业园区作为大平台，对于全面提升上饶工业水平和积极承接浙江、福建及长三角、珠三角等地区的产业梯度转移，从而快速形成上饶优势产业体系与实现工业快速崛起具有重大意义。

正是站在这样的认识高度，2001 年底至 2002 年初，上饶市以只争朝夕的紧迫感大手笔规划全市工业园区，全面开启上饶工业园的建设。

特别值得一提的是，从规划工业园建设一开始，上饶省委、市政府还以极具前瞻的眼光，把全市工业"退城入园"纳入到工业园建设规划之中，即全市工业企业今后逐步进入工业园发展。而这，正是新世纪之初江西省委、省政府决策全省工业园发展的大方向。

"一家现代化工业企业，必须具备现代化的整体一流技术。因此，上饶客车和上饶线材这两大工业项目，要在将来成为一流企业，那建设拥有一流人才、技术和设备、集研发生产与销售为一体的现代化生产基地，就势在必行。"温显来更深切意识到，这是博能集团未来向着现代化企业集团发展的必经之路。

从 1996 年到新世纪初，在确立和发展多元产业项目时，温显来在深圳、东莞及福州等地深入考察过程中，耳闻目睹了那里先进的工业园区和园区内拥有一流技术设备的企业。特别是在因兼并重组上饶客车厂、上饶线材厂而深入考察同行业企业期间，他内心更是深受震撼。

"纵观现在走在全国汽车制造前列的企业，哪一家不是拥有一流的生产基地，装配了一流的生产线，引进了一流的先进技术。不仅汽车制造领域如此，其他行业中的领先企业也同样如此。"

温显来在考察中渐渐敏锐意识到，历经九十年代全国经济的发展腾飞，从世纪之交到新千年之初，我国现代化的工业制造从技术水平到发展模式，正在发生深刻变化。最为显著的方面，在温显来的理解中，就是集成国内外先进制造人才、技术和生产方式，形成强大而先进的现代制造生产能力。

是的，从九十年代中后期到新世纪之初，改革开放带来的视野巨变以及世界经济一体化进程步伐的加快，以现代先进集成技术为重大突破，正全面与深度地推进我国工业制造的现代化。

在温显来看来，从沿海地区到内陆省市正蓬勃发展的工业园或经济开发区，就是现代制造工业企业的集成大平台。而工业园或经济开发区内的企业，就是集成本企业现代制造技术水平、人才等的承载平台和先进生产基地。

…………

于是，在兼并重组上饶客车厂、上饶线材厂的过程中，一项着眼于未来长远发展、志在赢得行业领先地位的子规划，也渐而成为温显来整体规划中的重要内容。

这一子规划，就是着手构建博能集团现代化的产业园！

"作为承载博能集团现有制造产业一流技术设备、生产工艺及专业技术人才聚集的大平台，我们将来的博能集团现代化产业园，是要构建起博能集团现代化的工业制造大平台，依托这一大平台构筑起博能集团在现代制造业深刻巨变进程中的强势崛起格局……"

当博能集团关于构建集团现代化产业园的构想提交到上饶市政府时，随即得到高度重视。

事实上，此时上饶市正在整体规划新世纪全市工业体系的建设发展。

这一整体规划包含两大领域内容。其中一项便是将上饶客车厂和上饶线材厂这两大重点企业列入全市工业企业"退城入园"的规划之中。

上饶市委、市政府同时也更希望，上饶客车厂和线材厂乘进驻工业园这一机遇，在新生产基地建设、新技术设施配备和专业人才引进等一系列方面，全面提升上饶客车和"方圆"线材的技术水平和生产产能。

在上饶确立工业强市战略，正着力大手笔规划和推进工业园建设的重要时间节点，博能集团着眼现代产业基地打造的规划构想，与全市经济实现新世纪腾飞的规划蓝图如此吻合。

因而，规划建设中的博能产业园受到了上饶市的高度重视。

按照博能集团的整体规划，占地近千亩的博能产业园主要分为三大部分建设：一是博能线材产业园。占地面积200余亩，规划建筑面积13万平方米，分两期建设。线材产业园全部建成达产后，年销售收入可达40亿元，将成为行业领先并具国际竞争力的企业。二是博能客车产业园。占地面积近400亩，依据德国客车专家指导，由东风汽车设计研究院设计，预计年产能6000辆客车。三是博能创业总部。占地面积392亩，主要包括办公及产品展示区、高新技术孵化区、综合服务区及房地产开发。

"两大产业园区的建成，将形成博能集团客车与线材两大产业项目坚实先进、有强大承载能力的工业制造一流平台，同时也逐步聚集博能集团相关工业产业项目。"

显然，温显来这一布局的深远战略意义，是为集团未来中流砥柱的工业制造产业构筑起现代化的一流承载平台！

从江西上饶市出城区向西、连接上饶县城的区域，这里曾是寂静连绵的广袤荒山。

但从2003年开始，这里一座座山丘被推平，日渐汇聚成为一片紧张忙碌的大工地。到2006年前后，已有一条条崭新的水泥道路在这里纵横交错，一座座花园式的工厂连片成群，车间厂房里传来机器鸣响，现代化的生产流水线上忙碌着工人们的身影。

…………

这就是自新千年之初开始，上饶规划实施和倾力推动工业崛起战略的热土——上饶经济开发区。

2003年，与上饶工业园如火如荼的建设同步，博能产业园的建设始终是上饶工业园偌大建设工地上一幅最激动人心的场景。

博能产业园项目施工进度快、规格高，无论是单体项目还是整个三大部分项目，在整个上饶市工业园的在建项目中都是大规模和高规格的！

在上饶工业园的核心园区，博能产业园以日新月异的速度拔地而起，逐渐呈现在人们面前。

经过几年的大力建设，2006年，这方跃动着勃勃生机的现代工业园区，已连成方圆数万亩之巨，随着已建成的企业陆续进驻园区，上饶经济开发区所规划确立的主要产业集群也初具雏形与规模。

也正是这一年，上饶经济开发区被江西省人民政府批准升格为省级经济开发区，同时被列为江西省现代工业园区的样板之一。

上饶经济开发区如此快速发展与规格跃升，与博能产业园建设的速度及主导产业的准确定位密不可分。

上饶经济开发区在向外界介绍经验时，几乎每次都要以博能产业园为例。

"就犹如一个人的成功需要事业舞台，一家企业要实现深远发展目标，也就不能没有一方承载先进技术等生产要素的产业平台。"在思考和规划过程中，温显来又提出，博能产业园的建设一定要为博能集团当前和未来产业现代化留有足够的空间，体现前瞻性的眼光。

上饶客车新生产基地项目，占地近400亩，厂房建筑面积6万余平方米，聘请德国客车专家指导，由东风汽车设计研究院设计，设计定位为"迄今为止国内最大的客车联合厂房"。建成后的联合厂房拥有冲压、焊装、涂装、总装等生产线和检测线，具备年产传统客车4000辆及新能源客车、特种车2000辆的生产能力，努力打造成全国一流的客车制造基地。

经过两年的建设，一期项目全部完工并投入使用。

这座在客车行业居领先水平的现代化工厂，集聚了一流的加工、焊装、涂装和检测装备，拥有全承载和半承载客车两条兼容性生产线，能够满足不同规格、型号产品的生产需要。其中，底盘、焊装、涂装和总装等主力车间采用21米四连跨、柱距18米的超大钢结构，联合厂房长达275米，是当时行业内最大的厂房。此外，厂区内花草树木环绕，道路及广场面积达2万平方米，绿化面积近60%，宛如一座花园式工厂。

特别值得一提的是，在工业园建设过程中，德国奔驰客车公司前CEO肯波夫先生多次不远万里来到上饶，参与上饶客车新工厂的设计，为客车产品开发和工艺技术"问诊把脉"，培训员工，使员工从认识上、制度上、技术上与世界一流客车水平接轨。

与德国奔驰公司进行长达四年的合作，使欧洲莱茵河畔工业文明的火种开始在上饶客车绽放燎原。

博能汽车新生产基地的建设，再次吸引了全国同行业的目光，业界同仁们纷纷惊叹：新世纪这最初几年，上饶客车厂的蝶变华丽而神奇！

而作为博能产业园重要组成部分的线材厂，在新生产基地全部实现了技术设备的现代化，产能极大提高。尤其是在特种线材方面，更是建成了集成国际国内一流技术设备的特种线材生产流水线。

博能集团创业总部的建设，在温显来的主导下，充分引入当时还只是在深圳、珠海等经济特区工业园刚刚兴起的企业总部建设理念模式，高度注重产业研发，特别是孵化平台的建设以及配套设施的完善。如建设了条件优越的人才公寓，为博能产业园引进高端人才做好充分准备。

…………

2007年前后，博能集团总部及上饶线材厂、上饶客车厂退城入园，实施整体搬迁。

具有一流水平的现代产业园的建成，无疑为博能集团工业制造产业铸就了坚实的产业发展大平台。企业整体基础平台脱胎换骨的蜕变，更标志着博能集团各个产业尤其是工业制造产业的全面提升飞跃。

第二节　先发而进新能源客车

每一轮时代大潮的推进中，都交织着新旧产业的兴起与式微。

新世纪的第一个五年里，制造产业领域在新技术革新的浪潮之下，依靠现代工业技术革新、实现产品创新的趋势已锐不可当，一个个产业竞争发展的"蓝海"正在缓缓开启。

五年后，这一竞争发展态势，显现得更为明显强劲。

今天，回顾新千年第一个十年里我国汽车产业的发展轨迹，可以清晰地看到，这十年之中，我国汽车工业的强劲崛起，始终是由两大技术创新层层推进的。

一是传统燃油车的产品技术创新，新车型得以不断开发，新技术得以不断应用。风起云涌、千帆竞发的创新竞争态势，大力推动了新世纪我国汽车工业的蓬勃发展。

二是新能源汽车从技术引进、自主研发到推广运用。

由于新能源汽车技术标准要求高，消费者认知和接受程度有限，市场起步缓慢，新能源汽车一直排除在全国汽车产业的主流浪潮之外。

2008 年前后，席卷全球的金融危机几乎对整个国家产业产生深度震撼，同时，可再生能源技术、节能减排技术、清洁煤技术及核能技术等新能源领域内的技术革新，以大潮涌动之势，推动新能源产业迅速发展崛起！

这其中，新能源汽车产业乘势而起。

九十年代中后期，随着世界各国汽车数量的剧增，为缓解全球环境污染日益严重的巨大压力，遏制汽车尾气排放污染，寻求汽车新的清洁能源势在必行。

在国务院发布的《关于加快培育和发展战略性新兴产业的决定》中，共有七大新兴战略性产业。其中，新能源汽车产业单列一项，《决定》提出：着力突破动力电池、驱动电机和电子控制领域关键核心技术，推进插电式混合动力汽车、纯电动汽车推广应用和产业化。同时，开展燃料电池汽车相关前沿技术研发，大力推进高能效、低排放节能汽车发展。

"发展新兴战略性产业，是中国立足当前渡难关、着眼长远上水平的重大战略选择，既要对中国当前经济社会发展起到重要的支撑作用，更要引领中国未来经济社会可持续发展的战略方向。"

来自国家高层的声音，代表国家战略层面对新兴战略性产业的高位推动。

正是在这样的背景之下，我国从世纪之交就开始起步探索的新能源汽车，这才渐渐进入人们的视野。

为响应国家号召，全国清洁汽车行动协调领导小组成立。为解决清洁汽车推广应用中的关键性技术难题，科技部在"九五"国家科技攻关计划中安排专项资金，设立了"清洁汽车行动关键技术攻关及产业化"项目。

1999年4月，国家科技部等有关部委联合组织实施了一项空气净化工程——清洁汽车行动。上海被列入首批试点示范城市，对运行频率最高的出租汽车进行新型燃料使用创新探索。

新世纪初，我国专业科研机构在新能源汽车的技术创新路径下，开始逐步取得新能源汽车核心技术领域的一系列重大突破。这其中，有不少是属于自主知识产权的核心竞争技术突破。我国新能源汽车从技术掌握、突破到实现产业化生产，已开始具备了条件。

也是在这样的背景之下，人们惊讶地发现，博能集团早已在新能汽车领域先人一步。

这一步始于 2004 年，源于温显来放眼国内外汽车工业发展大方向下的敏锐洞察。

"从新型燃料的创新研发切入，努力打开上饶客车又一个新的发展方向。"

至此，博能集团汽车制造领域的创新突破，与我国汽车产业沿着两大技术创新整体推进的轨迹，已经完全吻合。

2005 年初，上饶客车研发的 SR6103 型公交大客车，采用 CN6102N-2 型天然气发动机，车底置有气体钢瓶，一次充气可连续行驶 300 公里。

其时，恰逢孟加拉国客商来华选购中国客车，从众多的客车企业中，选择了上饶新型公交车——SR6103 型公交大客车，一次性订购了 20 辆。同年 7 月 23 日，这 20 辆天然气公交大客车完工，经国家商检局检测，客车质量全部符合标准，批准交付出口。

令人无比欣喜的是，孟加拉国商务部助理和该国客运业主来上饶客车厂验车，对客车质量表示满意，又续订了 20 辆。

这一年，SR6103 型新能源公交大客车的订购车辆总数，突破了 100 辆。

迈向新能源汽车第一步的成功，让温显来更加确信这一创新突破方向的正确性，这也是上饶客车实施差异化发展战略中的又一重大突破。

…………

2009 年，当国家新兴战略性产业发展方向确立，发展目标明确，这一切带给了博能集团对汽车制造产业驶入新能源汽车这一新"蓝海"的无限激情畅想。

而博能现代产业园的建成，正为博能新能源汽车产业的崛起，提供了强大的技术聚合与承载平台。

正逢此时，江西在全国率先提出实施战略性新兴产业发展规划。在江西的十大战略性新兴产业规划中，新能源汽车产业赫然在列。

"这意味着，从国家层面到地方层面，对于新能源汽车的发展已开始纳入到重大战略性规划。"温显来为自己几年前对新能源汽车未来发展前景的研判感到十分庆幸，更为博能集团几年来在新能源汽车发展中所进行的探索努力而激动兴奋。

是啊，在国家已明确将新能源汽车产业发展上升为国家战略层面之际，博能集团历经数年的探索实践，已在新能源汽车的技术引进、产品研发和人才储备等方面具备了基础性承载能力。

新能源客车项目，契合了国家加快制造业转型升级，增强制造业核心竞争力的战略方针，属于关键技术实现产业化重点项目。这意味着，被确立为博能集团工业制造重点方向的新能源汽车，不仅符合江西省新兴战略性产业发展规划，而且上升到国家战略性新兴产业的高度。

确立一项新兴技术产业，最为重要的就是对核心技术的掌握。

此时的新能源汽车产业在我国正处于发轫阶段，从技术研发端到产业制造端都刚刚起步。

"从技术研发端进入，首先完成我们在新能源汽车产业上的技术储备。"温显来认为，对新能源汽车制造一整套技术的拥有和掌握，是博能新能源汽车产业创立的关键前提。

新兴战略性产业要真正掌握关键核心技术，否则就会受制于人。

与此同时，温显来也十分深刻地认识到，就上饶客车目前的基础实力尤其是研发能力而言，一时难以具备掌握核心技术的条件。

"与国内新能源汽车技术最强能力的研发中心联合，可以实现这一目标。"温显来认为，走产学研结合的路径，不仅契合了国家关于新兴战略性产业发展的方向，还能让博能的新能源汽车产业一开始就立足技术前沿。

在随后对国内外新能源汽车产业技术的深入了解中，温显来把目光落在了中国科学院。

多年来以来，中国科学院专注于新能源汽车领域的研究，具有一流的技术、人才和研发能力，而且在电动乘用车和电动商用车领域的研发和推广中，取得了令人瞩目的成果。

温显来率高管层一次次走进中国科学院，阐述博能集团对新能源汽车发展的深刻认识与未来规划，恳切希望借助中国科学院拥有的新能源前沿核心技术，阔步迈向新能源汽车产业，表达在实现博能新能源汽车产业崛起的同时，也助推我国新能源汽车产业的快速稳健发展的希望。

在得知博能集团对新能源汽车产业发展的深刻洞悉，特别是早在2004年就迈出了新能源汽车探索发展的步伐，几年来已累积了新能源汽车发展的初步基础，中国科学院欣然将博能集团的意愿纳入战略考察。

随后，中国科学院派出的考察团队来到江西，走进博能集团产业园，对技术承载平台能力、新能源汽车发展规划、新能源汽车产业基础等展开了全方位深度调研。

调研结论显示：无论是几年来在新能源汽车产业基础性技术的积淀方面，还是在博能产业园依托上饶客车一流汽车制造技术设备的承载平台方面，尤其是对未来新能源汽车产业发展的高远定位，都充分表明博能集团完全具备承载实现中国科学院新能源汽车技术产业化的条件。

2010年9月1日，中国科学院与博能集团在南昌举行新能源汽车项目战略合作签约仪式。

中国科学院与江西博能集团这一战略合作，不仅在江西汽车工业领域，在全省各界都引发了广泛关注。江西省科技厅、工信委等行业主管部门更是热切回应，表示将全力支持项目推进实施。

这一战略在全国新能源汽车业界先人一步，整体技术领域高端对接，合作的远景目标明确提出：中国科学院与江西博能集团将强强联手，在江西上饶博能产业园打造国内领先、国际知名的新能源汽车研发基地，开启江西新能源汽车产业新时代。

博能新能源汽车产业发展的"蓝海"方向已打开，与国家新兴战略性产业同步崛起，没有理由不令人充满憧憬和期待！

第三节　敏锐播下金融业的种子

对于产业发展的新"蓝海"，在温显来的视野中有纵横两大维度。

在纵向维度，他深刻洞悉了新千年产业大潮涌动中技术革新所延伸出的产业新"蓝海"。在横向维度，他敏锐聚焦顺应时代应运而生的新产业、新行业。

2010年，在横向维度上对新产业、新行业的敏锐洞察，温显来又逐步将金融产业确立为博能集团的又一项新产业。

金融业是涉及国家经济运行安全的行业，因而，在各行业领域的改革中，人们记忆里除了二十世纪九十年代民生银行的创立之外，金融产业改革"松动"的空间一直不大。

但在2005年，情况发生了令人欣喜的变化。

2005年2月24日是个历史性的日子，《国务院关于鼓励支持和引导个体私营等非公有制经济发展的若干意见》（俗称"非公经济36条"）发布。

这是中华人民共和国成立56年来第一次以中央政府的名义，发布鼓励支持和引导非公有制经济发展的政策性文件，这是中共十六大之后，中国民营企业期盼已久的关于非公经济发展的一份非常及时和重要的纲领性文件。民营企业家们把它视为2005年春天最好的礼物。

半个月后，中国内地第一家民营航空公司——奥凯航空有限公司成立，民营资本从此进入了民航业。奥凯航空的首航被人们看作是一个重大信号———一些长期以来没有向民营企业开放的行业，将逐步向民营企业开放。

坚冰被打破，这确实是民营经济发展的"报春第一枝"。

"放宽非公有制经济市场准入。"在"非公经济36条"的第五条中，明确提出允许非公有资本进入金融服务业：在加强立法、规范准入、严格监管、有效防范金融风险的前提下，允许非公有资本进入区域性股份制银行和合作性金融机构。符合条件的非公有制企业可以发起设立金融中介服务机构。允许符合条件的非公有制企业参与银行、证券、保险等金融机构的改组改制。

由此，金融业向民营企业逐步敞开大门。

而事实上，这一次向民营资本开放的金融领域创新改革，是为适应我国经济社会发展而应运而生的。

中小企业融资难一直是困扰和制约着企业发展一大因素，特别是在当时金融危机影响下，不少中小企业因为资金链断裂而陷入困境。去银行贷款，银行需要固定资产做抵押，而许多中小企业厂房都是租赁的或者不动产早已抵押，不可能再贷到钱；通过民间借贷、融资又不规范，利息、风险太高，难以承受；找担保人，许多企业或个人顾及自身利益，不愿担这个风险……

金融是现代市场经济的血液，而金融体系的市场化则是市场经济良性发展的前提条件。

然而，在民营经济体量规模不断发展的过程中，融资难融资贵问题已逐渐突显，制约民营经济发展壮大。金融业如何充分发挥支持民营企业发展的作用，自新千年以来已成为迫切需要研究和解决的课题。

按照国务院关于金融创新改革的主方向，将逐渐形成以专业银行为主体，中央银行为核心，各种银行和非银行金融机构并存的现代金融体系。

正是在这样的金融创新改革方向下，民营资本参与下的小额贷款模式，迈出了探索的步伐。

2005年10月，我国在浙江等五省成立了试点小额贷款公司。

几年中，试点成效表明，小贷公司机制灵活，一笔贷款从考察立项到最终发放，最短的仅需 1 天，最长不超过 10 天。金额小而灵活快捷的小额贷款服务，十分适合"三农"和中小企业领域。

2008 年 5 月，中国人民银行和中国银监会出台《关于小额贷款公司试点的指导意见》，开始逐步在全国各地推广建立一批民营资本运营的小额贷款公司，开辟各地服务"三农"和缓解中小微企业融资难融资贵的新渠道。

在长期产业经营过程形成的对资本运营的敏锐感，让温显来在初步了解小额贷款这一金融服务项目时，就随即意识到其发展前景和意义。

身在民营经济发展领域，温显来对地方中小微企业融资难融资贵情况十分了解且感同身受。因而，从业务经营角度，他认定小额贷款将是一个"不愁业务做"的金融服务项目。

在随后对国家金融创新改革投以深度关注的目光中，在对"非公经济36 条"深入研究的过程中，温显来看到的却是在国家金融创新改革大方向下未来多层次金融服务市场的大格局。

显然，温显来洞悉到了小额贷款金融业务背后，将是各种银行和非银行金融机构并存的现代金融服务市场体系。小额贷款金融业务，亦如民营资本进入航空领域那样，是未来民营金融产业的"报春第一枝"。

金融是一个对团队高度依赖的行业，仅仅依靠个人的战略和胆魄，可能会成功一个阶段，但是最终可能会产生各种问题。

正因为如此，博能集团有意识地引进金融领域人才，等待水到渠成进入金融产业的时机。

企业家的敏锐果敢与沉稳风格，在温显来对涉足金融产业的运筹帷幄中，再一次如此鲜明地体现出来。

2010 年，江西省金融主管部门在全省发展首批小额贷款公司。

随即，温显来与其他几位股东共同组建江西弋阳县恒安小额贷款股份有限公司，同年 3 月 31 日正式开业。

这是上饶市首批小额贷款公司之一。

对国家和地方金融创新改革方向的深刻把握，让温显来及其股东们得以在准确坚守小贷公司经营方向的前提下，掌控恒安小贷公司合规发展。

经营过程中，恒安小贷公司立足弋阳县，秉承"服务支持中小微企业发展"的经营理念，坚持"小额、分散、安全、高效"的贷款原则，为中小企业、个体工商户和"农户"提供高效快捷的金融服务。

在服务"三农"领域，恒安小贷公司积极支持当地特色农业项目的发展，先后为弋阳县"红心猕猴桃"、"西门卡尔肉牛"等项目提供贷款，对江西天施康弋阳制药有限公司在港口镇上坑村种植枫树项目给予资金支持。

近一年的经营运行，恒安小贷公司赢得了良好的社会口碑，赢得了各级金融主管部门的肯定。

在此基础上，温显来正式确定以小额贷款项目作为先导项目，逐步确立博能集团的金融品牌。

2010 年 12 月，博能小额贷款有限公司经批准，在南昌市红谷滩新区市场和质量监督管理局登记成立。

注册资金为 2.4 亿元的博能小贷公司，经营范围及主要业务在南昌市红谷滩新区及其市内周边县域，开展小额贷款业务。

此外，经江西省政府金融办批准，博能小贷公司在国家政策允许范围内，将业务扩展到债券及股票等有价证券交易，开展权益类投资，向金融机构融入资金、贷款转让、发行债券等融资类业务。

博能金融专业人才队伍初步形成，同时又深刻把握小贷公司的使命宗旨，加之恒安小贷公司经营奠定的实践基础，成立后的博能小贷公司各项经营业务稳健快速发展，品牌广泛传播。

小额贷款业务模式，因其十分准确契合了中小微企业及"三农"对灵活方便金融服务的需求，因而短短两年中这支以服务为宗旨的金融新军迅速崛起。至 2012 年，博能小贷公司已成长为江西省小贷公司中的佼佼者。

严格意义上说，小额贷款业务模式还称不上是民营金融产业的范围。但正如温显来当初所判断的那样，这是民营金融产业的"报春第一枝"。数年之后，民营金融产业的发展已呈蔚为可观之势，2012 年是民营金融产业潮涌而起的"元年"。这一年，陆家嘴金融论坛上"扩大民间资本进入金融业"的时代强音激荡在黄浦江畔，国务院在温州市设立金融综合改革试验区的方案悄然实施，银监会《关于鼓励和引导民间资本进入银行业的实施意见》正酝酿出台……

总之，民间资本进入金融领域的大门正逐渐敞开。而数年之后，博能集团在民营银行、互联网金融、股权投资基金、网络小贷等综合金融品种方面取得了成功的探索和实践，当之无愧成为江西民营金融业的佼佼者，这离不开小贷公司的先行先导，由此可见温显来对民营金融业的准确判断！

第八章
远航只为更壮阔的愿景

只有勇立时代潮头，方能成就卓越企业。

回望改革开放进程中那些由小到大、稳健崛起的民营企业，都有一个鲜明的共同特点，那就是，这些民营企业在每一个阶段的发展壮大，几乎无一例外地都踩准了改革开放的时代脉搏。

这其中，在江西乃至全国民营企业界，博能集团可谓典型代表之一。

纵观博能集团发展崛起的历程，其以"五年一次跨越，十年一次飞跃"为显著特征的发展轨迹，无不是与时代列车行进的音符激越共鸣。博能集团发展的每一阶段，在顺应中国改革开放经济大潮中，都锐敏而稳健地抓住了时代所赋予的机遇。

2012 年，博能集团创立发展二十周年。

面向未来的征程，温显来深知，将敏锐洞察时代机遇、勇于创新开拓的精神贯穿于博能发展历程始终，是让企业步履稳健，不断走向强大卓越的核心动能。

如果说博能集团之前实现的"五年一次跨越，十年一次飞跃"是一种时间节点上的巧合，那么以创立发展二十周年为全新起点的远航，则开启了博能集团发展的新时代。

前两个十年，博能做到了江西卓越、全国优秀；第三个十年，博能将志在走向全国卓越、世界优秀。

以三大产业板块"蓝海"为全新发展格局，直面风云变幻的经济变革大潮，博能集团企业"航母"开启了气势磅礴的第三个十年发展征程。

远航，只为驶向更为壮阔的发展"蓝海"。

博能集团又将再一次抒写怎样的精彩辉煌？令人拭目期待。

第一节　择高处立向宽处行

2012 年 10 月，在企业界享有很高知名度的《中国企业家》杂志，刊载了华为总裁任正非数年前写的一篇文章——《千古兴亡多少事，一江春水向东流》。

此文刊发后，随即在全国企业家中间引起强烈反响。

"我们无法准确预测未来，仍要大胆拥抱未来。面对潮起潮落，即使公司大幅度萎缩，我们不仅要淡定，也要矢志不移地继续推动组织朝向长期价值贡献的方向去改革。要改革，更要开放，要去除成功的惰性与思维的惯性对队伍的影响，也不能躺在过去荣耀的延长线上，只要我们能不断地激活队伍，我们就有希望……"

任正非先生文中这段充满张力和震撼人心的文字，更引起众多企业家心中强烈的共鸣。

在 2012 年这一具有重大标志性意义时间节点上，置于一个大时代即将开启的宏大背景下解读这种共鸣，所引发的宏大深思，正是企业家们共通的心路历程。

这一年，大时代转轨的宏音激越人心。

中共十八大及十八届三中全会召开，对中国改革"再出发"作出了科学的顶层设计、总部署和总动员。

出现在"十八届三中全会公报"中的 59 处"改革"、44 处"制度"、

30处"深化"等字眼，昭示着新一轮波澜壮阔的改革大潮，将在960万平方公里的大地上席卷。与此同时，首次提出"公有制经济和非公有制经济都是我国经济社会发展的重要基础"，也将民营经济发展提升到前所未有的重视高度。

新时期纵深推进的改革开放，为民营经济的发展打开了更为广阔的天地。

但机遇与挑战，从来都是相伴相生的。

随着移动互联网、物联网及大数据等信息技术应用的全面突破喷发，以及一系列技术革新所引发的产业技术革命蓄能大爆发，正形成对产业业态、产品功能、商业模式等领域的颠覆性变革。

尤其是互联网技术和工业融合，所带来的新业态、新模式，让整个业界深刻意识到，在互联网与传统行业的交融中，没有谁能无视互联网的存在，每一个人都无法远离互联网所带来的深远影响。"互联网+"在转变行业和企业服务及创新营销理念模式的同时，也在悄然改变着整个社会的生产与生活方式。从融入第三产业催生形成的互联网金融、互联网交通、互联网医疗、互联网教育等各种新业态，互联网也正在以蓬勃之势逐步向第一和第二产业强力渗透。

"给我一个支点，我就能撬动地球。"对于互联网与传统产业的跨界融合，有人引用阿基米德的名言说。如果把促进传统产业转型升级、提质增效比作地球，把科学与技术比作杠杆，那么"互联网+"就是"那个支点"，选准了支点，就可以四两拨千斤，推动传统产业转型升级实现爆发式增长。

为此，有人惊叹道，互联网、物联网及大数据正对企业固有的商业模式带来颠覆性破坏力，但也有人惊喜发现，"互联网+"是企业"蚕蛹"破茧化蝶的一把金钥匙。

创新，企业的成功之源，国家的发展之根，民族的振兴之要。

中共十八大强调指出："科技创新是提高社会生产力和综合国力的战略支撑，必须摆在国家发展全局的核心位置。"并把科技创新放在了实施创新驱动发展战略当中。

是的，从世界范围看，创新驱动发展既是各国保持经济持续增长、不断提升国家竞争力、适应经济社会需求深刻变化的关键战略，也是各国把握新科技革命、应对全球性挑战和国际金融危机的核心举措。

但这一轮纷至沓来的技术革新，对各个产业领域而言可谓是关联性的。为此，哪个产业不顺应这种革新都将面临被替代，任何产业中的企业如果不顺应这种技术革新，终将会被淘汰出局。

正因如此，从国家战略层面到地方经济发展决策，将转型升级、创新驱动和新旧动能转换提升到前所未有的高度。

…………

这一切就是大时代发展转轨的激越宏音，以 2012 年为标志性时间起点，如疾风骤雨般扑面而来，如此迅猛，以至于令人目不暇接甚至感到炫目。

这既是挑战，亦是机遇！

"我们无法准确预测未来，仍要大胆拥抱未来。"或许，这正是任正非先生那震撼人心的文字引起企业家们心中强烈共鸣的原因。

2012 年，恰逢博能集团创立发展周年，集团总部整体迁入江西省会城市南昌。

回望二十年的发展历程，博能一路砥砺前行，刻印下了非凡卓越的前行足迹。

这二十年，博能集团的从业人员由当初的十几个散兵游勇到数百倍的增长；企业资产由当初的 50 万元启动资金发展到上万倍；经营范围由原来单一的煤炭运销发展到今天的集新能源汽车产业集群、房地产开发和金融等多业并举；企业的人力资源也由当初的初中、高中结构发展到引进了一大批本科生、硕士、博士等高素质人才。

这二十年，博能集团的发展基础得到了不断的夯实、企业的经济实力得到了不断的增强、员工队伍迅猛壮大、管理制度一步步建立和健全、企业文化不断积累和提炼，企业的品牌影响力和社会美誉度不断提高。

二十年来，博能每一步前进的足迹都诠释了"博采众长、尽我所能"的企业精神，都验证了"以人为本、四方共赢"的经营理念；每一次成长都是博能人敢为人先、勇于创新、付出艰辛劳动和汗水的真实写照；每一份成绩都得益于改革开放的恩泽、员工的拼搏奉献和客户及股东的大力支持。

纵观博能集团发展崛起的历程，其以"五年一次跨越，十年一次飞跃"为显著特征的铿锵前行足音，无不是与时代列车行进的音符激越共鸣。博能集团发展的每一阶段，在顺应中国改革开放经济大潮中，都锐敏而稳健地抓住了时代所赋予的机遇。

迎来创立发展二十年的博能集团，其工业板块、房地产板块和金融板块三大产业格局业已形成。这三大产业板块发展蓝图跃然前方，共同汇聚成了博能集团产业发展的广阔"蓝海"。

…………

然而，仁立于大时代产业暴风骤雨式深度变革转轨的风口，温显来那样清醒地深知，直面风云变幻的经济深度变革大潮，博能集团全新发展战略的制定与实施已势在必行！

"工业板块、房地产板块和金融板块这三大产业板块，我们已经打开了发展的新'蓝海'，但现在的问题时，我们怎样稳健驶向这三大产业共同构成的发展格局……"

八面来风的窗口，带来错综复杂的宏大深思。

这犹如二十年前，温显来从自己对煤炭经营的视角出发，分析研判国家煤炭经营市场改革的走向,确立江西华能实业煤炭贸易的发展方向那样。这一次，他从改革纵深推进的新阶段和民营经济更为广阔的发展空间视野着眼，在横纵两大维度对移动互联网、物联网及大数据等技术所引发的产业革命大潮、新旧动能转轨等一系列领域展开了深入而系统的分析研究。

但这却是一次企业战略思维的深度洗礼过程。

温显来坦言："没有这样深度甚至很多方面是颠覆性的战略思维转变，面对这潮涌而来的大时代革新浪潮注定是手足无措的。"

终于，清晰战略思维渐渐呈现开来。

"顺应大时代变革浪潮，立足于三大产业板块原有优势，全面实施转型升级战略。"温显来提出，这是使博能整体产业赢得强劲引擎的关键。

敏锐洞察机遇、勇于创新开拓，从来都贯穿于博能发展的每一个阶段，这也是博能集团稳健崛起，不断走向强大与卓越的核心动能。

温显来和他的同仁在制定战略过程中，从来都立足于企业现实而又极具前瞻眼光。

关于工业板块、房地产板块和金融板块实施转型升级的一项项战略，逐步清晰确立起来。

工业板块：紧抓国家新能源客车爆发式增长的有利契机，主营新能源汽车整车制造、动力电池研发生产、充电网络建设和漆包线生产，以上饶客车为关键纽带，同产业上、下游核心技术建立一系列的战略合作联盟，优势叠加、资源共享，形成了股权开放、产业链闭环的新能源汽车产业"开放式闭环"结构，打造新能源汽车产业集群发展。

房地产板块：以城市综合体、产业园、特色小镇等平台型地产业务的建设运营为主，融入文化艺术特色，致力于打造最具居住价值、人文价值和投资价值的标杆产品，为客户营造"生活家园"和"精神家园"。

金融领域：以互联网金融和私募基金为核心业务，参股控股银行、保险、金融以及金融资产交易等各类金融机构，通过产业和资本的融合，建设面向未来的多元化新金融产业平台。

博能集团实施全面深度转型战略的蓝图整体呈现而出。

展开这整体蓝图可清晰发现，在每一个产业的转型升级路径中，都是沿着横纵两大方向规划绘就的——以产业技术革新为创新突破构成博能产业向高端迈进，以关联产业的延伸为拓展突破构成博能产业向纵深而行。

"择高处立，就平处坐，向宽处行。"温显来用左宗棠的题词，为博能集团即将开启的整体产业转型升级战略作了如此深刻的注释。

"前两个十年，博能做到了江西卓越、全国优秀；第三个十年，博能将志在走向全国卓越、世界优秀。"

如果说博能集团之前实现的"五年一次跨越，十年一次飞跃"是一种时间节点上的巧合，那么以创立发展二十周年为全新起点的远航，则开启了博能集团发展的新时代。

于是，博能集团转型升级战略目标，又与即将开启的新十年发展规划紧密相连。

第二节　新能源汽车跻身全国前列

工业制造是博能集团产业的脊梁，而汽车产业又是核心中坚。

在强大产业平台支撑和技术全面创新提升过程中，博能上饶客车以广受市场青睐的新车型和一流品质，不但在国内市场实现了销售大幅度增长，而且国外市场也取得了历史性突破，到 2011 年，上饶客车各项主要经济指标比上年增长了 300% 以上。

博能上饶客车驶入了发展的快车道。

然而，在温显来眼里，更令人憧憬和期待的风景却在新能源汽车，博能集团第三个十年工业制造板块的"蓝海"也将是新能源汽车的强势崛起。

"国际新能源汽车市场份额逐年扩大的明显趋势，我国新能源汽车作为国家和地方战略性新兴产业的定位，都已充分表明传统燃油车和新能源汽车原固有的市场份额在发生此消彼长的明显变化。"

博能汽车产业转型升级战略的重点，温显来将其确定在两大领域：

在传统燃油客车制造领域，紧跟国际国内前沿技术，以技术与产品的持续创新提升保持燃油客车在细分市场的稳定增长。

在新能源汽车制造领域，从生产研发和生产制造基地的打造同时展开，力争在三年左右实现高品质新能源汽车的批量生产和入市，这是博能整个工业制造转型升级战略的重中之重。

博能工业制造领域的转型升级战略方向已清晰确定，作为战略重点的博能新能源汽车发展方向也已清晰确定。

博能新能源客车产业化项目背后，有着强大技术战略合作支撑。

2010年9月，博能上饶客车紧紧抓住汽车产业转型升级的契机，与中国科学院在品牌、技术和资本的全方位展开战略合作，依托中国科学院的人才技术优势，着手技术储备和产业布局，抢占新能源技术研发高地。

2011年4月，中国科学院正式将博能新能源客车项目列入"支撑服务国家战略新兴产业科技行动计划"。中国科学院和上饶客车共同组成一支近50人的研发团队，其中博士12名，硕士18名，高级工程师22名。中国科学院电动车研发中心派驻多名专家作为带头人参与新能源客车研发工作，其中包括两位国家"千人计划"专家——袁一卿博士与罗建博士。

在中国科学院强有力的科研技术保障下，上饶客车在2011年当年就取得了新能源汽车生产资质，并在新能源客车三大核心技术体系中，以及制动系统、转向系统、电池安全防护、电池快换技术等方面取得了31项发明专利，12项实用新型专利，还有多项专利申报中。

与中国科学院开展了品牌、技术和资本的全方位战略合作，使得博能集团率先完成了新能源汽车的技术储备，抢占了实现弯道超车的先机。

2014年，博能新能源客车从技术到产业转化得以实现，当年10月，博能采用世界先进的混合动力技术，新开发的一款天然气与电能混合动力驱动公交车顺利下线。

这款采用世界先进混合动力技术的新能源公交车，经运行测试，与燃油公交车及LNG（液化天然气）公交车相比，最突出的优点就是更加节能环保。而与相同规格的一辆柴油公交车相比，同样跑100公里，混合动力的公交车只需耗费160元左右的成本，而燃油公交车则需要耗费230元，相当于节省了30%的成本。与LNG（液化天然气）公交车相比则能节约液化天然气5%~10%的使用量。

其良好的性能特别是节能环保的显著亮点，使得博能混合动力技术新能源公交车在上市后引发广泛关注。

混合动力技术新能源客车的成功研发和上市，在为博能新能源汽车在全国新能源汽车领域崭露头角就赢得一片掌声的同时，也给博能集团重点发展新能源汽车带来了极大信心。

博能新能源汽车产品的研发和生产能力在2015年呈现出强劲的厚积薄发之势。

这一年，博能新能源汽车先后成功研发出7米纯电动VIP接待用车、7米插电式串联混合动力客车（增程式电动车）、10.5米插电式气电混合动力新能源公交客车、11米混联式混合动力城市公交车、11米纯电动公交车及插电式混合动力城市客车、插电式油电及气电混合动力城市公交、LNG天然气公交车等多款新能源汽车产品。

同年，经国家有关部委审定批准，博能上饶客车公司又新增五款新能源城市客车产品，列入国家《节能与新能源汽车示范推广应用工程推荐车型目录（第75批）》。至此，博能上饶客车公司已有24款新能源客车列入国家推荐名录，并在新能源客车三大核心技术体系中取得了31项发明专利，12项实用新型专利。

与此同时，博能又开始向纯电动新能源公交车的研发方向发力。

2015年博能两款新能源客车——SR6810BEVG和SR6850BEVG3纯电

动公交车相继获得国家 3C 证书。此两款车型一经推出，就获得市场认可与热捧，首批客户订单数量就达 280 台。到 2016 年初，博能新能源汽车的纯电动公交车系列增至 9 款。

短短几年中，博能新能源客车实现了从战略合作、技术储备、品牌培育到市场青睐的华丽转身，逐渐驶上了发展快车道。

2016 年，新能源客车订单实现 300% 的年均增长率，形成了"井喷"之势。当年销量突破 1200 辆，进入全国新能源汽车行业前十名，跻身全国新能源客车领域的主要制造商之列。

厚积薄发的博能新能源客车，其新产品优势和技术优势在全国新能源客车领域异军突起，引发业界的关注。

而在传统燃油客车的细分市场上，博能上饶客车也同样令人瞩目。2016 年，博能上饶校车已连续三年实现快速增长，市场占有率位居全国同行业前 5 名。

博能新能源汽车的强劲崛起之势，受到江西省委、省政府及行业主管部门的高度重视。

"十二五"期间，江西把握国家大力支持发展战略性新兴产业的重大机遇期，依托原有传统汽车产业良好的基础，将新能源汽车产业确立为全省战略性新兴产业之一。

"在轿车市场开始井喷之时，我省的汽车企业跟进'慢'了半拍，错过了最佳时机。但是，在新能源汽车领域，我省与全国，甚至是全球同行站在同一起跑线上。"对于以博能新能源汽车等省内一批新能源汽车的崛起，江西省科技厅和工信委这样欣然赞许，同时，对博能新能源汽车走差异化发展方向，寄予了打造出江西新能源客车品牌的厚望。

在博能集团实施转型升级战略中，到 2016 年已历时五年发展的新能源汽车，已纵深驶入战略性新兴产业这方"蓝海"。

但放眼全国新能源汽车产业，温显来却日渐深刻意识到，从新千年第一个十年的头几年发展趋势看，新能源汽车的发展在全国已呈千帆竞发之势。经过"十二五"时期大力培育，将新能源汽车纳入重点产业发展的全国各省市，均已奠定了各自较为良好的产业基础。

"这意味着，下一轮全国新能源汽车的发展竞争必将出现群雄逐鹿的格局。"温显来开始深思，博能新能源客车应未雨绸缪，先行一步，寻找到实现突破的路径。

突破方向引领创新路径。

深入调研分析行业现状，温显来得出自己的研判结论：新能源汽车产业进入新一轮竞争发展，在核心零部件技术水平上取得突破从而赢得核心竞争力，已成为抢占未来新能源汽车产业发展制高点的关键。

在新一轮竞争格局中，博能新能源汽车创新突破发展的方向路径已然明晰。

2016年初，经前期严谨充分论证，博能集团确立引进具有国际一流技术水准的动力电池项目。

2016年5月，博能集团联合国家"千人计划"学者、行业顶尖团队共同投资创立了一家集动力电池研发、生产及销售为一体的创新型新能源科技公司——江西安驰新能源科技有限公司。正式启动建设总投资为40亿元的"安驰动力电池"项目。

安驰动力电池项目，旨在打造国际知名、国内一流的动力电池品牌。

从2016年6月项目一期工程开工建设到投产，再到2017年项目二期工程开工建设,安驰动力电池项目已形成的"五个一流"叠加优势日渐凸显：

人才队伍一流。博能控股集团、国家"千人计划"学者、海归博士、行业顶尖人才组成的高素质团队，拥有从动力电池技术研发到产业化生产的全明星阵容，汇聚了海内外顶尖的人才，具有卓越的技术背景、研发能力、转化能力和行业资源整合能力。目前院士工作站已建立，后续还将建立博士后工作站。

建设速度一流。从开工建设到一期正式投产，历时仅八个月，速度之快、效率之高，创造了上饶经开区项目建设的新速度，也刷新了行业项目建设速度的新纪录。

技术装备一流。动力电池对一致性要求很高，自动化水平的高低决定了生产过程中动力电池一致性的效果。为了保证质量，江西安驰的生产线引进了德国、日本的高自动化、高精度设备，这些先进的设备为江西安驰生产优质动力电池提供了可靠保障。

管理水平一流。自动化生产线只是硬件，要生产出优质的动力电池还需要一流的管理。每天都有成千上万的电池从自动化流水线生产出来，每一枚电池的状态如何？电池生产出来后进入仓库，该向客户提供哪些电池？江西安驰运用 MES 生产管理系统与 ERP 结合，有效地解决了这一系列问题。

运作模式一流。在新能源汽车核心产业链上，通过以股权和基金化运作为纽带，打造了一个由产业合作方、技术合作方、资本合作方构成的聚集资源、优势叠加、合作共赢的产业发展共同体。博能控股先后发起了新能源汽车产业基金、动力电池产业基金等多个投资基金，发起基金的总规模目前已经突破了 100 亿元，为产业项目的发展提供了有力的资金支撑，为项目快速做大规模和持续向前发展创造了充分条件。

经国家权威部门检测，安驰科技一期产品各项检测指标全部合格，均优于国家标准，其中系统能量密度达到 125wh/kg，满足国家补贴最高标准，可以有效提升电动汽车的续航里程。

特别值得指出的是，江西安驰动力电池项目志存高远、前瞻定位，确立的坚持"生产一代、储备一代、研发一代"的多代技术兼顾创新引领方向，将使博能新能源汽车和全省新能源汽车产业在动力电池领域，持续保持领先的强大核心竞争力。

而实现这一目标的保障体系建设，也随着 2017 年 5 月 26 日江西安驰上饶院士工作站的设立同步开启。

这一天，温显来与中国科学院院士、华中科技大学程时杰教授在协议书上签字——江西安驰与中科院院士程时杰团队联袂合作，抢占新能源动力电池研发和应用制高点。

根据合作协议，程时杰院士团队派出首席专家来江西安驰上饶院士工作站驻站工作，协助江西安驰组建新能源科研团队，进行动力电池梯次利用技术及规模化储能电池应用研究，开发低成本、高安全新型储能电池，建立示范工程并提供应用推广技术支持。

与此同时，为了保证技术不断创新升级，安驰科技还专门成立了江西安驰技术中心，专注于高比能高安全动力电池技术的系统研究与开发。技术中心下设工艺工程部、产品部和研发部，约有百余人，其中硕士、博士占比 60% 以上。

按照计划，安驰科技未来五年内将成立 500 人以上规模的专业技术团队。此外，在坚持自主研发的同时，走产学研合作之路，积极与国内知名院校建立科研合作关系，通过不断提升产品的核心竞争力，为安驰科技发展提供强有力后盾。

在安驰动力电池项目的两端，是博能新能源汽车技术飞跃与产能的跨越。全国新能源汽车业界惊叹：博能新能源汽车这一项目的建成，必将成为博能新能源汽车发展进程中的一座新里程碑！

而事实上，博能新能源汽车这一寻求强势崛起突破的路径，与江西省委、省政府确定的"十三五"全省新能源汽车产业创新突破发展的方向高度吻合。

对此，江西省科技厅、江西省工信委指出，江西省新能源汽车产业"十三五"产能目标，是到 2020 年产量达 25 万辆。而安驰动力电池项目达产后每年可为 10 万辆新能源汽车"供电"，不仅构建了博能整车制造和核心配件相互支撑、协同发展的新格局，同时还可为全省新能源汽车产能的全面提升提供动力引擎保障。

从这一视角而言，安驰动力电池项目对江西省新能源汽车产能全面提升可预见的强劲支撑，也使得这一项目在江西省新能源汽车产业未来发展中的战略意义突显。

…………

工欲善其事必先利其器。作为新能源汽车"心脏"的动力电池部件，在领先核心竞争力上的铸造，已让博能新能源汽车拥有了开疆拓土的锐器。

"在安驰动力电池项目基础上，我们当乘势而进，从产能大提升上，跃入全国新能源汽车产业领军阵营！"

与规划安驰动力电池项目同步，博能年产3万辆新能源商用车项目的规划立项也同时完成。

总投资75亿元的博能年产3万辆新能源商用车项目，产品涵盖新能源公交车、新能源旅游车、新能源商用车和专用校车。

按照智能化、精益化、高端化的生产理念，规划建设研发中心、充电站、试验场等先进设施，广泛采用新技术、新工艺和新科技成果，引进机器人自动焊接、机器人自动喷涂和一流的电泳、检测等设备，代表了国内客车行业的领先水平。

2017年5—6月，安驰科技3G瓦时二期项目和博能年产3万辆新能源商用车项目相继正式开工建设，进而实现了一流核心部件与强大产能的强劲双引擎保障，构建了博能整车制造和核心配件相互支撑、协同发展的新格局。

与此同时，两大项目在国际先进技术水准的融合衔接，也开启了博能新能源汽车迈进了一个全新的、现代化的、高智能制造的新时代。

令人振奋的是，继2017年3月国家发改委对外发布禁止核准新建传统燃油汽车投资项目后，9月9日，工信部相关负责人在"2017中国汽车产业发展（泰达）国际论坛"上又对外透露，顺应世界各国纷纷宣布停止本国生产销售传统能源汽车时间表的大势，工信部已启动相关研究，制订我国停止生产销售传统能源汽车的时间表。

这意味着，我国汽车将实现由新能源汽车全面替代传统燃油车。

而在这样具有超寻常意义的时间节点，完成新能源汽车从核心动力部件到产能全面提升战略的博能集团，其新能源汽车已完成了产能由千辆级向万辆级的跃升、产值从几十亿向百亿跨越的重大战略布局。

第三节　产融结合开创金融新空间

"如果银行不改变，那我们就来改变银行。"

2008 年，当马云抛出这句豪言时，在当时被很多人看作是其"口无遮拦"的任性之言，很多金融机构业界人士对此也是一笑而过。

但是，让人们始料不及的是，仅在随后的几年时间里，支付宝、P2P、微信支付等互联网金融产品及服务模式方式，借助其安全、方便和快捷的强大吸引力，在以令人咋舌的速度赢得庞大新客户群的过程中，也引发了人们对新兴金融服务业态前所未有的认知，更引起了银行业界人士越来越强烈的紧迫感。

这就是在互联网强大的渗透、颠覆与创新过程中，传统金融领域正以前所未有创新之势，迎来变革的显著趋势。

面对金融服务这种变化，温显来一开始也是感到颇为新鲜，并抱着尝试的心态对这些新金融服务欣然试用。他具有对新鲜事物接受的敏锐感知，也始终对新兴行业和新兴产品投以关注的目光。

然而，当身边似乎随处都可感触到互联网金融的身影，在网络和日常谈论中"支付宝""P2P""微信支付"这些新鲜名词频频出现时，温显来开始产生了一种越来越强烈的意识——新经济趋势下新兴的金融业态快速发展，必将成为一种新趋势。

由此开始，温显来对新金融业态投以深度关注的目光。

而与此同时，博能集团几年来对小额贷款金融业务的经营，让温显来深知，国家对于金融领域的改革向来慎重，任何新兴金融业态的出现，其背后都源于国家金融领域政策的改革创新探索。

以这样的视角，温显来对国家金融改革创新的方向进行深入研究。

经济步入新常态背景下，为探索建立与经济转型升级发展相适应的金融服务体系，中共十八届三中全会对金融创新高度重视。事实上，对"建立多层次、多业态的金融市场体系"国家金融改革创新的方向，在2012年已逐步清晰。而在这一方向之下，从中央到地方的金融改革创新举措中，开始将新金融业态纳入其中，且作为重点突破方向之一。

正是在这一年，作为新兴金融业态的互联网金融以迅猛之势兴起。

在对互联网金融的逐步了解中，温显来发现，互联网金融作为一个高效率、低成本的资源配置渠道方式，对缓解中小微企业融资难融资贵不啻为一种十分理想的创新路径。

首先，互联网金融借助互联网技术极大消除了金融需求者和供给者之间信息不对称的弊端，通过互联网平台实现金融供给与需求之间方便、快捷、准确的匹配；其次，互联网无边界性使互联网金融天生没有地域限制，提高了自由流动。例如，传统金融业态中，北京的居民存款很难投入到深圳企业，深圳企业到其他省份募集资金也没有渠道，互联网金融彻底改变了这些；再次，它可以以最快的速度促成投融资交易，通过移动互联网技术实现方便快捷的金融服务，从而极大提升资金周转效率，资源配置效率得以提升。

从社会需求方面看，在当前大部分的个人和中小企业所能享受到的资金和服务有限的社会背景下，互联网金融行业的发展存在其合理性；从行业竞争力方面来看，其打破了信息上的不对称，提高了资本的使用效率，并且边际成本几乎为零，使其与传统金融相比有很大优势；从社会效益方面来看，互联网金融肩负着一个重要的社会责任，就是发展惠及更广泛金融需求的对象。

"互联网金融是天然的革命者。"从国家到地方金融改革创新层面分析，温显来已深刻认识到，互联网金融这一新兴金融业态的探索创建，源自于惠及社会大众多样化金融需求——普惠金融的情怀使命。

而这一点，与我国经济新常态下金融市场改革创新中"建立多层次、多业态金融市场体系"的精神和大方向高度吻合。而且，互联网金融借助于互联网技术服务体系，越来越显现出其较好满足社会大众多样化金融需求服务的功能。

…………

2014 年上半年，基于对国家和地方金融改革创新探索方向下互联网金融发展趋势的深刻理解，温显来决定将互联网金融作为博能金融产业进一步做大做强的又一金融业态。

更令温显来对互联网金融充满信心的是，当他站在江西全省互联网金融发展现状视角，阐述自己对江西当顺势而进，高位推动互联网金融产业发展理解的过程中，得到了江西不少企业界人士的认同。

在对互联网金融自 2013 年至 2014 年以来的关注中，温显来注意到，仅一年之间，全国各省市互联网金融平台已增至近 3000 家，各类业务总成交额已从 3.6 万多亿跃增至 6 万多亿，服务业态也从互联网支付、网络借贷和股权众筹融资三种扩大到股权众筹融资、互联网基金销售及互联网保险等 7 种。

互联网金融迅猛发展，已成为主力崛起型的新金融业态之一。

而江西互联网金融产业，相比广东、江苏及湖北等省的发展情况，互联网金融企业少、规模小、实力弱及业态少，无论是企业平台还是业务量上，在全国都是互联网金融发展落后地区。

"互联网金融突破地域时空的金融服务特点，会导致类似于'虹吸现象'的效应，即互联网金融产业发达地区会通过互联网金融服务平台'吸'走互联网金融落后地区的资金。为此，我省当未雨绸缪，顺势而进，高位推动全省互联网金融发展。"

"互联网金融是新兴产业，它之所以能获得特别关注，原因是一方面我国目前传统的银行业一直没有有效地解决中小企业和实体经济融资难等问题，始终困扰着我国经济的发展，决策层开始寄希望于互联网对金融业的冲击和改造。另一方面，我国的传统金融业对比欧美还比较落后，而互联网金融给予了我们一个在金融业上弯道超车的机会。"

…………

温显来对互联网金融产业发展，以及加快互联网金融产业发展对促进江西经济发展积极作用的观点，先后得到了江西省投资集团、江西大成国有资产经营管理有限责任公司、江西南冶资产管理有限公司、江西省民营企业投资商会的认同与响应。

2014年9月，博能集团联合上述企业及商会共同注资，成立了江西省博汇九州金融服务有限公司，打造江西省首家国有资本和民营资本携手的混合所有制互联网金融平台——"博金贷"。

因为对互联网金融服务作为实现"建立多层次、多业态金融市场体系"这一产业使命有着深刻理解，对互联网金融产业迅猛崛起背后的普惠金融使命情怀有着深切的认识，温显来对"博金贷"的金融服务大方向一开始就有着清晰的规划：平台的一端创新金融投资理财产品，平台的另一端落到实体经济产业，走差异化金融服务发展之路。

与此同时，在平台运营中严守互联网金融监管的"四条红线"，明确平台的中介定位，不提供担保，不设立资金池，不非法吸收公众存款。

以诚信稳健的经营服务，特别是公开透明和风险有效控制的运营模式，让"博金贷"这一互联网金融平台在一进入运营后，就以稳健赢得了投资人及客户的认可与信赖。

上线仅三个月，"博金贷"网贷交易量即突破 1 亿元，为江西互联网金融崭露头角赢得了关注度；到目前为止，其累计交易总额近 200 亿元，在全国同行业综合排名前 40 位，在中部六省位居榜首。

自然，"博金贷"也引起了江西省互联网金融主管部门的关注。

2015 年初，江西省金融办互联网金融管理部门专门成立调研组，着手对"博金贷"深入调研，并在此基础上对公司的经营管理制度、业务经营流程及风险控制等环节进行全面审核。

调研组认定，"博金贷"完全符合互联网金融信息中介平台的规范。

同年 4 月 9 日，"博金贷"获得江西省金融办的备案审批，由此成为江西省第一家在政府部门备案的网贷平台。

到 2015 年上半年，全国互联网金融发展已呈更为迅猛之势。

这一年 7 月初，国务院印发《关于积极推进"互联网 +"行动的指导意见》，在"互联网 + 普惠金融"部分明确提出全面促进互联网金融健康发展，7 月 18 日中国人民银行等十部委又联合下发《关于促进互联网金融健康发展的指导意见》，互联网金融发展上升到国家战略层面。

在此背景下，大力促进互联网金融健康快速发展正当其时、恰逢其势，全国众多省市在加紧部署实施"互联网 +"行动方案的同时，纷纷将互联网金融发展纳入行动实施方案，深入研究部署本省市互联网金融的健康快速发展。

2015 年 8 月，江西省将"互联网 + 普惠金融"作为重点内容列入加快推进"互联网 +"行动实施方案当中，江西省委、省政府主要领导明确指示，积极探索新常态下全省地方金融创新发展，大力促进江西互联网金融健康发展，让"互联网 + 普惠金融"成为全省经济社会创新发展的重要驱动力量。

而此时的"博金贷"，历经一年稳健快速发展，已跻身全国互联网金融 50 强企业行列。

一年中实现异军突起，成为江西互联网金融行业中领军企业品牌和全国互联网金融百强企业，这着实让温显来感到惊喜。

但更让温显来确信的是，"博金贷"创立之初确定的差异化发展路径，即以实现普惠金融方向下服务广大中小微企业及大众的金融需求定位，这一创新探索发展方向是完全正确的。而现在从国务院到地方政府确立的互联网金融健康发展的路径方向，正是"互联网＋普惠金融"方向。

"博金贷"一年来创新发展方向与"互联网＋普惠金融"方向的高度吻合，引起了江西省金融办、江西省银监局及中国人民银行南昌中心支行的高度关注和肯定，同时希望"博金贷"继续坚持这一差异化金融服务发展方向，特别是支持服务实体经济发展领域加快探索步伐，形成经验和模式，助力江西实体产业发展的同时引领江西互联网金融产业实现整体发展。

2016 年 2 月，江西省人民政府出台《关于促进全省互联网金融业发展的若干意见》，这标志着江西省明确了互联网金融这一产业发展方向。

基于互联网金融产业发展大方向和创新探索路径的更加明晰，从 2016 年开始，"博金贷"开始着手围绕"惠及社会大众多样化金融需求，支持县域实体经济发展"这一核心，大胆展开互联网金融产品与服务模式的探索创新：

与江西省县域金融综合改革试点县万年县政府建立合作，在省市县三级政府金融办稳健有效监管下，开展互联网金融平台服务县域经济的探索创新。包括与政府合作成立县域金融服务中心——金融超市，将县域内外的传统银行机构、小贷公司、担保公司等泛金融机构凝聚在一起，共同为县域中小微企业提供多层次、多元化的金融服务等。现已形成较为成熟的"万年模式"，正逐步在省内外推广。

在江西精准扶贫战略实施过程中，为产业扶贫项目量身定制金融服务项目。

与国家"一带一路"沿线省市建立合作，创新金融业务和服务模式，为参与"一带一路"建设项目提供金融支持服务。

…………

在努力服务中小微企业的同时，"博金贷"始终不忘坚守规定，紧跟政策，坚持小额、分散的普惠金融道路。此外，银行资金存管、严格信息披露、信息系统安全等级保护三级备案证明、电子合同存证等都是"博金贷"合规发展的实际行动。尤其是信息披露方面，博金贷位居全国第二，这也是温显来一直恪守诚信的再一写照。

在渐向普惠金融大方向下的不断创新探索，"博金贷"实现了自己稳健快速的发展，同时也引领着江西互联网金融行业规范健康与创新发展的方向，入围中国互联网金融协会会员，当选江西省互联网金融协会名誉会长单位，并与南昌大学合作成立互联网金融研究所，是江西省金融学会理事单位，江西金融发展研究院理事单位。

"博金贷"作为江西互联网金融业界名副其实的领军平台，责无旁贷地承担起了领衔全省互联网金融产业整体崛起的使命。

为此，2017年初，江西省在筹建江西互联网金融产业园过程中，经考察和集体决策，将博能中心作为产业园启动区。

2017年5月，江西互联网金融产业园——全国首家省级互联网金融产业园正式挂牌在博能集团，"博金贷"与江西互联网金融产业，以厚积薄发、强劲崛起之势开始赢得全国同行业及社会各界的瞩目。

不觉中已跻身于互联网金融行业全国前40强的"博金贷"，以这样稳健崛起的姿态，为迎来创立发展三周年作了精彩的注释。

…………

企业家超前的战略眼光，对行业未来发展趋势的判断至关重要。然而，市场与趋势之间的距离到底有多长，准确把握的难度却很大。

但在运筹互联网金融产业发展的三年过程中，温显来对金融产业发展未来的视野方向形成了自己的深刻体会和感悟：民营企业进军金融产业，只要稳健立足于服务实体产业这一基石，就终将会赢得越来越广阔的空间。

的确如此，中共十八届三中全会以来国家和地方在金融领域的一系列创新改革举措，其最为重要的核心，正是围绕促进金融为服务实体经济发展这一重点而展开的。

深刻洞悉理解了民营资本在金融产业领域稳健发展的这一核心要义，让温显来对博能金融产业实现持续稳健发展的视野也随之开阔高远。

2014年，当国家金融改革聚焦民营银行，温显来敏锐意识到，这将是未来引导民营资本通过产融结合路径推动民营经济壮大发展的机遇。

于是，博能集团与江西另一家知名民营企业共同倡导一批实力赣商，发起筹建江西首家民营银行——裕民银行。

2017年，当国务院展开"绿色金融改革创新试验区"试点，温显来随即认识到，旨在推动绿色产业发展的绿色金融，在绿色环保生态产业正迎来广阔发展前景的新时期，无疑是民营金融产业发展的一方广阔绿洲。而且，绿色产业是发展绿色金融的根基，绿色生态是江西最大的后发崛起产业优势，绿色金融准确契合了江西当前与未来产业的发展走向，引导资金流向绿色产业、引导企业生产注重绿色环保，在江西必将潜力无限。同时，融合绿色金融的博能金融产业，也将更为稳健地实现可持续发展。

为此，在江西赣江新区作为全国五个绿色金融改革创新试验区之一，正式启动探索绿色金融创建、打造江西绿色金融样板后，温显来积极对接融入，确立将绿色金融纳入博能金融板块，筹划依托于区块链这一新技术，联合国内优秀的基金、实业和区块链企业，打造赣江新区在全国的区块链产业制高点，为赣江新区绿色金融发展引入低成本的资金。

由小额贷款项目而始的博能金融产业，始终围绕产融结合、服务实体经济这一中心，在国家金融改革创新方向的引领下，朝着互联网金融、产业基金、民营银行、绿色金融等新兴金融业态稳步发展壮大。

2017年，一个与省市县政府共同合作打造、聚集各类金融业态、服务县域经济发展的实体经济一站式综合金融平台被温显来大胆提出，这一设想既是博能金融业务全面整合壮大的新契机，更是饱含了温显来实业报国的情怀，并以磅礴之势在全国各县域全面铺展。

第四节　打造文化与地产新标杆

盛世文化艺术兴。

国际艺术品市场发展规律显示，当一个国家人均GDP超过3000美元时，就会出现收藏趋向。

进入新世纪以来，艺术品收藏投资渐成投资热点。

与很多企业家一样，当具备一定经济基础后，内心深处对文化有着朴素情结的温显来也逐渐对文化艺术品的收藏产生了热爱。

正是这种热爱，让温显来和博能逐步走进文化艺术品投资领域。

还记得那是2000年的金秋十月。温显来在深圳参加企业商务活动，期间他参观了一场字画名作展览。

这也是他第一次参观艺术作品展。

徜徉于偌大的展厅，欣赏眼前一幅幅意境各异的字画名作，温显来被深深地吸引了。而在一幅山水国画前，他更是久久地伫立凝视——画作中那山的透迤磅礴意境，不经意间触动了他内心深处对家乡大山的怀想，想起了少年时代读南宋词人辛弃疾那首《西江月·夜行黄沙道中》，想起了大山深处的难忘岁月……与此同时，他也仿佛那样真切地感到，那画作中的透迤磅礴之境激荡着他胸中对人生壮阔事业的豪迈之情。

第一次面对艺术作品的巨大魅力，温显来内心深深为之震撼。

文化艺术第一次进入自己的视野之后，就成了温显来繁忙工作之余视线中的一方爱好天地。

由爱好到关注、研究再到收藏，此后几年中，温显来在不经意间走进了艺术投资收藏领域。相应地，他也这样悄然走进了文化艺术产业。

东海，位于江苏省东北部，连云港市下辖的一个县。

得益于于丰富的水晶资源，东海就被称为"中国水晶之都"，东海水晶及其制品远销欧、美、日、韩和中国台湾等 30 多个国家和地区，逐步发展成为世界水晶的集散中心，水晶产业成为东海经济的一大支柱。

2008 年，东海县在原有水晶市场的基础上，建设了新的水晶市场——水晶汇，与老水晶市场相连，雄踞城市商业中心区，区位优势明显，交通便捷。

然而，由于缺乏精准的运营规划定位和强大的资金投入，水晶汇迟迟难以运营。

为进一步做大做强水晶产业，2011 年东海县决定招商引资，整体出售水晶汇项目。在受邀考察过程中，温显来为东海丰富的水晶资源和优秀的市场品牌基础打动，毅然决定整体收购。

2012 年，博能集团在整体收购后，投入巨资，整体规划，精心打造博能水晶汇。

博能水晶汇以"全球水晶时尚旗舰城"的高端定位，进行商业模式、业态组合、经营管理等层面上的全面升级。重新运营后的博能水晶汇，显现出强大的聚合与辐射能力，快速带动了东海水晶产业在更高层次与更大规模上的发展崛起，使得东海"全球水晶集散中心"的地位得以进一步提升。

由打造文化艺术品市场而进入文化产业，从东海博能水晶汇的运营过程中，温显来逐渐对打开博能文化产业空间形成了清晰的路径方向。

这一路径方向即是，打造以专业文化艺术品市场项目为载体的文化产业，实现文化与地产的完美结合。

2014 年，温显来将文化艺术产业发展的目光转向江西省内。

"景德镇陶瓷有着深厚的历史文化积淀，随着文化艺术产业与市场的发展，景德镇陶瓷艺术品已越来越受到高端文化艺术品收藏者和高端文化艺术品市场的青睐。"温显来认为，在景德镇投资建设以艺术陶瓷为龙头的高端艺术品市场，既有很好的市场潜力，又能推动江西文化产业市场发展。

这一年，博能集团在景德镇筹建了以艺术陶瓷为龙头的高端艺术品市场。

事实证明，温显来对文化艺术产业投资的战略眼光十分准确。

博能景德镇陶瓷高端艺术品市场的打造，使得德镇陶瓷高端艺术品和收藏家、投资者及艺术家之间拥有了共同平台，同时博能文化产业自身也跃入了高端艺术品经营领域。

借鉴博能景德镇陶瓷高端艺术品市场成功打造的思路经验，2015 年，温显来又规划着力打造以彰显中国特色文化为宗旨，整合相关资源、让收藏家与艺术家实现双赢的高端专业平台。

温显来的规划构想是，打造并通过这一平台载体，为江西特色文化的发扬、文化市场的建设提供新展示窗口，也为江西联通全国文化艺术高端市场架起桥梁，使之成为江西高端文化艺术品市场的标杆。

这一高端专业文化艺术品平台项目，就是博能·兰韵文化艺术中心。

2015 年 12 月 18 日，博能·兰韵文化艺术中心正式开业。

博能·兰韵文化艺术中心，聚集了一大批国内在各个艺术领域堪称流派代表的艺术大家，成为这些艺术家艺术创作和精品收藏的中心，同时也成为兼容并蓄这些顶级艺术大家开展艺术交流的中心。

设立于中心的艺术珍品馆，同时也是温显来的私人藏馆。馆藏以国家级大师、省级大师的作品以及重量级的珍藏品为主，收藏了泰斗级中国工艺美术大师王锡良、张松茂，珠山八友等在内数百位陶瓷大家作品逾千件。同时取得国家工艺美术大师张松茂陶瓷世家博物馆在全国的独家经营权。

博能·兰韵文化艺术中心艺术珍品馆，藏品之丰富，价值之珍贵，令人叹为观止。

更让社会各界由衷赞誉的是，温显来将作为个人藏馆的博能·兰韵文化艺术中心艺术珍品馆对外界开放，供社会各界人士免费参观。

在全国，私人博物馆的数量屈指可数，数十亿元的私人收藏品，对社会公众开放的更是极为罕见。

在定位艺术交流、珍品馆藏的同时，博能·兰韵文化艺术中心集陶瓷、水晶、玉石、翡翠、木雕、古玩、字画等高端文化艺术品的交易、展览、创艺、交流等功能于一体。

博能·兰韵文化艺术中心的成功打造，填补了江西高端艺术品交流基地的空白，也正日渐成为江西文化产业一个新的标志性品牌。

从博能水晶专业市场到景德镇陶瓷高端艺术品市场，再到博能·兰韵文化艺术中心，博能文化艺术产业在渐向高端的同时也打开了广阔发展空间。与此同时，温显来在文化艺术产业发展领域的视野也更加开阔。

"一带一路"倡议是我国在新的国际形势和国家战略下提出的以政策沟通、设施联通、贸易畅通、资金融通、民心相通为主要内容的重大战略。但在温显来对文化产业发展的思考中，这既是一条经济合作之路，也是一条文化融合之路、文明对话之路。

在文化产业对接融入"一带一路"倡议的思考中，温显来关于博能集团"一带一路"的文化战略也逐步形成——联合与嫁接金融资本，搭建多元化文化交流和新型投融资平台，树立江西本土文化，向世界传播具有深厚历史与独特魅力的江西文化艺术宏音。

其中，将艺术、金融与地产融合创新的兰韵（中国）文化中心项目，于2016年在上海开工建设，该项目紧邻全球最大的综合交通枢纽——虹桥枢纽，最大的会展中心——国家会展中心和文化遗址蟠龙古镇，是集高端商务办公，非遗文化传承、交流、展示和交易等功能于一体的城市文化综合体。这一项目的建成将成为向世界展示江西文化艺术品并使之走向世界的大窗口和大平台。

…………

通过打造融合沟通江西文化艺术与国内国际文化艺术的高端平台，博能集团文化产业立足江西，也正走向全国、走向国际，博能文化产业发展的大格局已初步显现。

而站在江西省文化产业大省的视角，博能集团文化产业在数年来以沟通国内、联通国际的文化艺术品高端市场的大手笔打造，也正是对江西建设文化强省战略的积极策应，为江西文化产业大崛起书写了浓墨重彩的一笔。

2017年，在首届江西省文化产业"金杜鹃奖"评选中，博能·兰韵文化艺术中心以企业品牌实力和社会影响力，荣获"江西省文化产业传承与创新优秀企业"殊荣。

从二十世纪九十年代至新千年第一个十年，地产产业为博能集团的企业规模实力稳步壮大与提升奠定了强大的基础，同时也铸就了博能在江西地产业界的卓越品牌。新千年的第二个十年，博能地产板块也在企业整体转型升级战略中开始调整发展方向，即逐步转向"抱团发展"的城市综合体模式、"集群发展"的产业园模式、"健康养生"的特色小镇模式、"两个家园"的精品住宅模式。致力于打造最具居住价值、人文价值、投资价值的标杆产品，为客户营造"生活家园"和"精神家园"。

从2012年至2017年，博能·信江府、美地印象、瀚林印象、景德镇China印象等一批"精品住宅"，与竣工或正在打造的商联中心、博能金融中心（江西省互联网金融产业园）、兰韵（中国）文化中心、全国首创的价值养生小镇——中国·安义价值健康养生小镇等特色地产项目，共同构筑成了博能集团地产项目一个个新的典范。

第五节　厚积薄发构建卓越企业文化

随着新知识经济时代的到来，唯一能够保持企业竞争优势的就是比竞争者学得更快，这正在成为企业的共识。

唯有不断学习，才能立于不败之地。

无论是在曾经艰难追梦的时光岁月，还是在后来事业一步步走向成功的过程中，学习始终都是温显来生活中的一项重要内容。平时，温显来无论去哪出差都带着一本书，在繁杂的商务活动中读上一段。他读文学、历史和传统文化书籍，在不断增加知识的同时也从中获得人生教益和智慧；他读经济和企业管理类的书籍，从中研判经济发展趋势，形成自己对企业管理的思考。

渐渐地，他涉猎的范围也越来越广泛。

"我有一种要去读书的强烈愿望。"作为集团董事长兼总裁的温显来，从繁忙的经营管理工作中挤出时间参加包括"脱产"在内的各种学习。早在1994年，参加了武汉大学工商管理专业函授学习；1995年5月，参加国家工商局与中央党校联合举办的全国个体私营经济理论政策培训班学习；2000年8月，就读于清华大学经济管理学院，脱产学习公共管理专业，取得了MBA学位。作为一家民营企业的引领人，放下日常工作，全身心投入学习，且能保证企业正常运转，足见华能集团管理制度的优越性，在上饶一直传为佳话；2001年4月至2002年10月，就读于南澳大学与江西财经大学联合举办的企业管理硕士班，取得了MPA硕士研究生学位。

只有通过学习新的知识、新的理念，才能在管理上、经营上不断创新。温显来说："我的学习是宏观与微观相结合，既务实又务虚。务虚可使我尽可能站在高处，拥有更广阔的视野；务实有利于我们企业市场空间的开拓。"

在清华大学攻读 MBA 期间，温显来的同学中有很多是博士、硕士，他是第一学历最低的一个，但也是学习最刻苦的一个。"我在那里真的是学到了东西，假如没有那次学习，鑫新股份重组之后，我根本不知道怎么去管理，我们公司的管理水平也不可能提升。"

温显来还先后在中央党校、国家社会主义学院、上海会计学院、北京大学、江西行政学院等参加各种形式的学习，光记录的学习笔记就有 50 多本。多年的坚持学习已成为一种习惯，以至于后来不管工作多么繁忙，温显来总是要匀出时间来沉淀自己。温显来坦言："学习使我终身受益，博能每一个发展都和学习有很大关系。"

温显来不仅重视自我的提升，还非常关心管理层和普通员工的学习深造。早在九十年代初，当时的华能集团就把 4 名中层干部送到北京大学学习工商管理硕士研究生课程，8 名员工送到南昌大学脱产学习 2 年；公司还出资鼓励员工参加电大、函授、自考学习以及专业技术培训。同时，公司还定期邀请一些著名大学的教授对公司员工进行项目管理、财务管理、合同管理、计算机应用以及法律法规等知识培训。管理人员按照"每年四本书"的要求，每个季度深读一本书。

很多人为此疑惑："这不明摆着白花花的银子往水里扔吗？"可温显来认为，企业要想在激烈的市场竞争中求生存、求发展、求壮大，首先要营造学习氛围，只有把企业铸造成一个学习型的团队，我们才能刷新思想，把握生机，赢得市场主动权。

"我可以很自信很自豪地说，在江西民营企业管理的规范性、有效性和管理理念的先进性上，博能不会输给任何一家企业。比如对现代企业管理的一些新理念、新手段和新方法的运用上，都是超前的。"在温显来的深刻理解中，舍得在员工学习上投资，既是对员工的个人成长投资，也是为公司的未来投资。

"慎思捷行，广学善博"，学习型企业的定位，给博能带来了不断成长的动力。

选择博能，就意味着选择了一种积极向上、提升自我的生活方式。博能上下形成了一股富有激情、不断进取的氛围，坚持学习的文化深入人心。

博能卓越的企业文化，也由此在厚积薄发的过程中形成。

"世界第一CEO"杰克·韦尔奇说过："如果你想让列车再快10公里，只需要加一加马力；而要使列车速度增加一倍，你就必须更换铁轨了。资产重组可以一时提高公司的生产力，但是如果没有文化上的改变，就无法维持高速的发展。"支撑企业高速发展的"铁轨"或者说企业的脊梁，就是企业文化。

在温显来看来，企业的组织结构、制度体系、生产技术等"硬件"是可以被模仿和超越的，但是根植于企业内部、随着企业经营发展而凝结成的企业文化却是不可模仿、独一无二的。企业文化将成为企业核心竞争力中关键的一环。

为此，在长期的经营管理实践中，博能逐渐形成了"博采众长、尽我所能"的企业精神、"坚持四方共赢"的企业价值观和打造"三个博能"（"健康博能、文化博能、创新博能"）的构想。

"博采众长、尽我所能"体现的是博能企业文化中的人才思想。创业伊始，温显来就不断树立起人才战略是博能发展的第一战略、第一资源，明确地提出引进人才、培养人才、尊重人才是博能的创业之源、发展之源、竞争之源。例如，早在1994年就购买了4辆小车、2辆桑塔纳、1辆奥迪和1辆吉普车，主要用于煤炭跑业务及接送高管上下班，吉普车提供给员工练车考驾照，如今，对中层管理人员全面实施了购车和用车补贴；又如，建立了工资正常增长机制，保障员工工资待遇随企业效益增长而不断改善，从而使员工工资水平在同地区同行业中保持较高水平；此外，还出台大学生购房补贴、安家费、多通道晋升管理办法、内部股权激励机制等制度，为员工创造更多投资理财的机会等等。正是因为良好的用人机制，吸引了全国各地的优秀人才，包括博士生、硕士生、金融专家、机关里身居要职的官员等等都向着博能而来。除了前文陆续提及的优秀人才外，第一任办公室主任郑迈青是哲学硕士，第二任主任周云非是研究生，第三任主任陈文松是中学校长，这些都是博能人才的一个个典型代表。

博能企业文化的精髓是"厚德恒久，诚信永长，追求四方共赢"，意在构建信、义、利与追求共赢的和谐统一。温显来认为，要想在竞争中立于不败之地，就必须运用"追求多赢"的思维，勇于和善于发现市场关系中多方的需求差异，把握同行和竞争者的经营特色，用自己的产品和服务给合作者、消费者提供回报。小赢靠勤奋，中赢靠智慧，大赢靠诚信。博能集团继承赣商讲究"贾德"、注重诚信、"以诚待客、以义制利"的传统，并发扬光大。

"三个博能"的打造则是企业发展的根基。"健康博能"既包括企业的经营思想和理念具有前瞻性和科学性，也包括员工的身心健康，实现企业发展和员工生命价值的有机统一；"文化博能"是要构建起让自己精彩、对社会有贡献、对人生有价值，包容、分享、共赢的企业文化；"创新博能"是在资本模式、商业模式、产品研发等方面与时俱进、持续创新。把健康、文化、创新这些正能量融入进企业的发展历程中，为博能的可持续发展注入源源不断的新能量。

企业内刊作为企业文化的载体，博能集团一直保持着发行内刊的传统。早在1995年，博能集团的前身华能实业就创办了内刊《华能之声》，这是一份简朴的油印刊物，每月出版一期。由原上饶市工商联主席吴启文及历届办公室主任共同创办。此后，博能先后创办了《理想》《共铸辉煌》《博能视点》等刊物，共发行500多期，直到2004年集团网站建立后才停刊。这些刊物以"传播企业文化，弘扬博能精神，沟通信息桥梁，反映员工心声"为宗旨，成为打造博能企业文化建设的阵地。

卓越的企业文化是博能的灵魂，不仅增强了企业的内部凝聚力，健全、规范了企业的机制、制度，还推动了企业的创新和发展。博能还曾经荣获全国企业文化优秀成果奖。

在产品、服务越来越同质化的市场竞争中，营造一种有利于企业持续健康成长的企业文化是保持企业先进性的不二法宝。博能卓越的企业文化必将成为新时期竞争制胜的利器！

基于不断学习与企业文化的深耕，温显来的企业经营理念已上升到更高的哲学层面。

一方面，博能集团形成了"工业、金融、地产"三足鼎立的业务结构。三大板块虚实结合，以实为主，有轻有重，轻重得当。这样的业务结构，充满着智慧和力量，是一个良性循环、阴阳平衡、生生不息的太极式结构。俗话说，"东方不亮西方亮"，任何事情都有它的生命周期，产业发展也是如此，这也是为什么百年老店很少的重要原因之一。而博能这种适度多元的三大板块结构，既能有效防范资源的过度分散，集中精力、好办大事，又能有力避免行业的周期性波动，始终确保有业务能处于阳面。老子云："有之以为利，无之以为用。"在温显来看来，阳面为"有"，能产生效益、维持运转；阴面为"无"，可积蓄能量、蓄势待发。作为企业经营的大智慧，蕴含太极思想的板块结构具有极大的抗周期功能，势必推动博能走得更远、更健康。

另一方面，博能各大板块都有秘密"核武器"。一是地产板块方面，不仅注重打造完善的生活家园，更加注重链接人与人的情感、培育贴心的精神家园；商联中心采用"资本＋影响力"的"两个众筹"模式，为博能带来了良好的美誉度和经济效益。二是工业板块方面，"开放式闭环"让人耳目一新，通过股权开放、经营独立，吸引了无数仁人志士加盟；通过整个产业链的闭环，实现优势叠加、资源共享、降低成本、提升效率之目的。三是在金融板块方面，创新了"万年模式"和"万千合伙人计划"，联合各方共同致力于普惠金融领域。这些理念环环相扣、相辅相成、各有侧重，共同搭建起博能大厦发展的脊梁!

三大产业板块的整体转型升级,实现齐头并进强势崛起,也让博能集团企业"航母"驶向了更为壮阔的发展新"蓝海"。眺望远航壮阔前方,博能的愿景蓝图深情可期,无限壮美!

2017 年,博能集团又再次跻身"中国民营企业 500 强"与"中国制造业企业 500 强"。而这只是这一愿景的刚刚开幕……

第九章
倾情赣商复兴之梦

历史上的赣商被称为"江右商帮"，曾纵横商界九百余年，称雄于明清两朝，是与晋商、徽商等并列的"中国古代十大商帮"之一。

江右商帮缔造的商业辉煌和深厚文化，不仅在中华商业史上具有重要历史地位，更是对改革开放进程中的新一代赣商产生了深远影响。

传承"江右商帮"精神，铸就当代赣商天下伟业。

新世纪以来，在江西民营经济崛起的过程中，一批具有广泛社会影响力的民营企业家被江西省委、省政府以及社会各界寄予越来越深切的厚望，期待他们引领全体赣商传承江右商帮文化与商道情怀，弘扬江右商帮商道品格精神，在改革开放伟大时代续写新的商业传奇。

博能集团稳健发展壮大的过程，也是温显来视野格局与人生情怀渐行渐宽的过程。

砥砺奋进的岁月中，家国情怀和社会责任的悄然融入，让温显来逐渐产生了新时代赣商的使命担当之思——在改革开放伟大时代进程中，新一代赣商有责任共担起传承弘扬江右商帮精神文化、铸就新的商业辉煌的时代使命。

温显来胸中的这种使命情怀，与40多位深具影响力的江西民营企业家们不谋而合，激起他们的强烈共鸣。

2012年，一个具有深远意义的宏大项目，历史性地选择了由他们来共同打造。

这一宏大项目，就是打造承载传承江右商帮精神、引领开创全球赣商新辉煌的大平台——"同心谷·赣商之家（商联中心）"。

经过五年的筹划与建设，同心谷·赣商之家（商联中心）正以气势恢宏的高度屹立于赣江之畔，向世界昭示了当代赣商决意走向全球的视野。

古有遍布海内外的江右商帮会馆"万寿宫"，今有正走向世界的新时代赣商大平台"同心谷·赣商之家（商联中心）"。

凝聚四海赣商，共创天下伟业。

同心谷·赣商之家（商联中心），激起每一位赣商胸中坚定而强烈的文化自信，激励着天下赣商凝心聚力走向创造新辉煌的新征程。

第一节　对赣商历史荣光的敬仰

改革开放宏大进程中，敢为人先的江西民营企业家们艰苦奋进共同创造了辉煌，其实力和影响力逐渐在全国商界有一定地位。

更令人欣喜的是，赣商在全球商界的活跃程度也越来越引人瞩目。

与此同时，一大批江西民营企业家诚信立业、以义为先、勇于担当社会责任的优秀商道品格，广受社会赞誉。

于是，每当谈及江西民营企业家这一群体时，人们在以地域简称赋予其群体称谓——"赣商"时，总会自然而然地提及一个在古代声名显赫的商业群体——"江右商帮"。

因为，改革开放进程中诞生、崛起的赣商，他们艰苦奋进、勇于开拓的创业精神和诚信立业、义利兼顾及勇于担当社会责任的商道品格，与江右商帮的商业精神与商道品格是一脉相承的。

历史长河里声名卓著的江右商帮，在改革开放进程中因当代赣商的崛起重回到了人们的视野。

…………

历史的深厚渊源与文化的代际传承，凝汇成不同地域或群体的显著精神特质。

在中华商业文明历史中形成的商帮，可谓兼具地域与群体融合的鲜明特征。他们以乡土亲缘为纽带，有着共同的商业价值认同、商道智慧，凝聚成自己显著的商业群体性精神品格，经久不息、代际相传。

古人以西为右，江西属长江以西地区，因而古称"江右"。

这方水系发达、山脉纵横、沃野千里的南方之地，在遥远的历史时空中上承中原文明、脱胎衔启于吴越文化，由此而孕育出以"耕读传家"与"文章节义"为核心基因的丰富赣文化体系。

在这方散发着浓郁稻作与诗书气息的土地上，崛起了一个在中华商业文明史上具有显赫声誉与深远影响的商帮——江右商帮。

江右商帮，是中国古代商帮中最早成形且此后发展为实力最为雄厚的商帮之一。与晋商、徽商、闽商等并称为"中国十大商帮"的江右商帮，被誉为中华商业文明历史银河中的璀璨之星！

历史是一面镜子，忠实映照并见证着社会文明的进程。

唐宋时期，由于经济文化中心从中原地区逐渐南移，江西的人口剧增、水陆交通畅达、商业活跃，渐成南方物产丰饶的富庶之地。同时，一些江西人开始弃农从商，把江西丰饶的物产运出去，在外地经商开铺，从事商业活动。

此后，从山重水复的江南西道出发，一代又一代的无以计数的江西游商坐贾、儒生耕农或匠人杂工，在重农轻商的社会历史氛围中却以令人敬佩的勇气，凭借江右丰富的农业物产而"弃耕代贾为第一等生业"，不畏艰辛负贩从商。

由小商小贩起家，凭着自己坚韧不拔的毅力、吃苦耐劳的精神，足迹遍至通都大邑和广漠河海，走向天下四方，代际生生不息，江右商帮最终业立天下。

唐宋时期，景德镇瓷器精美绝伦，"瓷都"开始名扬天下；"药不到樟树不齐、药不过樟树不灵"，"药都"樟树镇渐起为全国"大马（码）头"；江西作为全国重要的粮食集散地，九江作为长江之滨极具影响的商埠地位，开始慢慢形成，以至于有"三日不见赣船来，世上就要闹粮荒"之说。

明代数次大规模移民，更多江西人离开故土，遍布四方，其中很多人到外地后纷纷以经商谋业。直至清代，在跨越九百多年间的历史时空里，江西商人已汇聚崛起为声名显赫的庞大商业群体。

"南北辉映，四方盛极"，明清的江右商帮达到鼎盛时期，其行商足迹遍及大江南北，从雄踞京城到驰骋幽燕关陕、八闽两广、荆楚川蜀，再到通达云贵齐鲁，取道边塞之城……

在对中华商业文明星空的睽望中，江右商帮从来都不曾淡出人们的视野。江右商帮之所以备受世人敬重，除了因其"人数之众、操业之广、实力和渗透力之强"，在中国商业发展历史上占据着显著地位之外，另一个重要的原因，那就是江右商帮的商道精神品格。

对于江右商帮的商道精神品格，中央电视台在 2014 年 11 月 12 日的专题纪录片中，作了精辟总结阐述：诚信立业，义利兼顾，以义为先。

在此意义上，江右商帮不仅为中华商业文明发展作出过卓越贡献，更为中华商业精神与商业品格树立了典范。

这也正是当代赣商引以为豪的精神标杆！

改革开放以来，在许许多多赣商心中，江右商帮的荣光历史为他们的创业历程中注入了强大的精神力量。

而对江右商帮商业精神的敬仰，更是让他们在创业过程中自觉地秉持诚信和义利兼顾的商道品格。

"一个包袱一把伞，走到湖南当老板。"与很多江西民营企业家那样，温显来最初也是从著名文学家沈从文先生思接千载的悠悠讲述里，得知了古代以"家贫服贾"者为主体的人群，由江南西道逐渐走向天下四方负贩经商的故事。

历史上那些由小本经营走向实力雄厚的巨商的奋进故事，对温显来而言有着巨大的感召力。

比如，江右商帮中的重要一支——"白马商帮"的故事。

乾隆初年一个细雨绵绵的清晨，天庭饱满的清瘦男子杨学修肩挎一只蓝底白花土布包袱，右手撑着一柄油布雨伞，跟随村子里几位木匠离开白马寨。进入萍乡的宣风驿后，那些木匠开始走家串户揽活，但杨学修并没有停止西行的脚步，而是沿着一条石板古道进入湖南长沙府。

自小，杨学修就听到先人说过，从长沙府沿着沅水西行，经益阳府、常德府，穿过湘西，可以抵达贵州铜仁。此行的杨学修试图沿着这条断断续续的石板古道，探索出一条经商致富、振兴家族之路。此时，杨学修已近而立之年，多年的科举无望后，决定弃学从商，通过"商而优则仕"来光大杨氏门楣。

从平原丘陵的白马寨来到崇山峻岭的沅水流域，杨学修发现这些地方盛产雄黄、硝石、桐油、皮革、棕叶、木材等，价格十分低廉；而在家乡及周边的萍乡、上栗、宜春、万载等地，烟花鞭炮是传统行业，需要大量雄黄与硝石，木材与桐油也是紧缺之物。这个重大发现让杨学修欣喜若狂，他赶紧回到家乡，组织起一支从商队伍。

此后，这一江右商帮的重要分支，靠着讲信誉、倡仁义而崛起为实力雄厚、影响力甚广的"白马商帮"。

再比如，那些家境贫苦的芥微之士，因生计的困窘而弃农外出经商，通过艰苦打拼创出大业，改变命运和成就事业的故事。

像万年的方之泽，父母过世早，家无宿食，又"不受人怜"，乃奋而治生，后竟为万年首富；广丰的周维新，"三岁失怙，母又他适，赤贫无依，遂寄食于姊婿家"，成年后，独立外出营商，致"资财厚实"；崇仁的聂瓛，父母俱盲，家无蓄储，于是"负煤炭鬻市，资为养度"，后终成一方巨商。

更有从清末至近代，一批大名鼎鼎的江右商帮巨子相继涌现。

江西萍乡人文廷式创办康泰福煤号，买机器开采安源煤矿，兼营炼焦运输，后与汉阳钢铁厂、大冶铁矿合组成汉冶萍公司；江西九江修水人陈三立与江西萍乡人李有棻创办江西铁路公司，倡修南浔铁路；江西抚州南丰人包竺峰在上海、南京、徐州、南昌拥有多处钱庄油行、布行，民国时期回乡建江西大旅社和包家花园，投资官商合办的江西银行。江西抚州临川籍汤子敬为近代中国西南首富；其他还有陈筱梅、周扶九、肖汉儒等。

…………

从此，对江右商帮群体特质、精神风貌的持续深入研读，渐渐在温显来的情感深处蓄积成一种深厚的敬重情结。

每一次闻听或是阅览江右商帮的历史，温显来仿佛总能感受到自己内心中有一种深切激越之情。那些出身寒苦却奋力拼争，最终靠商业成功而改变命运、成就人生的江右商帮名士的故事，给了他巨大的精神鼓舞。

而江右商帮取得巨大商业成就背后的商道品格，又无疑成为温显来商业前行路上的精神向导。

江右商帮中的成功人士获得商业上的成功后，在经商立业的当地和家乡江西慷慨出资兴学堂、建医馆、修桥铺路，善行公益之事业。这样由商业上的成功上升至人生事业成功之更高境界，更让温显来心怀敬仰，让他确立了追求人生事业成功的高远目标。

能够穿越千年历史的，是文化的力量。

不仅仅是温显来，对于江右商帮所创造的那段辉煌商业历史和商业精神、商道品格以及商业人生的成功境界追求，又何尝不让每一位江西民营企业家敬仰推崇，潜移默化地深刻影响着他们的创业之路和人生事业追求。

第二节　领衔赣商打造“同心谷”

优秀文化的传承与弘扬，赋予一个国家、民族在经济社会发展进程中以巨大动力。

对于商业领域而言同样如此。

世纪之交，优秀商业文化的传承与弘扬在全国各地越来越成为热点现象，为地方民营经济社会发展注入强大助推力，古代商帮的精神内涵与当代商业文明的渗透融合再一次昭示了文化深层持久的力量。

波澜壮阔的改革开放大潮，催生了江西民营经济的蓬勃发展。

新世纪第一个十年过后，江西民营经济发展呈现出总量提升、规模扩大、活力迸发、环境优化的良好态势，民营经济支撑了江西省经济发展的半壁江山，为江西省经济发展、扩大就业、增收富民作出了重要贡献。

一大批新时代的赣商应运而生，在越来越开阔的商业天地里纵横驰骋，奋力书写着他们人生事业的创业篇章。赣商的影响力不断扩大，越来越多赣商成为全国行业中的优秀商界精英或领袖。

民营经济兴则江西经济兴。要赢得江西民营经济的不断崛起，既要打造一批实力雄厚、规模品牌在全国有影响力的民营企业，又要鼓励引导更多江西人加入到创业的行列中。

改革再出发，中共十八大和十八届三中全会召开，为民营经济发展开辟了更为广阔的天地。新一轮波澜壮阔的改革大潮，将再次席卷 960 多万平方公里的大地。

之后，江西省委、省政府出台《关于大力促进非公有制经济更好更快发展的意见》，以前所未有的力度，进一步激发全省民营经济发展活力和创造力，助推江西发展升级。

聚天下赣商，创就新时代辉煌大业。

2012 年 7 月，第十届江西省工商业联合会领导班子选举成立，温显来和 40 多位民营企业家当选为兼职副主席、副会长。

对于新一届省工商业联合会团结和引领江西广大民营企业家，在改革开放新的历史阶段以大作为、大梦想和大抱负，实现聚天下赣商、促江西新崛起的大目标，江西省委、省政府寄予深切厚望。

高度决定视野，有大格局才能实现宏伟蓝图，这是一个需要用胆识魄力去绘就蓝图、实施决策的大时代。

　　为引领全体赣商开创江西民营经济发展的新格局，第十届江西省工商业联合会站在时代高度，回望历史、立足现实、放眼未来，提出了重振赣商雄风、重塑赣商精神的宏大构想。

　　其中，传承与弘扬"江右商帮"精神，被置于重要位置。

　　"我们有责任守望好、发掘整理好并传承弘扬江右商帮的荣光历史，更肩负着在改革开放新时代再创赣商辉煌的荣光使命！"第十届江西省工商业联合会领导班子集体，从开创江西民营经济发展全新大格局出发，一开始就把开阔深远的视野与传承弘扬江右商帮精神紧密融合在了一起。

　　一个打造承载赣商新辉煌梦想大平台的建议，随即被提出。

　　这一大平台，就是新时代的赣商会馆——江西省民营企业总部基地。

　　历史上遍布四方的江西商人，无论大富还是小康，大抵忘不了赣人祖先的文化偶像——许真君，他们在行商立业的江西当地和省外各地，广建万寿宫以供奉之，以至于后来有江西商人聚住的地方就有万寿宫。

　　逐渐的，万寿宫也就成为古代四海名扬的赣商会馆。

　　承载了江右商帮荣光历史的万寿宫，见证了古代赣商在历史长河中创造的商业辉煌。在如今江西人尤其是赣商的心目中，万寿宫已然成为新时代赣商商业精神凝聚力的图腾。这精神图腾，既是一种艰苦创业奋进的巨大激励力量，也赋予赣商以商业成就人生事业的追求境界，其中更有取之不竭的商道智慧。这样高度的文化认同，又让万寿宫在新时代广大赣商心中，衍生出深层而强烈的归属感。

　　继第十届江西省工商业联合会领导班子成立后的第三个月，江西省工商联（总商会）第十届一次主席会议在南昌召开。

　　这次会议有一项重要议题，即正式提出打造承载赣商新辉煌梦想的大平台。这一融注了历史与现实的弘扬传承，承载着创就天下赣商事业辉煌的大平台项目，被命名为"江西省总商会企业总部城市综合体项目"。

"具有强大精神感召力和归属感的文化认同，当以物质载体为传承平台，这方平台也就外化成了传承者凝心聚力的行动舞台。"江西省工商联主席雷元江同志坚信，这一项目必将成为江西经济发展的一个坐标，成为向全国展示赣商精神的一个符号。

在雷元江同志的整体宏大构想中，这是打造新时代赣商会馆的第一个引领项目。通过这一项目引领，江西全省范围内将实现每个市县（区）都建设一个凝聚赣商发展的平台，将来逐步在外省市和世界各地推广建设。

如此，若干年之后，新时代的赣商会馆将遍布省内外及国外和地区。

如此，若干年之后，遍布天下的赣商，将以一个个新赣商会馆为发展平台，凝聚力量、做大做强，做出实力品牌和影响力。

…………

这一宏大构想，一石激起千层浪，在海内外广大赣商中引发强烈反响。

建设"江西省总商会企业总部城市综合体项目"的提议，更是激起了与会每一位省工商企业家副主席、副会长的强烈情感共鸣：

"我们改革开放时代里涌现出的赣商群体，早就需要这样一方承载共同事业归属的平台，这也是我们赣商事业情感的平台。"

"这一项目建成，即意味着我们就有了展现新时代赣商精神风貌的一个大舞台。将来各个地方的赣商基地建成，赣商在全国和国外及地区的发展将呈燎原之势。"

"这是凝聚赣商、服务赣商、提升赣商整体实力的重要举措，也是传承江右商帮文化、弘扬新时代江西精神的有效载体。"

…………

几乎所有与会的江西省工商联兼职副主席、副会长企业家，从时代赋予的使命担当出发，从凝聚天下赣商抱团发展的视角出发，识大体顾大局，一致同意倾情打造"江西省总商会企业总部城市综合体项目"。

如此强大的阵容，可谓吹响了赣商抱团发展的集结号！

秉持江右商帮精神，联合开创天下赣商大业，这一主旋律也由此成了红土地上激越人心的声音。从此天下赣商同心——同心同德、同心同向、同心同行；从此天下赣商携手——汇聚于一座座总部基地平台，以抱团发展的模式开创商业辉煌。

江西省总商会企业总部城市综合体，最后被正式定名为"同心谷·赣商之家（商联中心）"，犹如聚水聚气之"谷"地，长江大河源自谷，象征天下赣商将以此为新起点，不断开创辉煌。

此名寓意丰富深刻，赢得了社会各界一致的赞同。

江西省委统战部高度重视，不仅对"同心谷·赣商之家（商联中心）"这一项目大力支持，更对项目作为传承弘扬江右商帮精神的载体平台、引领天下赣商开创宏伟大业的深远意义高度赞赏。

时任江西省委常委、省委统战部长蔡晓明同志在集体决策的酝酿阶段就十分关心此项目，从推动江西非公经济"两个健康"发展的高度，提出同心谷·赣商之家（商联中心）"一个基地五个中心"的项目架构以及"市场运作，自愿参与，集体决策，风险可控"的运营原则，为项目指明了方向。

同心谷·赣商之家（商联中心）项目，选址于南昌市红谷滩新区凤凰洲的长江路以南，红谷北大道以东，紧邻赣江之滨。项目占地约186亩，总建筑面积超80万平米，集企业总部五A写字楼、五星级酒店、商业裙楼和高档住宅为一体。其中，企业总部主楼为61层，高度约300米，为江西省标志性建筑，总投资为74.8亿元。

这一项目，将建成"江西企业总部基地"和"金融服务中心""赣文化传播中心""民营企业创新中心""人才教育培训中心""法律服务中心"，打造人才流、智慧流、信息流、创新流、财富流汇聚的赣商硅谷。

···········

关于同心谷·赣商之家（商联中心）项目规划层面的问题，在满怀激情憧憬的群策群力中，一项项清晰跃现而出。

随后，关键问题被提上了议程——同心谷·赣商之家（商联中心）这一项目，具体由哪家企业来牵头统筹建设？

对于这一问题，在每一位副主席、副会长相互交流的过程中，大家很快形成了高度一致的意见：由博能集团来承担！

"经过慎重的前期讨论和广泛地征求意见，大家一致建议由博能集团来牵头负责这一项目建设。"经江西省工商联（总商会）第十届一次主席会议决定：由博能集团牵头、42家民营企业共同参与，成立江西慧联置业有限责任公司，按照"市场运作、自愿参与、风险可控、集体决策"的原则，联合打造同心谷·赣商之家（商联中心）。

时代选择了温显来等43位深具影响力的赣商，建设承载赣商新辉煌平台的重大责任，就这样历史地落到了他们肩头。

这是一份注定将载入赣商发展史册的名单（排名不分先后）：

江西省总商会

江西博能房地产开发有限公司

赣州华坚国际鞋城有限公司

正邦集团有限公司

先锋软件股份有限公司

江西东旭投资集团有限公司

江西中嘉投资有限公司

江西烨煜科技有限公司

江西交建工程集团有限公司

江西省新佳元管理有限公司

博泰投资集团有限公司

思创科技集团有限公司

中阳建设集团有限公司

江西洪大集团有限公司

王再兴

北京创盈科技产业集团有限公司

南氏实业投资集团有限公司

发达控股集团有限公司

英万（南昌）置业有限公司

煌上煌集团有限公司

果喜实业集团有限公司

洪客隆投资有限公司

江西城投开发有限公司

江西锦溪投资有限公司

江西丰源实业集团有限公司

九江信华集团有限公司

江西众一矿业集团有限公司

陈志胜

崇义章源投资控股有限公司

江西巨成实业发展有限公司

泰豪集团有限公司

高安市永生大厦（宾馆）有限责任公司

江西际洲建设工程集团有限公司

江西省东阳实业发展有限公司

江西方正工程监理造价咨询有限公司

江西新万怡置业有限公司

江西绿巢实业发展股份有限公司

江西至嘉置业投资有限公司

江西理想投资有限公司

江西济民可信集团有限公司

江西省开开电缆有限公司

江西陶礼满天下置业有限公司

江西满泰实业有限公司

在热烈的掌声与信任的目光中，温显来内心深处充满激越与感动之情，更涌动着巨大的鼓舞力量。

"意义如此深远重大的一个综合体项目交给博能集团来牵头运作，这是省委、省政府和省委统战部、省工商联及全省工商企业界对博能集团和自己莫大的信任。博能集团唯有倾注全部心力，把这一项目运作好，才是对这份信赖最好的回报！"温显来深知，这不仅仅是一个建筑项目，更是一份沉甸甸的责任。

在江西社会各界尤其是工商企业界，温显来担当这一项目的牵头人和领衔者，可谓是众望所归。

多年以来，在社会公众视野中，温显来除了在商业领域的长袖善舞之外，开始对企业家精神、家国情怀及事业追求、赣商群体的发展壮大、理想抱负等投以深层的思考，并为之身体力行。

因其企业经营发展的卓越理念和广泛影响力，尤其是在商界讲信义、有担当、有情怀的品格，从世纪之交以来，温显来逐渐成为上饶市乃至江西全省民营企业界的优秀赣商代表。

更为重要的是，温显来在为江右商帮辉煌历史和博大精神深深震撼打动的过程中，他的思考也不断趋向一系列厚重的文化命题——作为改革开放进程中崛起的新时代赣商群体，该如何接续先贤之商业品格与商道情怀，在这个磅礴大气的新时代崛起新的商业辉煌、纵横驰骋更为壮阔的商业天地？怎样彰显新时代赣商更为博大的事业胸襟、见识与魄力及在全国商界树立新赣商崭新的时代群像和精神风貌……

2007年，赣商联合总会成立，温显来担任常务副会长。此后，他就改革开放进程中传承江右商帮精神、书写赣商事业辉煌这一主题，提出的抱团发展、建设凝聚赣商事业发展合力等建议，在广大赣商中间得到高度认同。

在担任第九届江西省工商联（总商会）副主席期间，温显来倾力推动成立江西民营经济研究机构。2011年博能集团出资创办江西民营经济研究会，旨在为发掘整理江右商帮历史、传承弘扬江右商帮精神、凝聚全体赣商智慧，推动江西民营经济更好更快发展。

…………

对江右商帮厚重文化的敬重，对新一代赣商传承弘扬江右商帮文化时代使命的深刻领悟，逐渐在温显来内心深处凝聚成了一种情怀担当——当与改革开放进程中崛起的赣商一道，秉持弘扬江右商帮精神，开创赣商新的辉煌。

第三节　赣水之滨崛起赣商新高度

打造百年经典工程，铸就千年赣商符号。

独特的使命定位和丰富的深刻内涵，使得同心谷·赣商之家（商联中心）的意义远超出了建筑体本身。正在矗立而起的这一宏大建筑体，将以镌刻历史的厚重感和震撼世界的恢宏气象，成为展示新赣商精神的开篇之作。

经典的力量是巨大的，但成就经典背后的努力纷繁复杂。

在设计展开之前，温显来率江西慧联置业团队奔赴国内外，对世界上最知名的城市综合体进行调研，形成了清晰的规划设计概念思路。

"既充分体现江西地方文化的鲜明特色，又赋予江右商帮历史精神的深厚内涵，还要彰显凝聚赣商、服务赣商的世界赣商平台形象特质，要让这一切建筑设计理念得以实现，必须要有世界一流的设计团队。"温显来和42位企业家一致提出，要汇聚世界一流水准的团队来合力设计同心谷·赣商之家（商联中心）。

2013年6月，江西慧联置业有限责任公司向全球招标，同心谷·赣商之家（商联中心）的整体建筑规划设计正式启动。

最终，排名世界第一的HOK、世界第四的Atkins两家全球最具威望的顶尖设计单位，被确定为概念规划设计的竞争单位。

与此同时，项目的机电设计、幕墙设计、园林景观设计、商业顾问等招标，均以全球一流标准要求发布。分别确定：由世界排名第一的PB（栢诚）作为项目机电设计顾问；设计过世界第一高楼迪拜塔的全球幕墙大师ALT（艾勒泰）作为项目幕墙设计顾问；著名园林设计公司贝尔高林总裁兼执行董事许大绚作为项目园林景观设计顾问；国际4A品牌黑弧奥美作为项目广告创意顾问；全球十大国际会计及专业酒店管理顾问浩华国际作为项目酒店投资顾问；国际商业顾问公司TB（道宾）作为项目商业顾问；入选中国最具影响力AD100的蒙泰室内设计团队，以及香港十大顶尖室内设计师之一SLD共同负责室内设计。

在整个设计阶段，江西慧联置业有限责任公司的全体股东，数次举行项目规划设计专题汇报会。

时任江西省委常委、省委统战部长蔡晓明同志多次莅临专题汇报会，并对设计规划提出指示要求，不断提升完善设计理念。江西省工商联主席雷元江同志等领导，在设计的许多方面提出了指导，让设计更准确地契合定位。

深远厚重的历史与未来之思，高远开阔的胸襟眼光，世界一流顶尖的设计经验智慧，彼此碰撞交流融合。这一切呈现于同心谷·赣商之家（商

联中心）的设计图上，从大气磅礴的恢宏格局到建筑体的每一个局部，都
比肩世界级地标性城市综合体。

打开建筑蓝图，整个地块造型像一艘船，意喻古往江右商帮扬帆出海
的船只；每一栋建筑的外形来源于景德镇陶瓷艺术，类似于拉坯出来的巨
大青花瓷瓶造型。这个有思想、有血肉的、庞大的地标建筑群，处处彰显
着江西人的文化底蕴，浸润渗透到每一座矗起的建筑里。

…………

承建设计图的，是中国建筑行业的翘楚——中建集团和中铁建设集团。
至此，同心谷·赣商之家（商联中心）的建设启动已万事俱备。

"这是海内外赣商共同期盼的时刻！"江西省工商联向海内外赣商发
出号召——在同心谷·赣商之家（商联中心）项目建设启动之际，举行项
目建设启动仪式暨赣商恳谈会。

2014年6月18日，见证历史的一天来临了。

江西南昌，红谷滩新区凤凰洲赣江之滨，江西省、市领导莅临，全国
各地的江西商会会长、海内外赣商代表、知名企业家和各界嘉宾云集，出
席同心谷·赣商之家（商联中心）项目建设启动仪式暨赣商恳谈会。

在隆重热烈的气氛中，温显来作为同心谷·赣商之家（商联中心）项
目的负责人和省市领导、赣商代表一起共同按下启动仪，这标志着项目建
设迈出了实质性的第一步。

"我们有一支充满了激情和理想的项目团队，他们积累了多年的项目
开发经验，年富力强，追求极致。我们的背后还有40多位江西最优秀的
民营企业家股东，他们遍布各个行业，他们会毫不吝惜地用他们的专业知
识和经验来帮助项目团队，股东们的殷切期望和我们心中的责任感是我们
的力量源泉。"

在启动仪式上，温显来代表同心谷·赣商之家（商联中心）项目全体
企业家股东郑重宣布：将在三年后向社会各界交出满意的答卷！

以只争朝夕的精神，全力推进项目建设。

由此，温显来与同仁们投以巨大激情，为把同心谷·赣商之家（商联中心）蓝图变为现实而倾力奋进、通力合作。

2014年下半年，同心谷·赣商之家（商联中心）各项基础设施建设陆续开工。

2015年7月，江西首家威斯汀酒店签约落户同心谷·赣商之家（商联中心），为目前江西最高端国际品牌酒店。

2015年10月23至25日，历经72小时连续浇筑，同心谷·赣商之家（商联中心）两座塔楼大底板混凝土一次性浇筑圆满完成。

2016年5月，同心谷·赣商之家（商联中心）项目文化旅游休闲中心开始动工，同年下半年豪华住宅楼全部封顶。

2017年2月，赣商博物馆开始建设。

2017年9月18日，随着最后一根钢管柱缓缓就位，同心谷·赣商之家（商联中心）B2塔楼钢结构喜迎封顶。

…………

项目建设稳步推进，蓝图一步步走向现实。

同心谷·赣商之家（商联中心）气势恢宏的两栋海拔近300米的雄伟地标建筑，及其主题体验式商业中心、高端住宅、商业裙楼、艺术大道等建筑体，共同构筑的气势浩大的宏伟建筑群，渐渐清晰地呈现。

"一个基地·五个中心"——赣商总部基地，金融服务中心、赣商文化传播中心、民营企业创新中心、人才教育培训中心、法律服务中心建设的各项工作全面铺开。

赣江之滨日渐崛起赣商新高度！

同心谷·赣商之家（商联中心）第一次向世人展示其整体轮廓和恢宏气势，代表着在改革开放进程中崛起的新时代赣商，以传承弘扬江右商帮精神为使命担当，正开启铸就新辉煌的宏大梦想。

第四节　同心开创辉煌新篇章

同心谷·赣商之家（商联中心）的崛起，矗立起传承江右商帮精神的符号，也树立起新时代赣商同心抱团发展的旗帜。

抱团发展，是古代商帮得以形成的重要因素。

历史上的江右商帮，被公认为中国古代商界中抱团发展的典范。遍布海内外的江西会馆万寿宫，就是古代赣商抱团纵横商界足迹的见证。

传承江右商帮文化，弘扬开拓奋进精神，广大赣商首先当积极践行"同心"思想，体现进取精神，突出抱团理念，彰显新时代赣商的胸怀、见识与魄力。在抱团发展中树立新形象，在新时代经济大潮中以抱团发展的方式抢占先机、赢得主动、赢得优势、赢得未来，实现赣商的新发展。新世纪以来，随着全球经济、科技、格局的变化以及中国经济结构的调整，人们深刻意识到，未来的经济发展必然是以平台为主的集群经济为主导方向。全国很多地方顺应时代发展，以抱团发展的方式做大做强产业集群、做大做强龙头企业，使得地方民营经济整体实力快速提升。

"要将'一个基地、五个中心'的服务功能落到实处。"2017年，江西省委常委、省委统战部长陈兴超同志在视察同心谷·赣商之家（商联中心）时深情寄语，期待真正将项目打造成全球赣商平台、全球赣商之家。

从实现赣商新发展的使命定位上，同心谷·赣商之家（商联中心）的崛起，已让新时代的赣商站上了放眼全球的高度。领衔打造同心谷·商联中心（赣商之家）项目，也意味着温显来等43位卓越赣商代表，从此携手担当起了赣商群体业立天下的重任：创建大投资的大平台，开创江西民营企业合作共赢，走向广阔发展空间的新境界。

同心谷·赣商之家（商联中心）项目筹建的开始阶段，创新采用了"基金＋众筹"方式，为引领江西民营企业家抱团发展探索出了新路径、新模式。

这样，不仅集合了 43 位江西最具实力的民营企业家的资金力量，同时还聚合了他们的经验和影响力，打造了赣商扬帆出海的巨舰。

商联基金借助于"资本众筹＋影响力众筹"的创新商业模式，搭建资源共享、合作共赢的综合性大平台，继而凝聚和引领更多江西民营企业家走上抱团发展之路。

在江西，商联基金的抱团发展模式，已获得了各级政府和金融监管机构的充分肯定支持，也获得了广大知名民营企业家群体的积极响应。

博能集团、正邦集团等实力民营企业发起、众多企业响应，筹建江西省首家民营银行——裕民银行。

在上海，博能集团联合近百家优秀浙赣民营企业，共同打造的以江西景德镇陶瓷文化为载体的兰韵（中国）文化中心项目，已于 2016 年 4 月 20 日奠基开工。

特别值得一提的是，兰韵（中国）文化中心项目资本众筹加影响力众筹的创新模式，吸引了郭广昌、马云等大鳄参与投资，其参与组建的星浩资本成为项目股东。

以同心谷·赣商之家（商联中心）为平台的股权投资基金，将以商联中心为实体承载场所，以基金众筹为资源集中平台，不断发展壮大，聚集全省民营企业的资源和力量，投入到最具有创新发展活力的项目和企业中去，助推江西民营经济实现跨越式发展。

同心谷·赣商之家（商联中心）这一赣商抱团发展的组织模式，犹如一颗火种，点燃了江西全省各地打造赣商抱团发展平台——同心谷·赣商之家的大势。在江西省工商联的有力推动下，全省各地以市、县为单位，全面推广建设同心谷·赣商之家。预计至 2022 年，江西 100 个县（市、区）将全面建成同心谷·赣商之家。

············

作为资本运作的典范、抱团发展的样板、民营经济的旗帜，赣商正以独特的方式走向全国商界,日渐产生广泛的影响力。重庆商会、湖南商会、浙江商会、福州商会等纷纷前来同心谷·赣商之家(商联中心)考察,交流借鉴经验。

高度决定视野,广度决定胸襟。

要打造全世界赣商的多元化平台,就必须搭建赣商与全球交流的高端舞台。

为此,以同心谷·赣商之家(商联中心)为载体的"全球赣商文化论坛",从 2015 年至 2017 年已连续举办三届。每一届论坛,政经文化商界名流莅临,海内外赣商云集,共话赣商文化精神传承,共谋赣商抱团发展新机会。

赣商抱团的巨大影响力,也正逐渐走向全球。

华裔政治家骆家辉、澳大利亚前总理陆克文、新西兰国家党主席彼得·古德费洛、文化部原部长王蒙、历史学者方志远、著名财经作家吴晓波等海内外政经文化名流,先后访问同心谷·赣商之家(商联中心),出席"全球赣商文化论坛"。这些重量级人物,不仅为江西带来了全世界的关注,也带来了商业资源、资金资源、项目资源。

在国家"一带一路"倡议实施契机中,欧洲、美国、新西兰等国家的政府部门,也开始对商联基金伸出了项目合作意向的"橄榄枝"。

…………

一幅向世界延伸的赣商宏伟蓝图,正徐徐展开。

同心谷·赣商之家(商联中心),激起每一位赣商胸中坚定而强烈的文化自信,激励着天下赣商凝心聚力走向创造新辉煌的新征程。

每一次伫立于同心谷·赣商之家(商联中心),凝望浩荡奔流不息的赣江,温显来胸中总会情不自禁地涌现历史与未来之思:

"传承江西会馆——万寿宫的精神,定位传播江西文化、赣商文化,打造成一个永不落幕的商学院。"

"让这平台展示新时代赣商的风采，让企业家对社会进步的贡献得到社会的认识和承认，让新时代赣商企业家精神得到代代的传承。"

"用文化推动商业发展，告诉世界，其实赣商是一个很有情怀的群体。"

…………

温显来深知，实现新赣商在全球崛起的梦想任重道远，在与全体赣商砥砺奋进的征程中，同心谷·赣商之家（商联中心）这方平台将承载众多荣光使命。

第十章
担当诠释家国情怀

　　个体融入于大时代中，而大时代变化也刻印着个体的命运变迁。

　　对温显来企业经营发展理念、企业责任使命及人生格局情怀的深度解读，让我们那样真切地感触到，鲜明的时代烙印映照在他身上。

　　而且，追溯温显来在青葱岁月里为改变个人命运和贫穷家境而走出家乡大山，再到从国企辞职"下海"立志创出一番人生事业的心路历程，还可以清晰地发现，他身上展现的鲜明企业家精神特质是具有深厚渊源的。

　　正是因为如此，在温显来企业家精神特质中，最为深刻的体现着从个人朴素感恩之情到企业家家国情怀的融合与升华。在心怀改变命运和家境的强烈愿望岁月，温显来组建工程队在外闯荡打拼，此后靠着诚信和汗水成为第一批富裕起来的个体承包者。但他深知，是改革开放赋予了自己这一机会，当心怀感恩之情。

　　为此，当年的温显来富而思源，富而有义，他依法纳税且主动申报纳税，他出钱出力为家乡修路，改善家乡中小学校的办学条件，帮助生活困难的乡亲。

深为十万公职人员"下海"经商创业大潮感召，1992年温显来果敢辞去公职创立了自己的企业，此后他与志同道合的同仁们砥砺前行，一路屡创辉煌。他同样深知，是改革开放伟大时代赋予了自己人生事业的广阔平台，当胸怀家国情怀以回报社会与时代。

为此，从1992年创立华能公司以来，温显来以个人或博能集团名义，济贫困、做慈善、行公益，遇到民困慷慨解囊，将参与社会公益事业视为企业家和企业担当的责任。从帮助灾区人民重建家园，帮助贫困地区人民兴建公路，发展生产；到捐资在贫困地区建敬老院，再到在大学、中学、小学设立"学生奖学金"和"教师成长基金"，资助贫困大学生完成学业，温显来个人及博能集团至今已先后捐资达1亿多元。

2012年，博能集团成立"博能爱心促进会"，开始以常规化和制度化的工作推进公司的社会公益事业。

与此同时，温显来探索实践博能集团各大产业助推江西战略性新兴产业发展、助力县域经济崛起、创新引领示范精准扶贫战略推进。

实业报国，乃企业彰显使命追求和企业家实现人生事业抱负的最高境界。

温显来对此推崇备至，他正把这境界追求融入博能集团的未来愿景中，希冀在赢得企业立志高远的发展过程中，实现自己人生事业的宏远抱负。

第一节　源自感恩的真情义举

2014 年金秋时节，我们为忠实记录温显来人生事业的成长历程，开始了寻访之路。

第一站是温显来的家乡——上饶县黄沙岭乡源溪村。

由江西上饶县城西南方向往山区方向，汽车行驶约 40 公里路程就到达了上饶县黄沙岭乡政府所在地。而从这里沿着蜿蜒的山间公路，再行十多里路程就是源溪村了。

车行途中，路宽且平，满眼郁郁葱葱。

"你们刚才车进来一路上很好走对吧……这条路就是显来出钱给修的，前前后后一共花了七八十万元，这是我们村里进出的一条要道，原先没有修之前路况是很糟糕的，特别是一到下雨天就成了烂泥巴路，可以说是雨天一包脓，晴天一块铜啊……"

这是源溪村党支部书记李水炎见到笔者后说的第一番话。

"这么多年来，显来虽在外创业回家乡的时间不多，但他对村里的事从来都是那么热心，源溪村只要是哪家有难处，他都会慷慨解囊，村里很多公益事情都是他提议和帮助解决的。"

"村里这么多年出去不少人，经济和生活也都改变了很多，很多人就是在显来的帮助下走出去的。"

"显来刚开始带着村里几个年轻人到外面承包土石方，卖苦力挣到了些钱的时候，就开始帮村里集体的事情，比如给村里小学添新课桌椅等，还帮了不少村里经济困难的人家。"

…………

在源溪村寻访温显来年少岁月里的成长，笔者在村民们的讲述中，竟然欣喜地意外发现，家乡这方土地也是他公益慈善义举的源头。

二十世纪八十年代初，温显来仅仅只是走出了家乡的大山深处，靠着在外艰苦打拼挣得了在大山里乡亲们看来是"不敢想象"的很多钱。而其实，温显来那时的财富比起当时社会上的老板们还相差甚远。

但在温显来内心深处，相比家乡的乡亲们而言，自己的确是富裕者。

"自己先走出了贫困，先富起来了，那就要尽力为家乡做点实事，我是从源溪村走出来的，自己富了而家乡还那样贫穷落后，家乡人还是那样贫困，心里怎能过意得去！"这样的内心情感首先源自于温显来朴素的感恩情结。以前自己家穷，他深切感受过贫穷的味道，也感受到了乡亲们帮助的温暖。

曾经那样渴望走出家乡，渴望摆脱大山羁绊的温显来，当拥有了一定经济能力之后，他深情的目光又投向了那为群山阻隔的贫瘠家乡。

他慷慨地拿出靠汗水白手起家挣得的一部分财富，为家乡铺沙子路，因为在外闯荡过程中他知道了"要想富先修路"的道理；他给村小学购置新课桌椅，因为他懂得山里人要走出去需要文化；他帮助那些生活困难的乡亲，因为他对生活贫困和家境困苦有过切身的感受……

后来随着施工队声名渐广，业务越做越大，温显来也更多地把家乡人带出去做事，让源溪村更多的人改变贫穷的命运和家境。

源自于内心深处这样朴实的真挚情感，温显来将他改变人生贫穷命运和艰难家境后的感恩深情，融入了对家乡和家乡人的真情回报之举中。

而且，从那时开始，家乡那方深情大山从来都在温显来对社会公益责任担当的视野之中，他对家乡倾情倾力地帮扶从来没有停止过。

当年实力薄弱，温显来为家乡做的很多实事现在看来微不足道。然而，却点滴情真意切。

最为感动人心的是，当时那一件件、一桩桩想做却超出了自己能力范围的事，温显来都深记在内心，一旦他有了财力和能力，便默默去兑现心中那深情的承诺。

从二十世纪九十年代到新千年之初，温显来先是把家乡联通外界的路修成了沙石路，后来又修成了又宽又平的水泥路，而且由源溪村一直修到和黄沙岭乡镇公路相接。如此，也就是笔者乘车往返黄山岭乡和源溪村之间，那条穿行于大山深处的平坦宽阔的水泥公路。

为修这条路，温显来先后共投入了近 80 万元。

还有，源溪村的小学，在博能集团的资助下重新修建了，不但校舍焕然一新，而且学校配了电脑等现代化教学设施，开设了电化教学课程。

村里其他公益事业，诸如新农村建设、养老敬老工程、创办集体项目等等，温显来也从来都是热心且倾力而为。

…………

在时光中变迁的源溪村，一年年改变着原来闭塞落后的面貌，这一切让温显来心中充满着欣喜。

于是，他更想着让家乡的每一位乡亲都能早日富裕起来。

对此，温显来除了带出家乡一部分人到山外谋致富路之外，还通过引导种养殖项目与给予资金扶持，来帮助一部分家乡人充分发挥源溪村山林及生态资源优势发展种养殖业。

2011 年春节，温显来回源溪村过春节时了解到，源溪村村民周安民 2010 年种植了 120 亩吊瓜，但春节之前接连下的几场大雪，使他种植的吊瓜大面积受灾，损失颇大。

吊瓜是一种兼药用和食用价值的经济作物，市场销售形势不错。但由于大雪引发的大面积受损和没有资金继续投资，周安民决定放弃吊瓜的种植。

"只要经济效益好，今年就继续搞好吊瓜的种植！"温显来当即决定，由博能集团公司按每亩 200 元弥补周安民的经济损失，资助他战胜困难，闯出一条特色种植的路子，引领乡亲们共同致富。

从这一年起，博能集团连续三年都派人专程为周安民送去资助款，资助总额达 7.2 万元。

在博能集团的帮助下，周安民种植吊瓜的规模不断扩大，产品远销到浙江、江苏等地，收益可观，周安民也由此走上了致富路。

"无论是村民，还是当地的残疾人、孤寡老人，显来都把他们当作自己的亲人看待。"源溪村党支部书记李水炎这样说。

是的，在源溪村乃至黄沙岭乡，像周安民这样在温显来支持帮助下走向致富的村民，还有很多。

如果说一位事业有成者对家乡的倾情回报，更多的是源自于一种绿叶对根之深情般的感恩情愫，那在温显来的心底深处，这种感恩情愫还有着更为丰富而深切的内涵——那片壮阔的大山，历练并赋予了自己巨大的人生前行动力。

温显来也同样深知，是改革开放赋予了自己组建工程队在外闯荡打拼的机会。如此，自己才有可能靠着诚信和汗水成为第一批富裕起来的个体工程承包者。

为此，他告诉自己当永远心怀感恩之情。

当年，温显来以自己交足税、主动交税的方式，真切地表达着自己内心对国家对社会的感恩之情。

八十年代初期，改革开放刚刚兴起之时，对各类个体经营者的税收政策条例尚未建立完善。因而，对于当时的工程承包个体户温显来主动交税，让不少人感到难以理解，甚至有人认为他"傻"。

而许多年之后，当人们知晓了温显来当年源自感恩之情而依法纳税的举动后，无不钦佩赞赏。

第二节　大业之路与大爱同行

温显来真正创立人生大事业的开端，始于改革开放进程中 1992 年那个激情涌动的春天。

由此为发端，温显来也开启他心怀大爱开创大业的激情之路。

"在企业发展上一路获得了成功的温显来，始终坚持取之社会回报社会的企业理念，并作为他人生事业价值追求的一种目标。"

这是一篇媒体报道文章中对温显来的评述语。

从温显来人生立业的最初源头寻访而来，自他从国有企业辞职"下海"创立华能公司开始，人们可以清晰地发现，从华能公司到博能集团，温显来在一步步稳健地实现着人生事业向宏大高远目标迈进，始终坚持倾情回报社会的责任担当：

1996 年，捐助上饶县黄沙岭乡源溪小学现金 10 万元，捐助上饶县黄沙中学课桌椅等教学设施价值 7 万元；

1997 年，捐助黄沙岭乡修公路，首期现金 47.5 万元；

1998 年，江西发生特大洪灾，捐助鄱阳县现金 20 万元；捐助上饶市政府电线电缆等抗洪救灾物质，价值 20 万元；

2001 年，为响应上饶市卫生公益事业，推动当地希望工程的实施，向上饶红十字会和青少年基金分别捐款 10 万元；向上饶市教育捐助 30 万元；在上饶师专设立博能奖学金，每年 10 万元；

2003 年，在抗击"非典"期间，捐助上饶市政府建传染病医院，现金 35 万元；捐助由《上饶晚报》发起的孤残老人送报队，现金 3 万元；

2004 年，第五届全国农民运动会在江西宜春市举行，博能集团向组委会捐赠总价值 135 万元的四辆大客车；

2004 年，在江西省慈善总会举行的全省公益慈善爱心集体评选中，博能集团以高票当选为"江西十大爱心集体"。

在企业做大做强、不断发展的过程中，温显来内心深处的感恩情怀也在悄然升华——他越来越深刻意识到，担当公益责任是企业家和企业义不容辞的责任，而且企业规模实力越大越强，则其担当的社会责任也就越大。

正是因为从个人乐善好施义举到社会公益责任担当意识的升华，成为温显来个人特别是博能集团对倾情公益事业、担当社会责任的一个重要转折点。

在此之前，行公益慈善之举，大多为温显来个人的真情义举。而从 2004 年之后，温显来开始将自己个人的公益慈善之举融入博能集团的企业行动。在他看来，企业家把自己个人的公益慈善之举融入企业经营发展过程之中，这是一家企业为其成长发展确立崇高奋进目标的开端。

也是从此时起，"承担责任，奉献社会"被确立为博能集团的发展理念。

这意味着，温显来已开始站在企业家的视野情怀，把对社会公益事业的担当视为自己和企业的责任与使命。

深深融入的这种责任与使命情怀，让博能集团开始将各种社会公益事业纳入企业的大爱真情视野，从社会救灾、扶贫助弱、新农村建设到捐资建校助学，博能集团倾力而为。而且，博能集团对社会公益事业大爱真情的关注，地域也逐渐由上饶而至江西全省和全国各地：

2008 年，四川汶川地震发生后，博能集团第一时间组织爱心捐赠活动，温显来个人带头捐款 50 万元，集团公司总部和各子公司干部职工纷纷踊跃捐款，捐款总额突破 100 万元。

2010 年，为救助上饶市无钱医治的白血病患者，博能集团与上饶市红十字会共同发起成立"上饶白血病仁爱救助基金"，并为基金捐款 200

万元。在此基础上，温显来发动上饶民营企业界的同仁，为"上饶白血病仁爱救助基金"凑集款项。这一基金已先后救助了上饶全市的140余名白血病患者，这也是江西省首个主要依靠社会力量设立并运行的专项医疗救助公益基金。

特别值得一提的是，博能集团与上饶市红十字会发起的对当地白血病患者的救助行动，通过社会力量设立"白血病仁爱救助基金"的方式，为江西全省不少地方救助身患白血病等大病困难群体提供了很好的经验借鉴。

2011年，为继续扩大上饶市卫生医疗公益救助范围，博能集团再向上饶市红十字会"博爱助困"工程捐赠人民币30万元，以持续带动当地民营企业参与到这项社会救助行动中来。

2012年，博能集团向上饶县新农村场所建设捐赠30万元；这一年，温显来参加由中央统战部、中国光彩事业促进会主办的"非公有制经济人士感恩革命老区井冈行"活动，向井冈山革命老区感恩捐款10万元；这一年，博能集团向婺源县慈善总会捐赠50万元人民币，用于帮助该县孤寡老人、孤儿、贫困学生、"五保户"、低保户等困难群体改善生活，摆脱疾病，完成学业。

2013年，博能集团向上饶市慈善总会捐资50万元，其中30万元用于信州区秦峰乡建希望小学；同年，博能集团再向上饶黄沙岭乡捐资50万元"新农村建设基金"。

2014年，参加"饶商关爱基金成立暨关爱留守儿童项目启动仪式"活动，向"饶商关爱基金"捐赠20万元用于对家乡弱势群体的帮扶；捐助市老年体协10万元；捐助市关工委4万元用于资助贫困学生上大学；捐资10万元在上海同济大学设立"博能奖助学金"……

在由时光深处渐行而来的过程中，博能集团无论是在社会公益事业整体项目的范围广度上，还是在具体公益项目的资金投入上，都在逐年扩大。

与此同时，博能集团对社会公益事业投入的地域范围，也由家乡上饶而至全省各地。

2016 年，参加江西省"千企帮千村"精准扶贫活动，与赣州市寻乌县贫困村飞龙村签订结对帮扶方案，对飞龙村在基础设施建设、公共事务服务、特色产业发展等方面进行长期帮扶。同年，捐资 2000 万元在江西师范大学附属中学设立教育基金。

2017 年，捐助上饶市委统战部 10 万元；上饶市第四届运动会 15 万元；向省慈善总会捐赠 1000 万元，定向用于上饶县扶贫济困事业……

沿着 1992 年温显来在上饶创立华能实业公司这一起点，追溯由华能实业到博能集团的发展壮大历程，在温显来引领企业同仁们砥砺前行的岁月时光中，除了那长袖善舞与壮怀激烈的执掌企业经济发展豪迈气魄，始终有一种巨大而温情的力量深深打动人心。

这深深打动人心的力量，就是始终与博能集团成就大业同行的大爱情怀。纵览博能集团稳健崛起的发展史，同时也是一部充满深切社会责任情怀的企业发展史。

温显来曾多次在会议上语重心长地告诉员工："企业的发展，除了自身的努力外，首先得益于党和政府改革开放政策的恩惠，我们要感谢这个伟大的时代所带给我们的发展机遇；其次是社会上方方面面的关心和支持。要富而思进，富而思源，把企业的发展、个人的富裕与全民富裕结合起来。要常怀一颗感恩之心，对党和政府感恩，对社会奉献，对广大人民回报，这也是我们企业寻找更大发展的必然条件和动力所在。"

把如此深切广博的情怀融入博能集团的责任使命当中，让温显来在 2012 年又对博能集团的社会公益事业作出了新的部署。

这一年，博能集团成立"博能爱心促进会"，开始以常规化和制度化的工作推进公司的社会公益事业。在"博能爱心促进会"的积极推动下，博能集团扩大设立各类"爱心基金""公益基金"，通过基金带动与撬动的方式来促进对更多社会公益事业项目的投入。

截至 2017 年，博能集团已设立各类"公益基金"达十多个，为社会公益事业投入和凑集款项数千万元。

统计数据显示，到 2017 年上半年，温显来个人及博能集团为各类社会公益事业项目和各类"公益基金"的投入，已超过一亿元。

数字见证着博能集团与大爱同行的大业之路，也见证着一家卓越民营企业对社会责任积极担当的深厚博大情怀！

多年来，温显来相继荣获"全国优秀中国特色社会主义事业建设者""全国抗震救灾先进个人""全国关爱员工优秀民营企业家""江西十大爱心人物"等诸多殊荣。

第三节　教育公益彰显儒商风范

在社会公众的视野中，企业家是具有坚韧品格和开拓创新精神的一个群体，同时又因他们具有强烈的社会责任感与使命感，成为备受人们尊敬的社会精英群体之一。

尤其是具有强烈人文情怀的企业家——儒商，则更是深刻体现出这一点。

他们身上所展现出的精神品格里，除了经商大略中的诚信固本、以义取利及对德行合一的坚守之外，对国家的发展强盛怀有深切之思，并始终以自己身体力行的公益慈善之举倾力倾情。

而教育公益慈善，又几乎是每一位儒商的共同善举。

对温显来企业经营发展理念、企业责任使命及人生格局情怀的深度解读，让我们那样真切地感受到，鲜明的时代烙印和儒商品格情怀深深地映照在他身上。

在社会公益事业方面，最为显著的，就是体现在温显来对事关国家民族未来发展的深远思考。而这些领域中的公益慈善项目，温显来不但倾力而且用心用情。

这其中，就有他对教育慈善公益的深情关切。

从当年走出家乡承包土石方工程而辛苦挣得"第一桶金"开始，温显来感恩回报家乡的目光便投向了学校。而在此后的创业过程中，帮助品学兼优的贫困学子顺利完成学业、向希望工程捐资以及援建希望小学，业已成为博能集团企业公益品牌中的闪亮点。

二十世纪八九十年代开始，在温显来的资助下，上饶县黄沙岭乡源溪村小学从校舍建设到教学设施都焕然一新。这所大山深处的村小学，也是整个上饶市农村小学中最早开始电化教育课程的一批村级小学。

为帮助那些寒门学子顺利完成学业，博能集团在上饶市设立了助学基金，每年都开展助学活动帮助一批贫困学子。

与此同时，博能集团还设立了专项奖学金，奖励上饶市参加高考的文理科"状元"。

在江西"希望工程"实施推进过程中，博能集团积极响应，从上饶市到江西省多个市（县），博能集团或独资捐建或参与援建希望小学。

为让广大农村留守儿童阅读高质量新出版的少年儿童读物，与城市少年儿童一起共享丰富健康的精神食粮，博能集团资助由江西团省委发起的"博能公益书海工程"，在江西省新建县塘下村等小学建设了一批"爱心书屋"。

为帮助和激励品学兼优的莘莘学子成才，博能集团在江西及全国多所大学中学和小学设立"学生奖学金"。

造就一支具有良好政治素质、有强烈事业心和奉献精神的教师队伍，对于促进学校教育水平的提升具有十分重要的意义。为此，博能集团在江西多个学校设立了"教师成长基金"，重点帮助农村地区学校教师进修，以及用于学校为教师订购教育教学书刊，参加教学交流，提升教学研究水平。

在江西，博能集团设立的"教师成长基金"，也是继果喜集团在二十世纪九十年代设立的全省"教师奖励基金"之后，新世纪由民营企业设立的又一个专门用于教师队伍的基金。

…………

一项项教育领域的公益项目，见证了温显来对教育慈善公益事业的深情关切，也深刻体现了博能集团深厚的社会责任情怀。

"我是从贫寒农家走出来的，对贫困家庭孩子的处境感同身受。"温显来说，给予困境中贫寒学子的一份资助，就是给了他们人生励志的一份力量和奋力前行的希望明灯，这样的公益慈善之举博能集团愿意且理当倾力而为。

温显来深深知道，出身贫寒之家的学子，往往肩负着一个贫寒家庭对改变家庭命运的无限期望，更寄托着贫困学子对人生未来的希望。

在温显来的深切理解中，捐资助学是一项功在当代、利在千秋的伟大事业，有着积极而深远的影响。

"于贫困学子，更多的人因为得到爱心公益帮助而得以改变命运、得以励志成才；于整个国家，教育乃科技强国之路的基础，越来越多社会力量热心支持教育事业发展，我国的科技强国之梦也必将早日实现。"温显来认为，企业倾力支持教育事业不仅仅是一种善举，更是一种使命责任。

事实上，深受中国传统文化思想熏染的温显来，在逐渐形成自己的企业经营管理发展思维体系过程中，也充分吸纳了中国传统文化精髓，并深刻影响着他的企业经营管理与社会公益思想。

比如，对儒家"仁义礼智信"的推崇，使得博能集团企业文化体现出以"仁爱、忠义、礼和、睿智、诚信"为重要基础内容。

再比如，对中国近代著名的实业家、教育家张謇先生"举事必先智，启民智必由教育"思想观点的推崇，让博能集团对教育公益慈善事业的理解与践行，提升到了对国家强盛发展的视野高度。

"博采众长，尽我所能。"

由此而深悟博能集团企业精神，其广博理念和海纳百川的胸襟，管理发展思想与人文情怀的融合，让人豁然明朗。

第四节　以产业酬报国之志

几乎每一家卓越的企业，在其不断成长崛起的历程中，都以一个个伟大而光荣的梦想为发端。

在博能集团的发展历程中，鲜明体现着这一点。

纵观从九十年代初期至新世纪初年博能崛起壮大的发展轨迹，人们可以清晰地看到，博能集团基本以五年为一个时间阶段实现着激情跨越式发展。在这期间，几乎每一个五年期间的跨越式发展，博能集团都又以实现一种目标境界为巨大前行动力。

但进入新世纪，对企业阶段性发展目标境界的不断追求，因为开始融入新的责任使命内涵，博能集团各大产业的发展逐渐彰显出高远的立意。

这一高远立意，就是努力践行产业报国之志。

这一高远立意，融入于博能集团的三大产业板块发展的使命愿景之中。

这意味着，博能集团开始把企业自身产业的发展，逐渐自觉提升到助推国家民族产业发展的高度。

这一切肇始于 2008 年。

这一年的 5 月 16 日，温显来作为 2008 年奥运火炬手，以高举奥运圣火的矫健姿态在江西南昌传播奥林匹克精神，这是被他珍视为"一生中最精彩的瞬间"。

"这不仅是我个人的荣耀，也是博能集团的荣誉。作为江西民营企业家的代表，我要做好企业，以优异的业绩为奥运圣火增辉，为我们伟大的祖国争光。"在接受媒体采访中，温显来这样表达自己内心的激越之情。

实业报国，乃企业彰显高远使命追求、企业家实现人生事业抱负的最高境界。

"商之大者，利国益民。"温显来对历史商界尤其是"江右商帮"卓越成功人士"达则兼济天下""实业兴邦"思想的推崇备至由来已久，他希望博能集团的未来发展能实现自己产业报国的理想。

"博能的各个产业发展将以领跑同行业，不断推动国家在这一产业领域的发展水平为己任。博能集团将在这样的产业发展使命基础上，实现企业自身的稳健快速发展并成为积极引领江西民营企业的中坚力量之一。"

于是，温显来把这一境界追求融入博能集团的未来愿景，希冀在赢得企业立志高远的发展过程中，也借以实现自己人生事业的宏远抱负。

此后，人们看到，博能集团不断探索实践各大产业助推江西战略性新兴产业发展、助力县域经济崛起、创新引领示范精准扶贫战略推进。

早在 2009 年，着眼于对新能源汽车未来的期待，博能集团遂将战略目光转向新能源汽车领域，在全国汽车制造业企业中，率先确立新能源汽车产业发展的方向。与此同时，博能集团分别加大在金融产业领域和文化产业领域的探索力度。

温显来认为，每一个产业在其推进经济社会发展过程中都是有其使命情怀的，实现产业报国梦想首要的就是坚持产业社会效应的发挥显现，让产业的发展不但有高度而且有温度。例如金融产业，民营金融产业作为国家金融市场的有益补充成分，要在助力缓解与改善中小微企业融资难、融资贵上发挥积极作用，同时坚持走金融市场差异化发展之路，把市场发展重点放在金融供给与需求不平衡的地区。

博能集团金融产业中的互联网金融项目"博金贷"，自 2014 年创立伊始，便始终坚持普惠金融情怀使命，在严格遵照相关法律法规、规范发展的基础上，探索与县级政府合作，建立以支持县域经济发展为重点的互联网金融业务，通过在县域建立金融超市、开设转贷业务及中小微企业融资业务，取得了很好的经济与社会效益。

实践证明，博金贷互联网金融业务对缓解地方中小微企业融资难、融资贵，在扶持精准扶贫产业项目发展和支持城镇化建设等方面，都取得了积极成效。其中，博金贷"万年模式"更是受到江西省市县三级金融主管部门的高度重视和充分肯定，并于2017年逐步在江西省乃至全国推广。

可持续发展与节约资源同样需要企业有担当。改革开放三十多年来，我国经济实现了快速发展，但随之而来是日益突出的环境污染严重、资源浪费严重等问题。

"作为在江西红土地上成长崛起的民营企业，感恩社会、回报桑梓是我们企业家义不容辞的责任，也是我们民营企业打造公益品牌、树立良好形象、促进长远发展的必然选择。"

2012年前后，借助企业转型升级战略实施的契机，博能集团又围绕创新这一核心，不断调整与布局三大产业板块的融合创新发展，尤其注重产业经济效益与社会效益的平衡创新发展。

在实施转型升级战略过程中，博能集团致力于借助技术创新不断推出新产品、提升产品品质，通过管理创新持续优化企业管理、改善管理效率，最终从整体上增强产业竞争能力，构筑产业可持续发展的技术基础。

2017年，博能在金融、地产、工业多个业务领域呈现百花齐放的发展局面：全国第一家省级互联网金融产业园落户博能中心和博能金融中心，安驰科技3GWH动力电池项目开工建设，博能年产3万辆新能源商用车项目开工，全国首创的价值健康养生小镇在江西安义县签约落地，参与赣江新区布局区块链产业，搭建实体经济一站式综合金融服务平台等一批批创新项目在不断推进。

在产业发展进程中高度重视情怀使命，使得博能集团企业形象品牌中的社会公益责任日渐凸显，企业整体价值目标追求的境界也越来越高远。

连续多年来，博能集团在纳税、安置社会就业等方面都实现持续增长，其产业对推动江西新经济新动能发展的成效贡献突出。

与此同时，博能集团感召与引领江西民营企业也在悄然中不断提升。

在江西"千企帮千村"精准扶贫行动中，博能集团率先积极响应并与江西40多家大型民营企业一起共同发出倡议，号召全省民营企业充分发扬"致富思源，富而思进，扶危济困，义利兼顾"的精神，积极参与到"千企帮千村"精准扶贫行动中来，为实现精准扶贫、精准脱贫目标尽责，为江西与全国同步建成小康社会尽力……倡议得到众多民营企业的积极响应。

上善若水，产业报国。

对社会责任的勇于担当，在实现企业价值追求的同时，也为博能集团发展注入了强大的前行力量。

…………

从企业初创时期源自心中朴素的感恩情结行公益、做慈善，到企业一步步做强做大过程中对社会责任的倾力担当，温显来的人生事业不断向着高远之境行进。

再度回望温显来的人生事业足迹，人们清晰地看到，在与大时代激情同行的历程中，一项项厚重荣光的社会荣誉见证着他砥砺前行的奋进岁月：

1995年，被评为振兴上饶党外"十佳人士""全区劳动模范"、首届"上饶市十大杰出青年"；

2003年，被评为"中国经济贡献年度新闻人物""江西省优秀企业家""上饶市优秀企业家"；

2004年，被评为"中国经济优秀人物""江西省优秀企业家""江西省优秀社会主义建设者""江西十大爱心人士"；

2005 年，被评为全国企业文化建设工作"先进个人"；

2008 年，被选为奥运火炬手，在奥林匹克运动会火炬传递接力活动中负责传递奥林匹克圣火；同年，被评选为"抗震救灾先进个人"；

2007 年，被评为"构建和谐江西十大贡献人物"；

2009 年，被评为江西"十大创业精英"；

自 2009 年起，连续五年参加亚太经合组织（APEC）工商领导人峰会；

2014 年，被评为全国非公有制经济人士"优秀中国特色社会主义事业建设者"；

············

温显来现任全国政协委员、全国工商联执委、江西省第十二届人大常委、江西省工商联副主席。多年来，他先后历任上饶市人大常委，江西省第九届、十届政协常委，江西省工商联副主席，赣商联合会常务副会长，江西省光彩事业促进会副会长等社会职务。特别值得一提的是，温显来曾在同一届既担任江西省人大代表又担任江西省政协委员，这在江西甚至全国企业家中都不多见。

这些荣誉和社会职务，是党和政府给予温显来的充分肯定，也是社会各界对他的广泛认可。

在温显来心里，党和政府及社会各界给予自己的肯定认可，始终是一种巨大的激励力量，担任的社会职务更是一种责任担当。他告诉自己，当不忘初心，砥砺前行，不负党和政府及社会各界的鼓励信任，不负这伟大时代。

后记

2017 年 11 月 19 日晚，当吴文琪先生、刘梦华先生、付璨然女士和我，四人完成书稿的最后一遍修订时，我心中充满了真诚谢意。

从这部书初稿备改阶段的各抒己见到始修阶段达成共识，再到展开逐章逐节的文字修改、章节调整、资料核准及定稿校对，文琪、梦华和璨然在每一个阶段和环节中都付出了巨大心血。同时，他们的文字功底尤其是严谨风格，让江西省工商联提出的关于《当代赣商》系列丛书"忠于史实"的创作总要求，在这部作品里得以充分体现。

又情不自禁想起三年前。

仍清晰记得，当这部书初稿开篇的第一行文字在电脑屏幕上落定，也是在初冬时节的这样一个静夜。那一天，我从大山深处的那个村落起步，沿着温显来先生人生与事业跋涉的岁月历程开始忠实记录。数十年的时间跨度，其间每一步足迹都是一段往事、一种经历和一种感悟，还有深刻的时代印痕等等。要做到忠实呈现，着实不易。

然而，三年来基本踏实地做到了这些。

这是因为，在访谈过程中，温显来先生在工作十分繁忙的情况下，仍给予了我充分访谈的时间。对于微信中我的访谈留言，先生也是有询必复；在资料收集整理过程中，温显贵先生、郑宜朋先生、李钊先生、张红川先生和温桂凤女士、冯兰珍女士等，或亲自带我寻访见证者与亲历者，或为我提供各种资料和详述情况；在对博能集团各大产业发展历程的阶段渐进、完整了解、深刻解读过程中，邹美才先生、王建先生等人的文章，叶御堂先生、熊小鹏先生、王忠先生等人的讲解，无不给我良多帮助……

给予创作各方面的相助者，限于篇幅在此无法一一列举以表谢意。

我深知，与其说三年来我是在创作这部书，不如说我是在深读这部书，而其中每一个篇章都是你们赋予我的。对我而言，这既是一次创作过程，也是一次历经精神洗礼的过程。

一声感谢道不尽真挚谢意，唯深记于心底！

李甫华

2017 年 11 月 19 日于南昌

图书在版编目（CIP）数据

温显来 / 李甫华著. ––南昌：江西人民出版社，2018.4
（当代赣商丛书）

ISBN 978-7-210-10326-4

Ⅰ.①温… Ⅱ.①李… Ⅲ.①报告文学—中国—当代
Ⅳ.①I25

中国版本图书馆CIP数据核字（2018）第063311号

温显来

李甫华　著

组稿编辑：游道勤　陈世象
责任编辑：陈才艳
封面设计：章　雷
出　　版：江西人民出版社
发　　行：各地新华书店
地　　址：江西省南昌市三经路47号附1号
编辑部电话：0791-86898115
发行部电话：0791-86898815
邮　　编：330006
网　　址：www.jxpph.com
E-mail：jxpph@tom.com　web@jxpph.com
2018年4月第1版　2018年4月第1次印刷
开　　本：787×1092毫米　1/16
印　　张：18
字　　数：220千
ISBN 978-7-210-10326-4
赣版权登字—01—2018—362
定　　价：56.00元
承 印 厂：南昌市红星印刷有限公司